有爱的青春陪伴者

图书在版编目（CIP）数据

仙君请留步 / 若止未央著. -- 北京：中国致公出版社，2020
ISBN 978-7-5145-1528-2

Ⅰ. ①仙… Ⅱ. ①若… Ⅲ. ①长篇小说-中国-当代 Ⅳ. ① I247.5

中国版本图书馆 CIP 数据核字 (2019) 第 258570 号

仙君请留步 / 若止未央 著

出　　版	中国致公出版社	
	（地址：北京市朝阳区八里庄西里 100 号住邦 2000 大厦 1 号楼西区 21 层）	
出　　品	大鱼文化	
发　　行	中国致公出版社（010-66121708）	
作品企划	大鱼文化	
责任编辑	程　英	
印　　刷	长沙鸿发印务实业有限公司	
版　　次	2020 年 2 月第 1 版	
印　　次	2020 年 2 月第 1 次印刷	
开　　本	880mm×1230mm 1/32	
印　　张	9	
字　　数	240 千字	
书　　号	ISBN 978-7-5145-1528-2	
定　　价	36.80 元	

版权所有，盗版必究（举报电话：010-82259658）
（如发现印装质量问题，请寄本公司调换，电话：010-82259658）

目录

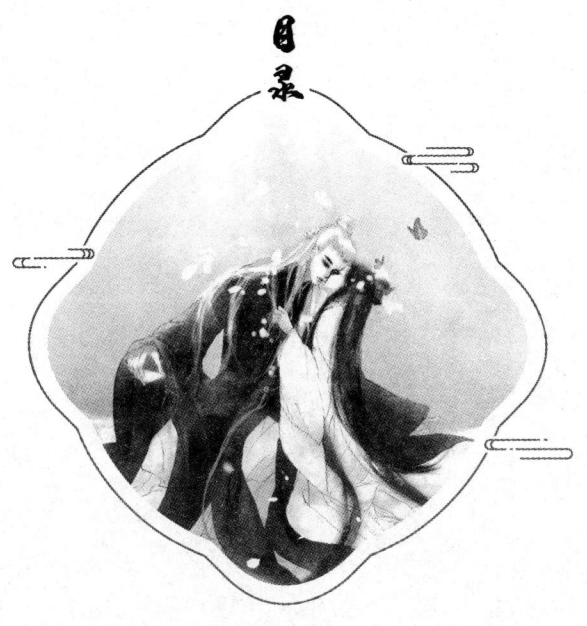

001 · 第一章
被罚下界

017 · 第二章
真心几何

035 · 第三章
天下武者

055 · 第四章
凡尘初见

073 · 第五章
更进一步

093 · 第六章
梦醒时分

108 · 第七章
一语成谶

124 · 第八章
霓虹闪烁

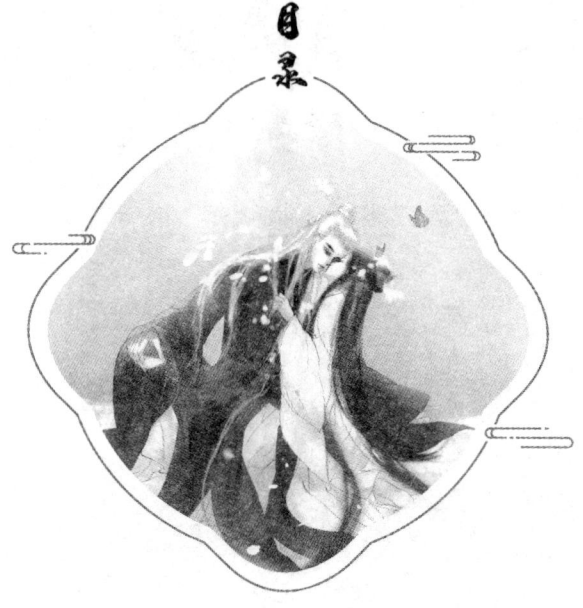

145 · 第九章
心上之人

164 · 第十章
梦中家园

182 · 第十一章
真相大白

200 · 第十二章
白总你好

219 · 第十三章
总裁助理

237 · 第十四章
刻意安排

253 · 第十五章
你要我

273 · 第十六章
余生长

◆第一章◆
被罚下界

1.

"不好了!武曲星君打碎了玉帝赐的绝情盏!"

随着一声不大不小的惊呼,趴在冰凉坚硬的云石上的武灵灵一个激灵,睁开了眼睛。

周围稀稀拉拉地围了一群面孔,都朝着她指指点点。

武灵灵坐起身来,看着地上碎成几片的琉璃绝情盏,抚了抚额头,脑海里模模糊糊地想起昨日的情景。

昨日,她好像是过来给司命送御赐琼浆的……

"嗬,司命星君不去参加玉帝的群仙宴,原来是躲在这里逍遥呢!"她看着桃花树下独坐的司命星君,一脸嘲讽。

"武曲星君有事吗,本星君今天没空和你斗嘴。"司命眼看前方,手里握着一小壶桃花醉,冷冷地说。

"玉帝赐你的!"武灵灵把手里的一盏玉壶往前一推,玉壶朝着司命星君飞了过去。

她这一推暗自带上了几分仙力,想把司命弄个措手不及。

司命星君看也不看,伸手就把玉壶轻而易举地接在手里,面容依旧冷淡:"谢了!"

"我说，"武灵灵锦袍一敛，右脚往身边的一块云石上一踏，身形颇为帅气，"你不会是怕自己酒量不行在群仙宴上出丑才不敢去的吧？"

"在我看来，酒量不行不会出丑，反倒是粗鲁莽撞的武夫喝多了容易出丑。"司命说着，从桃花树下站起身来，拍了拍落在长袍上的桃花花瓣，起身欲走。

武灵灵被他的话语刺了一下。在他司命眼里，天下武者全是粗鲁莽撞的武夫，她就咽不下这口气！

"站住！"她一个闪身到了司命面前，"这就想溜？上次的账还没算清呢！今天不分出个高下，本星君就不回北极宫！"

司命一脸无奈，蹙眉往一边绕行，武灵灵却一伸胳膊，死死地拦住了他的路。

他索性停下脚步，低下头看着她，片刻之后开口说道："若你非要比，今天就用玉帝赐的酒一分高下。不过我有言在先，若是你输了，以后不要出现在本星君面前。"

"好！就这么定了！"武灵灵眼里一亮。拼酒，她一个武曲星会拼不过一个成天写命簿的司命？

司命并不多言，面无表情地往身后的凉亭走去："来吧。"

……

武灵灵记得两人在桃花树下拼酒拼得昏天黑地，直到她醉眼迷离地一抬头，发现司命看自己的目光竟有些异样的灼热。

她心里一惊，连连后退，只听"哗啦"一声，有什么东西被她撞倒在地上。

后面的记忆有些模糊了，武灵灵从云石上坐直了身子，感觉全身上下都燥热异常，身体像是被撕扯过一般，疲惫感仍旧在体内蔓延，一个人的喃喃低语若有似无，似是情话一般……

"武曲星君！"玉帝身边的一个仙使缓缓飘来，高亢的声音唤回了她

的思绪,"玉帝召你即刻去大殿!"

"是!"武灵灵顾不了回忆,立即站起身来整了整稍显凌乱的衣服,跟着仙使飞往凌霄殿。

一路上,身后的窃窃私语声不断:

"看这情况,武曲星君和司命星君又掐起来了?"

"应该是吧。不过这次武曲星君可惹大麻烦了,把玉帝赐给司命星君的绝情盏打碎了!"

"啊?那岂不是天大的罪过?"

武灵灵跟着仙使踏入凌霄宝殿,一进殿她就感觉到气氛有些沉重,玉阶下的众仙都用同情的眼神看着自己。

一抬头,玉阶下面站了一个修长的身影,武灵灵愣了一下,他怎么先来了?

难道是恶人先告状?

武灵灵鼻子里哼了一声,大刺刺地站到了司命的旁边。

"武曲星君,你可知罪?"宝座上的玉帝看着这两人,眉头几乎拧到了一起。

昨天的群仙宴司命星君告假未来,他觉得这是几百年来吃得最安生的一顿宴席了,没想到事后还是出了幺蛾子!

这两人什么时候可以不给他添乱?

"下仙……不慎打碎了绝情盏,请玉帝责罚。"武灵灵一拱手乖乖低头认罪。

"启禀玉帝,绝情盏是我不慎失手打碎的。"司命的声音低沉恭敬,却又带着一股天然的清冷淡漠。

武灵灵心里一惊,连忙看向司命星君。这家伙不是来恶人先告状的,居然还说自己打碎了绝情盏?

看他一脸清明的样子不像是宿醉未醒啊!

"绝情盏究竟是谁打碎的,朕自有论断。"玉帝缓缓说道,"来啊,前情镜!"

前情镜是月老的仙物,能记录凡人和天界小仙的过往,但是上仙位和神位是记录不到的。

因为观看前情镜需要消耗极大仙力,是以天界的人除非迫不得已,也不会使用此镜。

"咳,嗯……嗯!"月老突然奇怪地清了一下嗓子。

众仙都转头看向月老,玉帝的目光也投了过去。

月老有些不自然地说道:"启……启禀玉帝,下仙有些不适……"

玉帝微微一怔,轻咳了一声说:"那就不需要前情镜了,武曲星身上全是绝情盏碎裂后溢出的仙气,绝情盏碎片上定格的也是你的面容,你可认罪?"

未等武灵灵张口,旁边的司命再次躬身禀道:"启禀玉帝,绝情盏是在我天府宫碎的,是我看护不力,和别人无关。"

玉帝转头看向他,眼里露出一丝审视。

武灵灵听了他的话眉头微蹙。司命虽然是在担责,然而他口中一声"别人"却是将她推向了千里之外,冷漠无比。

"司命!"玉帝左边阶下坐着的一位长须冷面的上仙开了口,语气中的冰寒让殿上众仙都情不自禁地哆嗦了一下。

武灵灵抬头看了看他,这位身穿白衣、袖口上带有银灰色绳边的是南极长生大帝,管辖着以司命为首的南斗六星君。数千年来,这位南帝一直同自己所属的北斗七星君不睦,刚才司命一力往自己身上揽责,他自然极其不满。

"陛下,"南帝肃然道,"武灵灵身居武曲星君之位,醉酒无状,打碎神物,按照天条,当打入天牢,受天雷地火之刑!"

"陛下、南帝,司命愿一同受罚。"司命将长袍轻轻一撩,跪了下去。

武灵灵转头看着司命跪在地上却依旧挺直的脊背，眉毛一挑，一向对南帝言听计从的他，竟敢在凌霄宝殿上公然违抗？

她唇边勾起一抹冷笑，纵身往前飞去，直至玉阶之下，双膝一跪，双臂一伸，眼神无比沉着淡定："陛下，我愿入天牢，绑了我吧。"

2.

凌霄宝殿的后殿，玉帝坐在宝座上，一脸余怒未消。

月老恭敬地走了进来，躬身下拜，起来的时候一不小心踩到了自己的长胡子，身子猛地一歪，疼得龇牙咧嘴，逗得一旁侍奉的仙子们咯咯轻笑。

玉帝看了他一眼："月老，方才在殿上你不让朕用前情镜，是何用意？"

月老连忙躬身又拜："陛下恕罪，实在是有些隐情不便在大殿上展示啊！"

"是何隐情？"

月老看了看左右的仙子，玉帝会意，摆摆手让她们退下。

看到殿中无人后，月老才从怀里拿出一面银光闪闪的镜子，手掌在镜面上一挥，镜子上发出一道耀目的光芒。

玉帝拿过银镜来一看，镜中的桃花树下坐着一男一女，皆身着仙衣，男子清眉冷目，女子灵秀干净，两人脸上都有几分醉意。

过了一会儿，那女子仿佛不胜酒力，头一歪，搭在了男子的肩膀上。男子侧头，眼睛里慢慢露出一丝心疼，他伸出修长的手指抬起女子小巧的下巴，喃喃唤了一声："开阳……"便情不自禁地俯身吻了上去……

玉帝手一抖，差点将手里的镜子抖落，又咳嗽一声，定了定神，才继续往下看。

镜子里的男子正是司命，而开阳，是武灵灵的真名，武曲星只不过是她执掌的职位而已。

天界仙人平日里都以仙职相称，而他们的真名只有亲近之人才知晓。

武灵灵初时并未反抗，却在听到这个名字时猛地清醒过来。她一把把司命推开，身体向后跃起，"砰"的一声撞在身后的架子上，架上立着的绝情盏被她猛然爆发的仙力一冲，飞向旁边的云石，应声而碎。

看到这里，玉帝的面容勃然变色，把银镜往月老怀里一扔，怒道："这两人成何体统！简直是……简直是气煞朕也！"

月老暗自心惊，这才哪儿到哪儿，玉帝就已经龙颜大怒，若是看到了后面发生的事情，一准要动用天条了。

他赶紧把前情镜揣到怀里，躬身再拜道："司命星君和武曲星君在仙界任职一向勤勉，是陛下的得力干将，陛下素日又看重两位星君，一定不希望这样的事情公之于众。"

玉帝的手攥紧了玉座扶手："朕已经忍他们许久了，若不惩戒，他们还能干出更加出格的事来！你可有什么好主意？"

出格的事情已经干了……月老擦了擦头上的汗，一躬身说道："陛下明鉴，武曲星君来行事有些偏执，缺乏情之历练，不如趁此机会将她罚下界去历情，几世之后回归仙位，为人处事上或许能圆通不少。"

"凡间历练自然是好，只是武曲星君一向没心没肺，如何才能让她真正领悟到这七情六欲的真味？"

月老说："小仙听闻凡间有一物，名曰泪，有清泪和浊泪之分，每人的一生中只有一滴清泪，只有被命定之人打动的时候才会流出，若是武曲星君最终能得另一人的清泪，就算是历情成功了。"

玉帝沉吟道："既然这样，那就命司命即刻给武曲星君写四道命格，若是武曲星君四世内无法得到命定之人的清泪，就给她剔去仙骨，打入轮回，不得再返回仙界！"

"陛下！"月老赔笑道，"司命星君和武曲星君素来不和，若是司命星君下手过重，那武曲星君恐怕……"

"那就让司命只写命格的开头，个中情节由武曲星君自行历练，最终

能不能得到清泪,就看她的道行了!"

"是!"月老听了躬身领命而去。

出了凌霄殿的大门,月老立即吩咐他身边的小仙童:"赶紧先去司命星君那里传旨,传完了再去天牢给武曲星君传旨。"

小仙童听了一愣:"仙人,下界之人是武曲星君,为什么不先去她那里?"

月老一拐杖打到他后脑勺上:"你个傻瓜,武曲星君在天牢又跑不了,先让司命星君接了旨,南帝再有意见也翻不了盘了!"

"是是!"仙童摸了摸发疼的后脑勺,赶紧传旨去了。

旨意传到以后,刚在天牢关了一天的武灵灵猛地抬起头:"这算什么惩罚?"

她起身冲出天牢大门,她要去找玉帝!

玉帝正在宝座上处理奏折,突然一个身影猛地撞向他的玉案。

"什么人?"玉帝惊喝一声。

武灵灵一把抓住玉帝的仙袍下摆,一脸迷惑:"陛下,你给我施天雷地火之刑我也毫无怨言,为什么要罚我下界历什么情?"

玉帝一脸无语地看着她:"朕的旨意你没明白?"

武灵灵摇了摇头:"下仙不明白。"

玉帝牙关暗咬,压低了声音说:"若不让你懂得些人情世故,你和司命能把这仙界给朕掀翻过来!"

"可是……"

"没什么可是,遵照旨意,速速下凡!"玉帝说着把仙袍从武灵灵手里嫌弃地抽出来,愤愤地一甩袍袖,"退下!"

武灵灵见找玉帝求情不成,只得出了凌霄宝殿往东南方飞去,不久就到了一处仙池,入口处矗立着一个大牌坊,上写着几个大字"阳明宫"。

这是北斗七星君首位——贪狼星君的仙宫。

她进入牌坊,直奔仙池正中间的一个无角亭。

亭子里六人或坐或站,都蹙眉沉思,愁容不展,看到武灵灵飞来,几人同时站起来,眼中露出惊喜之色。

站在正中央的身材高大、面容英朗的仙人正是老大贪狼星君,他大步走到武灵灵面前问道:"六妹,无事了?"

武灵灵欲言又止:"大哥,我……"

这时旁边年轻气盛的破军星君一拍桌子站起来:"是不是那个司命又暗中做了什么手脚?我找他去!"

"哎!老七,坐下!"

说话的是位圆脸胖身材的和善仙人,他是北斗星君第三位禄存星君,他按住破军,声音温和道:"先让武曲把事说清楚。"

武灵灵这才一脸无奈地把玉帝的旨意说了出来。

众人听了都很惊讶,站在一旁瘦长脸的巨门星君沉吟道:"大哥,我听这旨意,不像是玉帝的主意。"

"管他是谁的主意,"容貌俊美的廉贞星君看着武曲邪魅一笑,"咱们六妹可是要下界历情了!"

"可是玉帝说了,要是她不能得到那个什么泪,就不能回仙界了!"破军急急地说。

贪狼星君沉吟道:"六妹虽然性子火暴了些,但是个真性情的人,未必就不能成功。我只怕那个司命星君从中作梗,写下一些难以实现的命格,这就有些棘手了……"

破军又站了起来:"所以我说,咱们先下手为强,去南帝那里讨个说法,让这个司命老老实实写几段好命格不就完了……"

"不行!"武灵灵突然站起来,"这件事情已经让玉帝动怒了,我不能再给大家惹麻烦。大哥,你们先不要管了,我亲自去找司命。"

说着,她将袍袖一敛,大步走出了亭子。

3.

南斗天府宫内,司命正在桌案上写着命格,忽听仙童禀报,月老仙师来访。

司命微一点头,月老走进来的时候,他仍旧挥笔不停,眼神专注,仿佛陷入了笔下那道命格之内。

月老轻轻咳嗽了一声,自己找了座坐下,问道:"司命星君打算如何写这四道命格?"

司命头也不抬:"遵照玉帝旨意,若真想达到历情的目的,必须设立重重阻碍。世间的情,最难跨越的无非是身份、地位和认知上的沟壑,我只须从这几处入手即可。"

月老听了一笑:"果然是一支笔写尽人间事的司命星君,不过在小仙看来,有些事却不全如司命所说。"

司命手中的笔一停:"仙师何意?"

"星君写命格自然是信手拈来,但人间姻缘却是我来掌管。武曲星君性子灵动,要真想打动命定之人,恐怕司命星君写的那些阻碍也没有太大用处。"月老摸了摸长须,观察着司命的神色,继续说,"情之历练,在于心性,除了四道命格,还需要有一个心性坚定之人来做这命定之人才行。"

司命星君低头看着写下的命格,仿佛陷入沉思。

"司命!"殿门外传来一声女子的暴喝。

"哎哎哎!武曲星君,您不能进去……"

天府宫的仙童跟在一个风风火火的身影后面冲进来,看着桌案后面蹙眉不语的司命星君,吓得战战兢兢。

"月老也在啊?"武灵灵脸上闪过一丝疑惑,接着扬头看向面沉如霜的司命,"我告诉你啊,我可是有洁癖的,渣男什么的你最好别写,否则我告你公报私仇。还有,那个命定之人最好生得好看一点,否则的话,本星君回来不会放过你……"

"啪"的一声,一个浅绿色簿子迎面飞来,武灵灵侧身一闪,把簿子接在手里,低头一看,只见封皮上写着几个遒劲有力的大字:武曲星凡间命格。

"命格写好了,你可以准备下界了。"司命星君在笔洗里洗了一下笔,挂在笔架上。

"这就……写好了?"武灵灵低头看着命簿,一时难以相信,"你没有给我下绊子吧?"

未等司命回答,一旁的月老突然站起来说:"两位继续讨论,小仙还有事,先走一步了。"

他站起来往殿门处走去,快到门口的时候突然"哎哟"了一声,脚下一绊摔在地上,一根红色的绳子从他手心里飞了出去。

只听"嗖嗖"两声,红绳以极快的速度缠到武灵灵的手腕上,另一端则缠在了司命手上。

两人一脸震惊,同时转头看向月老:"这是什么?"

月老连忙爬起来,一脸歉意:"这是小仙的姻缘绳,刚才我一摔它就飞出去了,实在不好意思!"

"啊?"武灵灵大惊,"你这红绳不是用来牵姻缘的吗,怎么让它到处乱飞?"

"是啊,小仙也奇怪,这红绳还从来没这么自作主张过……"月老急得挠了挠下巴。

司命一脸怒色,厉声道:"快解开!"

月老赶紧答应着,想要施法收回红绳,动了动手后却面露难色:"这红绳……收不回来啊!"

"砰"的一声,武灵灵一掌拍在正前方的桌案上,震得笔墨纸砚都跳

了起来。月老一惊,忙赔笑道:"两位莫急,这红绳也不是不能解开,只需要两位星君用自己的一滴血加上法力,将红绳割断即可。"

司命和武灵灵听了,便都凝了法力,待指尖出现了鲜血后转指向下,往各自手腕上的红绳割去。

指尖触到红绳的时候,司命突然停了手,他转头看向武灵灵,只见她目不转睛地盯着手腕上的红绳,法力一施,整根红绳瞬间隐去。

司命的心骤然一缩,一种陌生而熟悉的心痛感蔓延至四肢百骸,他看着手腕,一时间有些怔然。

好像有什么重要的东西,跟着红绳一同消失了。

"这样就好了,小仙告退!"月老将红绳一收,对两人笑了笑,转身飞出了天府宫的大殿。

快到姻缘殿的时候,月老展开手心看着里面凝出的一滴鲜血,摸着胡须自语:"星君莫怪,只有用你们中一人的血才能暂时封住前情镜,不被别人看到。"说着他又叹了一口气,"年轻人啊,真是不知道克制……"

这边天府宫里,武灵灵活动了一下手腕,脸上恢复了如常的表情,问道:"刚才的问题你还没回答我,你到底有没有在命格里给我下绊子?"

"没有。"司命掩饰住心底莫名的怅然,不动声色道,"不过按照玉帝的旨意,这命格你不能看,要等每一世下界前,由传命官念与你方可知晓。"

"好!"武灵灵把命簿收起来,"信你一次。"

走到门口,她突然想到了什么,转身看向司命星君:"那天在凌霄宝殿上……谢了啊。"

司命星君微微一怔,这个女人居然会跟他道谢?

他掩饰住内心的几分波动,目光继续盯在手中的书页上。

等武灵灵大步离开了殿宇,他才轻嗤一声:"不给你下绊子……才怪。"

4.

武灵灵就要下界了,临行前她去了一趟月老的姻缘殿。

彼时月老正坐在相思树下打盹,武灵灵走到他面前推了一下他的肩膀。

月老睁开惺忪的睡眼,抬头一看是武灵灵,连忙坐直了身子,笑眯眯地问:"武曲星君这会儿来找小仙有什么事?"

武灵灵盘腿在相思树下一坐,看着天上一轮大大的圆月,漫不经心道:"我来求月老指点一二啊!"

"指点……哦,对!"月老一拍大腿,朝着姻缘殿门口也在打瞌睡的仙童招呼道,"烟雾,别睡了!给武曲星君上一坛桃花醉来!"

名叫烟雾的童子被叫醒了,连忙站起身往内殿跑去。

不一会儿,他捧着一坛酒回来了,双手奉上。

武灵灵摆摆手:"我可不敢喝了!"

月老眯眼一笑:"放心,我这酒喝不醉的。"

"酒怎么可能喝不醉?"武灵灵"喊"了一声。

"武曲星君,我这桃花醉司命星君天天喝,你见他醉过?"月老得意地一笑。

武灵灵冷笑一声:"那天我给司命送御赐琼浆之前,他就在喝你这个桃花醉,和我拼酒还不是醉得一塌糊涂?"

月老一惊:"你是说你们醉酒那夜,司命星君先喝了我的桃花醉,又喝了御赐琼浆?"

"对啊!"

"怪不得……"月老喃喃道。

"怪不得什么?"武灵灵一脸不解。

"啊?没有没有……"月老赶紧掩饰道,"小仙是说,我这桃花醉有个特点,心中无情之人,怎么喝也不醉,若是动了情,可就不一样喽!"

他压下另一句话没说出来,这桃花醉和御赐琼浆相冲,掺着喝就会……

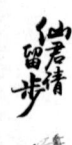

催情。

但天界仙人们修行千年,法力高深,再厉害的酒也不能随便催动他们的情意,除非本就动了情。

"照你这么说,动不动情还能用这酒来试验?"武灵灵有些将信将疑。

"那是自然!"月老掩饰着脸上的不自在给武灵灵倒了一杯。

武灵灵看着酒杯里晶莹的液体,一时间喝也不是,不喝也不是。

"对了,武曲星君找小仙是要求得一些姻缘之术吧?"月老将她的神色纳入眼底,笑着说道,"小仙正好闲来无事,不如给星君讲解一二?若是能助星君一臂之力,实为小仙荣幸。"

"好,月老请讲。"武灵灵放下手里的酒杯,看着月老说。

"姻缘之术有很多种,比如欲擒故纵之术,先抑后扬之术……"

一个时辰过去了。

"星君,星君?"月老俯身看着呼呼大睡的武灵灵,低声唤道,"星君你醒醒啊!"

"啊?怎么了?怎么了?"武灵灵猛一起身,险些把月老撞倒在地。

月老摸着鼻子唉声叹气:"可能小仙讲得太枯燥了些,看来这些东西还是要靠星君亲自体会,只靠纸上谈兵是不行的……"

说着,他从袖子里拿出一个小瓶来,打开瓶塞,一条半透明的白色小虫飞了出来,他用仙力一推,小虫子径直往武灵灵的耳朵飞去。

"什么东西?"武灵灵在虫子入耳的时候一把将它捏住,放在眼前细看。

"呵呵,星君不必紧张。"月老笑着说,"这是传音虫,星君下界之后若是遇到什么姻缘上的问题,可以通过传音虫来和小仙探讨。它跟了小仙很多年了,一些简单的问题也可以直接为星君解惑。"

武灵灵大喜,连忙谢了月老,将传音虫放进耳朵里,又跟月老讨了一瓶桃花醉,刚要走出姻缘殿,听到月老在后面声音低低地交代:"星君到了凡间之后,小心南帝。"

下凡前夜，北斗七星君准备好了一场小型仙宴，给武灵灵送行。

看着武灵灵一杯接一杯地喝酒，贪狼星君知她心里郁闷，便拍了拍她的肩膀安慰道："六妹，我们已经向玉帝请命，你每历一世后都可以回天界休养一天。你在凡间的时候，我们几个也会暗中守护你的安全，你大可放心前往。"

武灵灵喝得有些醉了，点点头，舌头有些打结："谢……谢谢大哥……"

老四文曲星君端着酒杯走过来，拉着她事无巨细地嘱咐了很久，直到武灵灵困得睁不开眼睛的时候，耳边突然响起"砰"的一声响。

武灵灵赶紧睁开了眼，原来是老七破军星君猛地一拍桌子。

"老七你干什么？"文曲星君大怒，"没见我正在叮嘱六妹吗？"

破军星君大叫道："四哥你太啰唆了，这都一个时辰了，凡间的规矩她下去自然就会了！叫我说，我们还不如把司命抓过来，亲自问问他究竟写了什么命格，好让六妹有个心理准备！你们要是不愿去，我自己去！"

"老七！"贪狼星君脸色一沉，朝其他几位星君使了个眼色，几人会意，站起身来就用缚仙索把破军绑在柱子上，然后闷头继续喝酒。

老二巨门星君向来心思缜密，他握着酒杯沉吟道："当日在大殿上那月老神色有异，我猜测六妹下凡这件事一定和他脱不了关系，但他又亲自给六妹指点姻缘术，还送传音虫，你们说，这月老葫芦里究竟卖的什么药？"

"星君，月老葫芦里只有酒，不卖药……"一个怯懦的声音从武灵灵的耳中传来。

巨门眉头一皱："谁在说话？"

武灵灵一歪头，一条小虫子"啪嗒"一声掉在桌上："二哥，这是月老送我的传音虫，叫小凡。"

巨门一蹙眉，一把捏起小白虫子放到眼前，眼睛一眯说道："原来这就是传音虫。说！月下老儿究竟在搞什么鬼？"

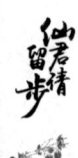

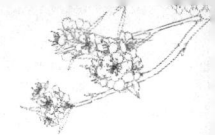

"星君饶了我吧,我就是一条灵虫,什么都不知道啊!"白色小虫子在巨门的手里扭动挣扎,连连求饶。

巨门将它往桌上一扔,威胁道:"以后我们几个谈论的任何事,你要是敢透露出去半点,有如此盏!"

说着,他将手里的酒盏一捏,"啪"的一声,酒盏碎成齑粉。

小白虫子吓得全身变成了绿色:"不……不不……不敢,我绝不敢泄露半句……"

"二哥,别吓唬它了,我到了凡间还要指望它呢。"武灵灵把噤若寒蝉的小虫子重新放回耳朵里,端起酒杯来,"诸位哥哥弟弟,武曲一定不负众望,争取早日得到命定之人的清泪,回来再和兄弟们豪饮三百杯!"

下凡的时辰快到了,武灵灵独自一人来到了下凡谷谷口。

等了好一会儿,传命官福新才慢慢悠悠地来到。武灵灵看了他一眼,见他穿着银灰色的仙官服,脸庞瘦削,皮肤白嫩,一副白面小生的模样。

"星君好早啊!"福新语气随意地朝她伸出了手,"命簿呢?"

武灵灵没理会他脸上不屑的表情,只把命簿拿出来递给他。

守下凡谷谷口的人仙职很低,却最势利,面对武灵灵这样被贬下凡的,他们通常都会摆出一副盛气凌人的架势。

武灵灵也不欲和他计较,后面她每一世下界前,都会由他来宣读命簿。

福新把命簿拿在手里看了看,另一只手朝空中一伸,一把金光闪闪的钥匙出现在他手心里,他将钥匙在命簿上一点,命簿随即打开了。

"咳咳!"他清了清嗓子,大声念道,"兹有武曲星君武灵灵被罚下界历情,第一世。"

武灵灵竖起耳朵听着,却见福新的目光从命簿上方朝她射过来,嘿嘿一笑说道:"武曲星君,想听下面的内容吗?咱们这下凡谷谷口的规矩你该是知道的吧?"

武灵灵立即明白他在索要好处,当下大怒道:"福新,你一个字未念就说出这样的话,不怕我回来后到玉帝面前告你?"

福新听了恨恨地说道:"你莫要太嚣张。"说完,他使劲抖了抖命簿的第一页,念了起来,"武灵灵投胎匪帮女山主,命定之人乃山下蒿家庄医师白思明。"

武灵灵一愣,这是让她上演压寨夫君大王妻的戏码?杀人如麻的土匪帮大姐大要去打动一位仁心仁德、治病救人的医师,司命果然没盼着她回来。

她冷笑一声,只听福新在旁边又说道:"星君,想不想知道你那命定之人的身世来历和脾性?只要把你这玉佩留下……"

"你乱动什么?"武灵灵一推福新的胳膊,福新身体往后倒退了几步,险些滑下下凡谷的边缘,吓得脸都白了。

"好!既然你这么不识相,那就祝你历劫顺利了!"福新猛一挥手,谷口大门轰然洞开,一股极强的劲风袭来,武灵灵身子晃了一下。

身后似乎有人在推她,转头一看,正是低头做拱地状的福新想把她推入谷中。

武灵灵冷笑一声,也不再顾及他的身份,飞起一脚把福新踢了出去,自己纵身一跃,跳入了茫茫云海。

◆第二章◆
真心几何

1.

"山主回来了,快开山门!"

随着一声高亢的叫喊,高大的山门徐徐打开,一队人马驰骋而来。

为首的是一个身着鲜艳红衣的女子,头发高高地束在头顶,瘦削身材,脚上蹬着一双鹿皮靴。

虽然长年生活在山上,但她的皮肤却是白里透红,五官精致小巧,一双大眼睛神采奕奕,若是走在大街上见到了,谁也不会想到这就是名震四方的白峰山山主。

武灵灵在空地上下了马,将手里的缰绳往旁边的弟兄那里一递,带领着几个人大踏步走上木质阶梯,进入一间高大宽敞的大厅。

"山主,请用茶。"一个眼神颇为灵动的小丫鬟走上前来,双手奉上茶盅,随后在武灵灵耳边笑着问道,"听说山主这次满载而归了?"

武灵灵斜了她一眼,素日威凛的表情一松,笑道:"你消息倒是灵通。"

那姑娘听了抿唇一笑,身子躬了一躬:"恭喜山主得偿所愿。"

武灵灵点了点头,朝下面的众人说道:"这次打蒿家庄,诸位兄弟都立了功,咱们的兄弟一个没折损,还带了足够一年吃用的财物回来,吩咐下去,今晚在练武场开宴,给诸位兄弟论功行赏!"

"是！"座下的几个当家都齐刷刷地站了起来，双手抱拳，眼中闪着兴奋的光芒。

大厅后殿是武灵灵的起居之处，她斜坐在椅子上，两腿交叠，模样不羁而帅气。

小丫鬟小雅走了进来。

"山主，今夜还有得熬，趁现在稍微歇一会儿吧。"小雅说道。

"把他安顿好了？"武灵灵问道。

"安顿好了，就在偏殿里。"小雅自然知道她指的是谁，"就是……送进去的饭食和茶水一点都没动。"

武灵灵的眉头皱了一下，将袍角一撩站了起来："我去看看。"

西面的偏殿此刻颇为明亮，午后的日光照进来，洒满一地。

武灵灵刚要推门，想了想，又把手收回来，在门上叩了三下。

里面没有任何回应，武灵灵把眼贴到窗纸上往里一瞧，一个长身玉立的身形映入眼帘，她的心突然没来由地跳了两下。

"山主，您这是……"身后响起一个怯懦的声音，武灵灵一转头，一个瘦小的喽啰端着托盘站在那里，正不知如何是好。

武灵灵立即站直身子，想到刚才往窗纸里偷看的情景正好被这小喽啰看在眼里，就皱眉问道："你刚才看到了什么？"

小喽啰眼中露出惊慌的神色，端着托盘双膝一跪："小的什么也没看见。"

武灵灵心道这个小喽啰倒是聪明得很，便问道："你叫什么名字？"

"回山主，小的名叫李全。"

武灵灵往前一伸手："东西给我，你下去吧。"

李全一抬头，眼中有些惊讶，却立即把托盘一举："是，山主。"

"回去跟你上头的人说，以后白医师由你伺候。"

"是，谨遵山主之命。"

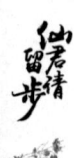
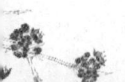

看着李全走出去,武灵灵这才转过身,端着托盘一把推开了门。

穿着一袭白衣长袍的人立于窗前,武灵灵一刹那间就想起了四个字:翩翩公子。

正如命簿中所写,第一世她的身份是白峰山山主,老山主过世之后,就让他唯一的女儿接了班,借着几个老人的帮扶,再加上她雷厉风行的风格,不到一年,她就坐实了山主之位。

老山主在位的时候,白峰山打的是替天行道的旗号,可武灵灵心里清楚得很,白峰山山寨说白了就是打家劫舍的匪帮。

可她若只做鸡鸣狗盗之类,怎么可能打动命定之人?想起命簿上的安排,她把手指捏得"啪啪"响。

司命的笔果然狠辣,他把她安排成一个山寨寨主,可她的命定之人却是远近闻名的仁心医师白思明。

这医师能被她打动,除非她有国色天姿不可,可她武灵灵带下来的是自己本来的容貌,清丽灵动有余,妩媚动人……那是半点没有。

武灵灵叹息一声,堆起笑脸走到白衣男子的身后,说道:"白医师,听下人说送进来的饭食你都没动,可是我这山上的野味不合口?"

白思明一动不动。

武灵灵走到他的侧面,因为这次负责劫人的是老三,所以她一直没有仔细看他,抬眼的一刹那,她惊得后退了半步。

他的容貌……怎么和那人一模一样?

"司命?"武灵灵指着他,声音轻颤。

白思明转过头来,眼中冰冷淡漠的眼神都和司命如出一辙。

"抢来的东西,我半点不食。"他说道。

武灵灵突然笑了,臭脾气也和司命一模一样,一股子清高的臭书生气。

如果真的是司命下界,那这一世就有意思了。武灵灵知道,仙人下界,除了玉帝允可,否则都是不带仙界记忆的,也就是说,站在她面前的是一个对过往完全陌生的司命。

呵呵，有仇报仇，有冤报冤了……武灵灵刚要得意，突然心里一凉，这家伙可是她这一世的命定之人！

司命，算你狠！

武灵灵往旁边的桌子上一坐，双手抱在胸前："白医师要是不吃不喝在我这里饿死了，那我白峰山岂不是成了人人唾骂的对象？"

"难道现在不是？"白思明眼里浮起一丝嘲讽。

"白医师是远近闻名的大医师，医者仁心。"武灵灵无视他的眼神，继续笑着说道，"我把你请到这里来，一是因为本山主有一个从小就落下的病根，一直不能根治；二来也是想让白医师在我们这里住一段时间，看看我们白峰山的兄弟究竟是不是那打家劫舍之徒。"

"不必了。"白思明说道，"是不是鸡鸣狗盗之徒，我不看也知道，至于给你诊病，做梦。"说完他立即转回了目光。

武灵灵看了他片刻，突然笑了："今夜白峰山有个庆功宴，白医师若是不想来凑热闹，那就等我赴完宴再来找你。"

她从桌面上跳下来，在白思明的肩膀上拍了两下，笑着出了门。

"灵灵，你这第一世的命定之人竟然是司命星君啊！"刚一走出去，小凡就在武灵灵的耳朵里说，"这就有点麻烦了，你俩可是死对头啊！"

"没关系，他没有仙界记忆不是吗？"武灵灵说道，"话说你熟悉姻缘之术，对这样的人，该怎么打动他？"

小凡想了想，说道："我觉得，星君尽可施展自己的真性情，必能打动他。"

房门在身后一关，白思明微微侧目，然后从怀里摸出一方白色的绢帕展开，看得出了神。

绢帕上绘有一株桃花树，树下两人对坐共饮，其中一人眉目俊朗，正是他本人的模样，另一名女子却和武灵灵极为酷似。

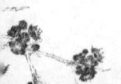

白思明蹙起眉头。这方绢帕是他画的自己长久以来的一个梦境，梦中的女子俏皮灵动、活泼可爱，但刚才看到武灵灵，他也惊了一下，他的梦中人怎么会是一个女匪徒？

他的手指突然攥紧，将那绢帕一收，重新放回衣内。

等他找到火折子，是时候将这东西烧掉了。

2.

傍晚时分，白峰山的练武场上到处燃着篝火，最高处的台子上，武灵灵和另外几个当家坐在那里，面前的桌案上都摆着菜肴和酒坛子。

这次大胜而归，武灵灵给立功的兄弟们分发赏赐，众人喝酒吃肉，开怀畅饮。

突然，一个瘦小的身影在台子下面拜倒，武灵灵低头看了一眼，竟然是伺候白思明的李全。

"什么事？"武灵灵问道。

"启禀山主，"李全低着头说，"白医师差遣小的过来，说有事要请山主过去一趟。"

"什么？"武灵灵身边的红脸大汉突然吼了一嗓子，"他算什么？也敢劳烦山主？"

"就是！"另一个皮肤黝黑、模样十分精干的青脸男人也附和，"让他自己滚过来！"

"山主，那个小白脸，你何苦求着他？"红脸汉子怒道，"等老子喝完酒收拾他一顿，保管他服服帖帖的！"

武灵灵看了他一眼，在众人惊讶的目光里站起身来。

"山主,你真要去？"一个长须男人抬起眼来,"这白思明仗着医术在身，不可一世得很，山主莫要长了他的威风啊！"

长须男子叫作刘眉，是这白峰山的四当家，平日里计谋最多，也是武灵灵比较倚重之人。

但这次武灵灵只是摆了摆手，起身往半山坡的大厅方向走去。

"二哥，我听说这白思明不仅医术高明，长得也是眉清目秀，咱们山主会不会……"红脸的三当家吴堂说道。

"别瞎说，坏了山主名声！"青脸男人斥了一句。

吴堂立即不作声了。

武灵灵喝了不少酒，此刻身形有些微晃，她来到白思明房门前站定，深吸了一口气，又拍了拍衣襟，这才推开门走了进去。

屋里没有掌灯，白思明正站在窗前，见她也不敲门，不悦地看了她一眼。

"白医师，找我何事？"武灵灵笑眯眯地在他面前坐下，灵动的双眸在夜色中闪着光。

"我有件事，需要马上办。"

"哦？什么事？"武灵灵来了兴趣，"是不是白医师突然醒悟了，想要帮我诊病？"

她伸出自己白皙光洁的手腕放到他眼前，似笑非笑地看着他。

白思明没看她的手，只是递过来一张纸："我要配一种药，需要这几味药草，你即刻着人到山上给我寻来。"

武灵灵拿过纸来展开，借着月光看了两眼，笑道："这些药草我白峰山都有，别处还真难寻到，只是我总得知道这药配来给谁吃？治什么病症？"

白思明看了她一眼："城中百姓。"

"不会是蒿家的二小姐吧？"武灵灵双手抱胸，"白医师之前可是和她走得很近呢！"

"是又如何？"白思明看着她，语气里颇有些挑衅的意味，"她是我的病人，也是城中百姓。"

静了片刻，武灵灵倏地一笑："好，你说救就救。"

她转向门外："李全！"

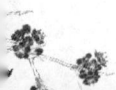

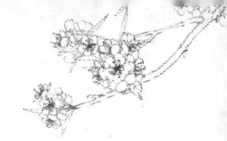

李全立刻推门进来,躬身待命。

"吩咐下去,明天一早派几个兄弟去山上寻这几种药草。"武灵灵轻快地说道。

"是。"

"等等。"白思明却又开了口,"现在就去。"

"这……"李全为难道,"天都这么晚了,大家都在练武场饮酒呢……"

白思明没有说话,神色间却没有妥协的意思。

武灵灵看了他一眼,重新吩咐李全:"传我的令,现在就去,让三当家的安排。"

"是。"李全躬身退了出去。

等他走了以后,武灵灵也站起身来准备离开,刚走到门口就听到身后传来一道清冷的声音:"外面太吵,让他们安静一点。"

武灵灵站住身子,拳头握紧了又松开。

这个男人,真不是下界故意给她找碴儿的吗?

回到练武场,武灵灵就发觉几个当家的脸色不太对。

"山主,"吴堂忍不住开了口,"你是不是有点太纵容那个小白脸了?他说采药就采药?老子的人那么好支使?"

武灵灵没理会他,而是看向前方说道:"吩咐下去,所有弟兄都挪到南边山下去,酒继续喝,不醉不散!"

"什么?"吴堂猛地站起来,"每次开宴都在练武场,为啥挪地方?"

"老三,坐下……"青脸男子名叫李刻,是白峰山的二当家,他摆摆手说,"山主做事自有她的道理,你只管听着就是了。"

吴堂哼了一声,转身走了,留下其他几个人一阵沉默。

"山主,老三脾气暴,别管他。"

武灵灵摆了摆手,说道:"老二、老四,咱们带着这么多弟兄在这山上,日子虽然快活，但我们不能总做别人嘴里的匪徒。"

她突然觉得拿到白思明的眼泪不再是当下最要紧的事，她想把当年老山主"替天行道"的愿望做实。

这一场庆功宴开到了半夜，武灵灵最后被几个人搀扶着回到了住处。

小丫鬟小雅连忙走上来扶住她，把其他人都屏退了。

"他那边有什么动静吗？"武灵灵躺在床上，半醉半醒地问。

"没有。"小雅说道，"一直没掌灯，估计早就歇下了吧。"

犹豫了一下，小雅又说道："山主，你这样护着他，会被其他人说三道四的。"

"嘴长在别人身上，他们爱说什么说什么，"武灵灵的眼睛望着房梁，"我只做我该做的事。"

第二天一早，武灵灵提着一个篮子敲响了白思明的房门。

白思明把门打开，看到她，身体一动不动。

"白医师，你要的药草，我的弟兄们连夜给你采来了。"武灵灵把篮子提起来，脸上带着笑。

白思明垂下双眸，修长的手指在里面翻了一下，脸色顿时阴沉下来。

"我要的是凤尾七，你给我找的这是什么？"

"凤尾七？"武灵灵一怔，拿起一株药草来，"这个不是吗？"

白思明从她手里拿过药草，往地上一扔："药草误食，害人性命，这点道理都不懂吗？"

说完，他当着武灵灵的面，"砰"的一声把屋门关上了。

武灵灵看着篮子里的药草，心里没来由地一阵沮丧。

想要打动这个冰山脸，真是太难了。

她把其他几位当家的都召集到议事厅，把那一篮子药草往正中间一放，目光从其他几人脸上扫过。

吴堂微微避开了她的目光。

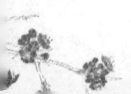

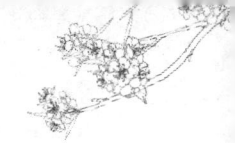

"我不懂药材，不知道这里面都是些什么东西，但我知道，一味药不对就会致人死命，"她缓缓地走下座位，"咱们白峰山难道要做那种草菅人命的匪帮？"

几位当家的都不发一言，武灵灵又回到座位上，看向众人。

一阵沉默之后，吴堂突然站出来，一抬下巴说道："山主，这事是我干的，我认！"

"为什么要这么做？"武灵灵问道。

"我看不惯那个小白脸在咱们白峰山作威作福！"吴堂大声说道，脸涨得更红了。

"山主，"李刻也说，"你把那姓白的劫到山上来究竟有何用处？我们弟兄几个参不透，还请山主明示。"

武灵灵说道："本山主有疾，需要请他医治，这是其一；其二，我想让世人改变对咱们白峰山的看法。白思明医者仁心，远近闻名，只有收服了他，才能让世人对我们白峰山刮目相看，才能真正对得起我白峰山'替天行道'的名头。"

她的话说完，几个人都陷入沉思。

过了一会儿，吴堂说道："山主，你的用心我们几个明白了，昨天的事我认罪，我现在就去找真的凤尾七给他。"

武灵灵眼中露出欣慰之色，叫住吴堂："老三，我和你一起去。"

3.

老三吴堂在上山之前靠卖药材为生，所以在白峰山众兄弟中，他算是懂药理的一个。武灵灵和他顺着狭窄的山道一路往山顶走，最后停在一处崖壁前。

这崖壁十分陡峭，高有百仞，壁上石尖凸起，常人想要看到崖顶都要使劲仰起脖子，更别说向上攀爬。

武灵灵看了一会儿,问道:"这上面有凤尾七?"

吴堂点点头:"白峰山上的凤尾七都长在高处,只有爬到最顶上才能采到。"

武灵灵想了想,从腰间解下粗麻绳,在绳头上打了一个结,照着崖壁中间一块突出的尖石甩了过去,绳结精准地套在石尖上,一边的吴堂忍不住叫了一声好。

武灵灵把绳子拉了两下就"噌噌噌"爬了上去,爬到绳头那里,一只手握着突出的石头,另一只手又往上甩绳子,如此循环往复,在崖壁上慢慢地往上移动着。

半个时辰后,她终于到了顶端,让她喜出望外的是,这里的石缝里果然生长着几株凤尾七,不过,离她站的地方有一段距离。

她一手抓住绳子,另一只手慢慢地往那方靠近,眼看就要够到那几株药草,突然脚下踩空,身体猛地一滑。

"山主!"吴堂惊得往前迈出一步。

武灵灵反应迅速,一把抓住旁边一块石头,慢慢稳住晃荡的身体,吴堂悬着的心才稍稍落下来。

功夫不负有心人,武灵灵终于采到了凤尾七,她小心翼翼地把药草放进怀里,然后借着绳子一点点地下滑。

下滑比往上爬还危险,一个不注意就是粉身碎骨的后果,武灵灵落下地来的时候,后背都被冷汗浸透了。

吴堂一直站在下面伸着手,看到她安然无恙,不知是因为激动还是担心,一个七尺高的大汉竟然红了眼眶。

武灵灵虽然没什么大碍,但她的手上、脸上都留下了一些擦伤,犹以鼻尖上的那处最厉害。

下了山之后,她顾不上处理伤口,带着采来的药材直奔白思明的住处而去。

"咚咚咚!"连敲门声都带着一丝欢快。

白思明打开了门,看到武灵灵的模样,不由得微微一怔。

武灵灵原本白皙粉嫩的脸上多了好几处或深或浅的伤口,鼻尖上的那处还往外渗着血丝。

"你……"

"凤尾七!"武灵灵犹如变戏法一般从怀里掏出来一把鲜嫩的药草,在他眼前摇晃着。

白思明稍加辨识就确认了这是真正的凤尾七,他自然也知道,这种药草生长在山顶石缝里,采摘不易。

"这次对了。"他的声音略微缓和了一些,对面的人立即双眼放光。

"你亲自去采的?"他又问。

武灵灵认真地点点头。

白思明看了一眼她的鼻尖,终于把身体一侧:"进来吧。"

武灵灵跟着他走进去,见他打开自己的药箱,从里面拿出一个碧绿色的小药瓶递给她:"把这个敷上。"

武灵灵打开药瓶,一股清香扑鼻而来,她有意反问白思明:"这凤尾七虽然难采,但我也没受什么伤,你给我这个是敷在哪里?"

白思明头也不抬:"脸上。"

武灵灵将身子往前一凑,笑意盈盈道:"你怕我破相?"

白思明一顿,本能地想要否认,但见她皮肤白皙,眸光灵动,突然意识到自己确实是在担心她容貌有损,他又是不善于掩饰的人,当下便沉默不言。

武灵灵见他不说话,心里更加得意,又问道:"你曾经信誓旦旦说不会给我诊病,现在又给我药膏,算不算食言而肥?"

白思明脸上闪过一丝恼怒,伸手要把药瓶拿回,武灵灵却将手往上一扬,灵动的双眸一闪:"既然送我了,怎么能再要回去?"

她拿着药瓶边往门口踱步边说道:"哎,这药瓶还不是普通的药瓶,下面有几个小字,打头的好像是个'白'字……"

话音未落,背后突然有一阵风袭来,凭着武者的敏锐,她猛一回身钳住身后人的手腕,一个倒转把他推在墙上。

他手腕被她压在头顶,两人的脸庞近在咫尺,呼吸可闻。

武灵灵突然觉得他俩的姿势过于暧昧,便立即松开他,掩饰着说:"不好意思,习惯了。"

白思明垂眸看着她,在他梦中的桃花树下,女子眼神俏皮灵动,天真烂漫;而眼前的她,眼里却充满着不安和警惕,像是时时刻刻准备和仇家拔刀相向。

换作别的女子,正是如花似玉待字闺中的年纪,而她却过着在血雨腥风中行走刀尖的生活。

他心里突然起了一丝异样的情绪。

武灵灵并没有注意到他眼神有异,她如获至宝般把那个小药瓶放进衣内,冲他粲然一笑道:"我走啦!"

她突然又往他跟前一凑,压低了声音说道:"给蒿小姐配药的时候小心了,凤尾七大补,她那么柔柔弱弱的,当心补残了!"

白思明不悦地斜了她一眼:"你担心太多了。"

武灵灵不以为意,笑嘻嘻地打开门走了出去。

一路上,她把玩着那个小药瓶,想到白思明对她态度有所转变,竟然激动得脸颊发红,这时小凡在她耳朵里说道:"灵灵,你的心跳得好快……"

"有吗?"武灵灵一阵惊讶。

"有,而且你耳朵很热……"小凡哀号一声,"烫到我了!"

武灵灵赶紧去摸自己的耳朵根:"不好意思……"

"灵灵,据我不成熟的经验判断,你这是动情的迹象啊!"

"胡说!"武灵灵压低了声音,"我怎么可能对他动情,他可是司命!"

"司命星君是仙界第一美男子啊!"小凡立即接口道,"再说了,你几百年前和司命星君一起修订凡间武簿,那时候难道没有动过一点心?"

"你在胡说什么?"武灵灵大为震惊,几百年前她和司命的那段往事,仙界无人知晓。

"灵灵,我可是月老殿的灵虫,男女间的情爱都瞒不过月老的。"小凡信誓旦旦,"不过你放心,这件事也只有月老一个人知道,不会传出去的。"

武灵灵轻笑一声:"都是几百年前的事了,不提也罢。"

正往前走着,突然迎面冲过来一个喽啰,见到武灵灵单膝一跪禀报道:"山主,三位当家请山主去议事厅,有紧急军情。"

武灵灵一听立即敛了眉目,快步往议事厅的方向走去。

刚一进门她就感觉到厅内的气氛很凝重,二当家李刻站起来说道:"山主,昨天夜里,五头蛇帮的人打劫了信家庄,放火烧了半个村。"

武灵灵眉头一皱:"村里的人呢?"

"死了百余口人。"

"他们的下一个目标看来是蒿家庄了。"武灵灵的面色有些凝重,"那里比较富庶,百姓也聚集。"

吴堂站起来说道:"山主,你要是担心他们威胁到咱们,我出马当先锋,带人灭了五头蛇帮的人。"

一旁的李刻却摇摇头:"我建议咱们按兵不动,五头蛇帮的人威胁不到咱们,跟他们打也没什么好处。"

武灵灵沉思了一下,转向一直沉默不言的刘眉:"老四,你怎么看?"

刘眉似乎早知道武灵灵会问他,此刻他抬起脸来说道:"山主一直以来都想把咱们白峰山替天行道的名头打出去,之前打蒿家庄,也只动鱼肉百姓的乡绅,绝对不动百姓一根手指头,这次五头蛇帮洗劫了信家庄,山主是想借此机会帮百姓铲除这一大害吧?"

武灵灵看着他,眼神里闪过一丝波澜。

刘眉说的，正中她的心思。

她不愿意只做打家劫舍的匪徒。

"不过咱们去打，名不正言不顺，即使灭了五头蛇帮，别人也只会以为是两个帮派抢地盘，会不会对咱们感恩戴德还不好说呢。"李刻提出了不同的想法。

"即使他们不感恩戴德，咱们也得做。"武灵灵说道，"在咱们山头附近屠害百姓，不灭他们心难安。"

"传我的令，老三带着弟兄们半夜动身，在信家庄通往蒿家庄的道上埋伏，等五头蛇帮的人一到就跳出来击杀！我和老二带人随后应援，老四在家坐镇，听候海东青传音。"

"是！"

议事厅里的几人都站起来齐声领命。

4.

白思明的房门口，武灵灵有些踟蹰地站在那里。

她敲了敲门，里面传来一道清冷的声音："谁？"

"是我，武灵灵。"她说道。

等了一会儿，里面没有回应，武灵灵自嘲地笑了一下，转身欲走。

刚走出两步，身后的门响了一声，武灵灵回头一看，白思明站在门口，眸光平静。

"何事？"他问道。

武灵灵嘻嘻一笑，走到他面前："没事，就是想和你聊会儿天。"

她本以为白思明会当着她的面把门关上，谁知门口的人顿了一下，却转身进了屋子，身后的门敞开着。

武灵灵心里涌起来一丝惊喜，跟在他身后进了屋，轻描淡写地问："我要下山一趟，有没有什么东西需要我带给你的？"

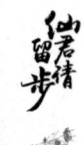

"你要下山？"白思明问，"去做什么？"说完之后他心里有些气恼，为何这么关心她的动向来？

武灵灵的语气却很自然："下山买些东西，山上也不是什么都有的。"

白思明没有再说话，但他隐隐觉得她没有如实回答，如果真要买些东西，不至于劳驾她这位山主亲自出马。

"欸，有没有什么话要我帮你捎给蒿家小姐？"武灵灵凑到他身边，一脸邪邪的笑容。

白思明看了她一眼："你可以告诉她你打算何时放我回去。"

"好！"武灵灵一笑，"那我就告诉她，慢慢等吧。"

"为什么？"白思明问道。

"什么为什么？"武灵灵不解。

"你把我囚禁于此，只是为了给你诊病？"

"刚开始是这个原因，现在不是了。"武灵灵一脸俏皮的笑容。

"还有什么事，一并说出来吧。"

"真要我说？"武灵灵眼睛睁大，闪着光的眸子显得格外俏皮灵动。

白思明微微蹙了蹙眉，他总是不太习惯她这种目光，好像在有意撩拨他的心弦。

"那我说了啊，"武灵灵靠近他，眼睛眨了眨，"我喜欢你，可以吗？"

白思明猛地转头看向她，表情惊愕。片刻之后，他收回目光，语气却有些僵硬："不要胡言乱语。"

"我没有胡言乱语，"武灵灵说道，"我很认真的。"

她离他很近，眼睛里射出的光芒异常明亮，白思明突然转身往窗前走去，宽大的袍袖却不慎将桌上的杯子拂了下去。

武灵灵眼疾手快地将杯子接在手里，笑嘻嘻地说："我还从未见你这样莽撞过。"

白思明脸上有一丝愠怒："若无其他事，赶紧离开这里吧，我还要配药。"

出乎他意料的是，武灵灵乖顺地点了点头，背着手一脸高兴地离开了。

屋子里终于恢复了安静，白思明拿着险些被他打碎的瓷杯看得出了神。

刚才那一瞬间的慌乱，究竟是因为什么？

他从衣内拿出那方浅色帕子来看了看，画中的女子仿佛更加鲜活了，俨然就是一个武灵灵。

白思明将手心一攥，手指骨节微微泛白。

出了门之后的武灵灵欢快得如同一只鸟雀，步履轻快、神采飞扬，小凡在她耳朵里被颠得上下晃荡，忍不住说道："你还说你没有动心，你这都直接表白了！"

武灵灵说道："我这也是为了完成任务，不管怎么样，先表明我的立场再说。"

这么一说，小凡不再说话了，这样的行事风格，确实符合她的性格。

武灵灵走后不久，白思明的房门又响了起来，他心里一动，立即走过去开门，步子竟有些匆忙。

是不是那家伙去而复返？

门开之后，他却有些失落，站在门外的是白峰山的四当家刘眉。

白思明眼中一闪而过的失望没有逃过刘眉的眼睛，刘眉不动声色地笑了笑，说道："白医师，在下有些话不知当讲否。"

白思明脸上不欢迎的意思十分明显。

刘眉又笑了一下："是关于山主的。"

白思明眸中一动，这才让开了一条道。

刘眉朝他微一点头，从他身侧走了进去。白思明看着他的背影，心里觉得这个四当家的斯文有礼，倒是和其他几人不同。

等刘眉在窗前站定，白思明也跟了过来，却并没有请刘眉坐下的意思。

刘眉也不以为意，看着白思明说道："白医师，我就开门见山了，此

次前来,是为我们山主来向白医师求亲的。"

"咳咳!"白思明猛地咳嗽了几声,眼中一片震惊,脸色由白变红,又由红变白,半晌后才问,"你们山主让你来的吗?"

刘眉无声一笑,摇了摇头:"山主并不知道这事,是我自作主张。"

白思明眉目一凛:"你的用意是什么?"

"白医师可能不知道,五头蛇帮的人近日到信家庄洗劫财物,杀了百余口村民。"

"这又如何?难道你们作为山匪也看不过去了?"白思明眼里闪过一丝嘲讽。

"白医师不了解我们白峰山,自从山主接位之后,我白峰山只惩治恶人,绝不动百姓,山主要做的是替天行道。"刘眉说,"上次我们劫了蒿家庄鱼肉百姓的王乡绅,百姓哪个不拍手称快?即使把白医师请上了山,也是以礼相待,绝无半点不尊重之意。"

白思明沉默了片刻,他心里知道,刘眉所说都是真的。

"匪徒就是匪徒,"白思明说,"极力想洗脱罪名,完全是徒劳。"

"山主行事坦荡,白医师果真丝毫不为所动?"刘眉往前走了半步,"明日一早,山主和二当家的就要去伏击五头蛇帮。这件事本来我们不用出手,山主执意要这样做,不正是为了完成老山主一直以来的心愿吗?"

看着白思明陷入沉思,刘眉进一步劝道:"这次我们出手其实是出力不讨好,但如果白医师愿意同我们山主站到一起,百姓之心就会偏向我们,山主不会落下一个女匪徒的恶名。白医师,看在山主舍命为你寻了药草的分上,帮她一次又如何?"

白思明看着刘眉,深眸如同浸在水中的一枚黑曜石。

看着他俊朗的面容,刘眉不禁暗自感叹:怪不得山主对他另眼相看,此人果然是一表人才。

"此事,等她打完五头蛇帮回来再说。"白思明说道。

刘眉听了大喜过望，说道："此事若能成，也是这一方百姓的大福气了！"说完他朝白思明一揖到地，十分恭敬地道别离开了。

　　白思明的心却久久不能平静，他本以为她对他说的话是真的，然而听了刘眉刚才那番话才明白，她过来对他表明心迹也不过是想利用他，图他素来行医的名声。

　　她一个山匪，刀尖上舔血的人，能有几分真心？

　　他对着窗外冷笑一下，把刚刚打算送给她的一个药瓶重新放进了药箱里。

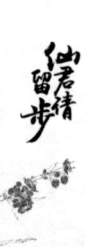

◆第三章◆
天下武者

1.

这天夜里静谧无声,白思明却辗转反侧。

子夜时分,他终于忍不住披衣起床,从药箱里摸出那个药瓶,推开门往外走去。

刚走到院子里,就见树下立着一个人影,身材纤瘦,脊背却挺得笔直。

"你在这儿做什么?"白思明问道。

武灵灵从树下走出来,皎洁的月光下,她的眼睛里闪着光,似是十分激动。

"老四都跟我说了,"她的声音有些颤抖,"你当真愿意考虑?"

白思明知道她所指何事,只是冷冷地说:"我说了,等你回来再议。"

"我肯定会回来的!"她的目光坚定,"带着五头蛇帮的人头。"

白思明看了她一眼,将那个药瓶拿出来。武灵灵一脸欣喜地接过药瓶,却听他说道:"回来之后,我愿意成亲,只是我心不在此,难尽夫妻之实。"

武灵灵脸上的表情猛地僵住。

"你不是真心要和我成亲?"

白思明脸色冷漠如霜:"和我成亲之后,你可以名正言顺地替天行道,目的已然达到,还想要什么?"

"可是……"武灵灵着急想要辩解，却一时词穷。

"我言尽于此，"白思明已经转了身，"你去吧。"

看着消失在月色中的白衣长袍，武灵灵犹如被当头浇了一盆冷水，浑身冰凉。

第二天清晨的伏击战打得异常艰苦，五头蛇帮颇有一些身手好的人，他们烧杀劫掠惯了，动手就是拼命的架势。

武灵灵带人赶到的时候，吴堂的人和五头蛇帮的人刚打个平手，却已然力不从心。她立即带人冲进去，大家看到山主到来，士气顿时大振，眼看剿灭五头蛇帮在望，谁知后面又出来一大队人马，原来五头蛇帮也有所准备，专门留了后手，双方老大都出现在人群中拼力厮杀。

武灵灵勇武异常，以一敌十，五头蛇帮的头目敌不过，交手百余回合之后，就向旁边的树林里逃跑，武灵灵纵马就追了进去。

本以为午时定能结束的对战，竟一直到了晚上才收兵。

五头蛇帮的人被灭掉大部，白峰山也折损了很多弟兄。

武灵灵从树林中出来的时候，手里擒着一条胳膊。

这是五头蛇帮头目萧勇的胳膊，看到她出来，白峰山的弟兄们都站起来，将她围在里面，吴堂上前牵住她的马，脸上的鲜血被残阳映成鲜红色。

回到山上已近半夜，山上灯火通明，刘眉带着人大开山门出来迎接，看到弟兄们的情形，他肃了面容，带着镇守的弟兄们躬下身去。

这是白峰山的规矩，出去打仗的弟兄归来，都要受守家的弟兄们一拜。

谁的命也不是捡来的。

武灵灵下了马，目光扫视一圈，并没有看到期望中的身影，她什么也没说，只是低头静静地一笑。

刘眉懂得她的心思，在她身侧边走边说道："今天白医师在屋里研磨了一整天的药，这会儿许是歇下了。"

顿了一下,他又问:"山主,用不用着人去请他?"

武灵灵摇摇头:"立即把弟兄们安顿一下,饭食伺候好了,让他们好好休息一下。"

"是,山主。"刘眉立即领命而去。

夜深人静,打仗回来的弟兄们都已经歇下了,整个山寨笼罩在一片静谧之中。

"咚咚咚!"

白思明的房门突然被叩响,声音很急促。

"白医师,白医师,您歇下了吗?"小雅带着哭腔的声音在门外响起。

房门立即打开了,白思明衣衫齐整地出现在门口,像是早有准备一样。

"怎么了?"他的声音沉静,目光犀利。

"白医师!"小雅突然双膝一跪,"求求您去看看山主吧,她回来后发高烧了,身上还有很多伤口……"

小雅的话音未落,面前一阵疾风拂过,白思明的身影已然消失在门口。

小雅忙跟着站起来,跟在白思明身后一路小跑着回到武灵灵的卧房。

白思明坐在床前仔细查看了一遍,眉头越拧越紧,他头也不回地吩咐小雅:"去把我的药箱拿来,准备一盆热水,还有你们山主的换洗衣服。"

"是。"小雅终于找到了主心骨,赶紧行动起来。

药箱很快送到了白思明手中,他拿出一把剪刀,将武灵灵带血的衣物都剪掉,然后熟练地拿出三个不同颜色的药瓶,根据武灵灵伤口的轻重程度一一敷上不同的药。

小雅在旁边给武灵灵的额头换着帕子,白思明又给她服下一种药,过了足有一个时辰,武灵灵才有了退烧的迹象。

"山主的额头没那么烫了!"小雅激动地说道。

白思明虽没答话,眼中的冷肃之色却褪去不少。

床榻上的武灵灵微微动了动唇,小雅立即凑了过去,问道:"山主,你要什么?"

"司命……司命。"武灵灵喊出了这个名字。

小雅一惊,赶紧偷眼看白思明,后者的眉宇又蹙了起来。

"司命是谁?"白思明问道。

"白医师您听错了,"小雅掩饰道,"可能是山主做噩梦了。"

白思明没说什么,脸色却极其难看。

他拿过她的手腕诊脉后,又把她的手毫不客气地放回去,站了起来:"已无大碍,我走了。"

"哎,白医师!"小雅忙喊道。

白思明却拎起药箱,头也不回地离开了武灵灵的卧房。

小雅回头看着床上依旧神志不清的武灵灵,嘟囔了一句:"山主,你都要和白医师成亲了,怎么还对那个人念念不忘啊……"

门口,白思明的身体僵直,脸上慢慢浮起一层冰霜。

第二天一早,武灵灵睁开眼睛就看到外面天已经大亮,身上一阵虚脱无力的感觉传来,像是大病了一场。

"山主你醒了?"小雅在旁边撑起身子,一脸惊喜,"感觉怎么样?"

武灵灵坐起身来,看了看自己身上敷的药草和包裹的白布,问道:"你帮我弄的?"

小雅摇摇头,笑着说道:"白医师过来给你敷的。"

武灵灵立即瞪大了眼睛:"什么?我这些伤口,肩膀上、腰上,都是他给我敷的?"

小雅点点头。

"那我的衣服呢?"她又问。

"是白医师帮你换的,我在旁边……打了下手。"小雅喏喏道。

"他怎么能……"武灵灵有些语无伦次,"我的身体岂不是都被他看

了?"

"山主,当时情况紧急,你都烧迷糊了,再说了……你也不是那种在意这些小节的人……"小雅的声音低了下去。

"我在乎!我怎么不在乎?"武灵灵猛地往前一冲,肩上的伤口被牵动,顿时疼得皱起了眉头。

"山主,你怎么样了?"小雅着急道,"这件事除了白医师没有人知道,白医师人品可靠,肯定不会说出去的,你不要这么着急啊……"

武灵灵叹了一口气,穿衣下床:"我出去走走。"

"可是,白医师嘱咐过了,你今天不能下床。"小雅跟在她身后劝阻道。

"那是他不了解我。"武灵灵往门口走了两步,突然转回头,"对了,我昨天夜里有没有说过什么?"

小雅赶紧刹住脚步,抬起脸说道:"你又喊了'司命'这个名字……"

武灵灵一怔:"什么叫又?我以前经常喊这个名字?"

小雅点点头,眼睛一眨不眨。

武灵灵抚住额头:"白医师说什么了没有?"

"没有,只不过脸色很难看。"小雅觑着武灵灵的脸色,鼓起勇气说,"山主,我觉得,不管以前的人怎么样,那都是过去的事了,不如珍惜眼前的人。"

武灵灵看着小雅,突然笑了,过去拍了拍她的肩膀:"知道了,谢谢你。"

2.

武灵灵慢慢踱步到众人住的地方,逐个看望受伤的弟兄,过了一会儿,她走进一间房屋。

一进门就看到一袭白衣长袍立于床前,长身玉立,青丝垂肩,纵使只看背影,这家伙也能瞬间撩动别人的心。

一看到武灵灵进来,床上正撩起衣衫被白思明诊治的男子吓了一大跳,赶紧往下拽衣服,提裤子,爬下床要行礼。

武灵灵赶紧走上前一步按住他，说道："别起来，我就是来看看你们。"

那人这才躺回床上，可就是死死地按住衣服，不让白思明再看。

白思明看了武灵灵一眼，说道："男女有别，你不在意，别人在意。"

"这有什么！"武灵灵朝那人摆摆手，"咱们一同去拼杀的时候，什么不是在一块，不用在意这些。"

"你还是先回避一下。"白思明仍旧说道。

"哦。"武灵灵听话地走了出去。

众人见此情景，都惊得目瞪口呆。

他们的山主，一个马上生风、手起刀落的女人，竟然如此乖顺听话？

那带伤的男子看着门口，又看向白思明，二话不说就重新趴回床上。

白思明给他处理完伤口，背起药箱走出门，对抱着双手立在门外的武灵灵说道："下一个地方。"

"哦。"武灵灵立即跟上了。

从营房里出来，两人往回走去，路上武灵灵说道："昨天夜里，多谢了！"

白思明看也没看她："举手之劳而已。"

他又斜了她一眼："救你和救他们，于我而言没什么差别。"

武灵灵听着他冷淡的话语，突然忍不住想乐。

明明花了那么长时间救她，回头却又强调自己"无甚差别"，他真是有些欲盖弥彰的意思。

走到大厅木阶梯前，白思明突然停住脚步，转头看着她。

武灵灵有些诧异："怎么了？"

"你腿上有伤，不要上台阶。"他蹙眉说道。

"嗨！你太小瞧我了。"武灵灵不以为然地笑笑，抬步就往台阶上走去。

白思明没动，在后面看着她。

没迈出两步，武灵灵突然"嘶"了一声，手捂住小腿，在台阶上坐了下去。

白思明走到她身边，俯下身来，手伸向她的小腿。

有一点血迹洇了出来，白思明伸手就把她的裤腿往上推。

"干什么？"武灵灵按住他的手。

"刚才谁说了不用在意这些小节的？"白思明抬头，黑沉的眸子散发出一股摄人心魄的光泽。

武灵灵被他一看，心不由得乱跳了几下，手跟着松开了。

白思明查看了一下伤口，将原来包扎的布条重新固定了一下，又把她的裤腿放下来，在她面前转过身去："上来吧。"

"你要背我？"武灵灵一怔。

"只此一次。"

武灵灵赶紧爬了上去，趴在他宽大的后背上那一刹那，她心里起伏万千。

就是几百年前他们两情相悦的时候，她都没有离他这样近过。

他给她写了命簿又跟着下界，究竟是来阻拦她的还是让她再次对他动情的？

她脑海里又浮现出那些不愿再被想起的记忆。

几百年前在仙界，她之所以和他成了死对头，就是因为他的态度突然改变，好像在一夜之间变回了从前的他，清冷淡漠，对她更是如此。

武灵灵没有再去找他。不爱了？她也可以。她有自己的骄傲。

可是个中原因，她一直不知道是为什么。

正想着，他的脚步突然停了下来，原来已经到了她的住处，她挣扎着想要下地。

"别动。"他蹙着眉说道，"我不想再给你包一次。"

他把她背进屋门。

小雅连忙迎了出来，跟在白思明身后扶着武灵灵。

白思明将武灵灵放在床榻上，他的眉眼仍旧清冷，但武灵灵能感觉出来，他把她放下的动作无比轻柔。

果然是失了记忆,比在仙界的时候对她好多了。

这一刻她突然觉得,如果能这样和他在凡间一世一世地历情不也很好?起码她有机会打动他,为何要急着拿到他的清泪返回仙界?

在白思明的照顾下,武灵灵的伤恢复得很快,一连几天,她都和白思明一起出现在营房里,刚开始弟兄们还有些传言,再后来,大家看到他们一起出现都笑眯眯的,仿佛是件很自然的事情。

她不知道他为什么默许她一直跟着,但有天晚上小雅说道:"山主,我觉得白医师是在帮咱们,你想想,你都说了要和他成亲,如果白医师和你冷面相待,那外面的人还是会说你用强;但如果他和你站到一起,那别人就不会说三道四了!"

武灵灵何尝没有想到这一点,但她仍旧不相信白思明会真的答应和她成亲。

"对了山主,"小雅又笑嘻嘻地说,"我觉得你最近好像变了。"

"哪儿变了?"武灵灵有些诧异。

"以前山主和几位当家的在一起感觉没什么差别,"小雅说,"现在山主好像变得……有些女人味了。"

武灵灵一口茶差点喷出来,以前的她真的那么像男人?

"山主,你和白医师的亲事打算什么时候办呀?"小雅又问道。

"这个,明天我问问他。"武灵灵清了清嗓子,脸却微微红了。

第二天,她和白思明一起走在山路上,周围都是几十年前老山主种下的树,清风阵阵、鸟语蝉鸣。

武灵灵觉得这是个好时机,就有意把脚步放慢了。

白思明以为她有些疲累,便也放缓了速度,在她旁边无声地走着。

武灵灵双手背在身后,脚踢着路上的小石子,低头不语。白思明疑惑

于她异于平常的表现,奇怪地看了她好几眼。

"有什么事吗?"白思明问道。

"那个……"武灵灵只恨平日里风风火火的自己连话都说不利索了,她暗自捏了下自己的手背,鼓起勇气说,"那个事,你打算什么时候办?"

"什么事?"白思明不解地转头,当看到她微红的耳根时,霎时就明白了。

武灵灵等了一会儿没听到回应,抬头却看到他一向沉稳淡定的脸上竟也露出一丝不自然的表情,又听他轻咳了一声,才说道:"择一个吉日吧。"

武灵灵的心里好似有什么东西瞬间爆裂开一样,心脏"怦怦"急跳起来,她上前拉住白思明的手臂:"明天就是吉日,就明天吧?"

白思明一怔:"明天?"

"对,我看过了,明天肯定是个好日子。"

白思明深深地看了她一眼,片刻之后,他转身继续往前走,却有一道温沉的嗓音飘到武灵灵耳中:"那就明天吧。"

当天下午,山主要和白医师成亲的消息就传遍了整个山头,所有人都欣喜异常,李刻觉得太匆忙了,一向沉稳的刘眉却表示赞同,当下整个山寨都开始忙忙碌碌地准备第二天的成亲喜宴起来。

隔天一早,整个山寨都挂上了大红绸缎,议事厅、武灵灵和白思明的房间都挂上了红灯笼。

这天晚上,武灵灵打定了主意要大醉一场。

3.

究竟喝多少才能醉呢?武灵灵有些犯愁。

反正整个白峰山的弟兄们还没有一个能喝过她的,她的酒量,连她自己也不知道。

但如果不喝醉那夜里就尴尬了,白思明曾经说过,他不会和她有夫妻之实,她想来想去也只有醉倒才能躲过这一个尴尬的夜晚。

为了晚上能喝到酒,武灵灵行完大礼之后,穿着大红色的嫁衣和白思明一起出现在喜宴上,一众弟兄见惯了山主的行事风格,也都不以为意,每到一桌前,都拉着武灵灵猛敬酒。

武灵灵来者不拒,一桌下来,至少要喝七八杯。

白思明频频看向她,等走完第三桌的时候,他的手从宽大的喜服袖子里伸出来,把她的手攥在手心里。

武灵灵吓了一大跳,他的手掌宽大而温热,因为长期研药,指尖有一层薄薄的茧子,武灵灵的手虽然拿惯了兵器,却很纤柔小巧,被他的大手掌包在里面,竟然感觉到从未有过的安心和舒适。

她竟然在凡间和他成了亲?武灵灵简直不敢相信。

如果司命回到仙界想起这一段,不知道会露出怎样的惊愕表情?

走到下一桌的时候,弟兄们照例朝着武灵灵敬酒,武灵灵接过杯子刚要饮下,突然有一只手把她的手腕握住了,她惊讶地转头,白思明正目光清冷地看着她。

"给我吧。"他说,"剩下的酒,我来替你喝。"

"什么?"武灵灵不敢相信自己的耳朵,"你能喝酒?"

"以后只要和我在一起,你就不用再喝酒了。"

说完,他拿过她手里的酒杯,在众人惊愕的眼神里一饮而尽。

"好!"桌上有人拍手大叫,"白医师果然豪爽!山主没看错人!"

"来来来!敬白医师一杯!"其他几人见状,纷纷转了方向,朝着白思明发起攻势。

七八杯下去,他眉头都没有皱一下。

武灵灵偷偷看了他一眼,心里比吃了蜜还要甜。

一圈几十桌转下来,白思明的步伐依旧很沉稳,但武灵灵感觉他把她的手握得越发紧了。

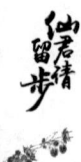

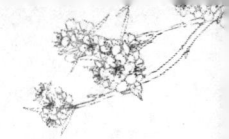

月亮升到正中天，喜宴上依旧吵吵嚷嚷，喝酒划拳的声音震天响，敬完酒的两人终于回到了新房门口。

白思明停住脚步，转眼看着武灵灵。

皎洁的月光洒在大红色的喜服下，她大而灵透的双眼闪着光芒。

这种眼神，和他怀中揣着的那张绢布上的画一模一样。

他的心轻轻动了一下。

刚被她劫到山上来的时候，他心里万分抗拒，当得知自己无法摆脱时，他觉得既然能救黎民百姓，不如牺牲自己，接受这个安排。

但此刻他突然觉得，若是往后余生能助她替天行道，不也很好？

武灵灵被他看得有些不好意思，指了指门口说道："进去吧。"

接着，她有些不安地看了看身后。

白思明立即反应过来，两人的洞房之夜肯定少不了听墙根的，白峰山上几十年不遇的大喜事，又是山主本人，这会儿没有围上来算是他们克制了。

他推开门，拉起她的手，走进新房内。

门外立即响起窸窸窣窣的声音，还有被人踩了脚的痛呼声，再仔细一听，房顶上的瓦片也在响。

武灵灵抬头看了看上面，有些尴尬，高高的红烛映照下，她的脸红得透透的。

"嗖"的一声，她手里飞出去几枚暗器，连续打掉了屋里的几盏烛火，新房里顿时暗了下来，幸亏有月光透过白色的窗纸照进来，还能看见彼此的面容。

"灯灭了！灯灭了！"后面窗户下有很小的声音传来。

武灵灵有些恼火，怒气冲冲地准备走过去，白思明却拉住了她的手腕。

"他们……"武灵灵急得看向白思明。

"成亲的习俗，一点也不懂？"他的语气里有些少见的戏谑之意。

武灵灵一怔。

"为了吉利,都会这么做。"白思明往床榻走过去,"随他们去吧。"

武灵灵大惊,跟在他身后:"可是你都说了……"

白思明猛地转身,修长的食指在她唇上一贴,摇了摇头,低声说道:"跟着我,见机行事。"

武灵灵立即安静下来,不知道为何,从和他在一起后,她心里仿佛有了依赖感,他说什么就是什么。

白思明拉着她在床榻上坐下来,两人面朝对方,武灵灵低下头,耳朵根烧得火热。

"开始吧。"他说。

"开始……什么?"武灵灵满眼震惊。

白思明有些无奈:"最简单的会吗?什么都要教?"

最简单的……武灵灵的脑海里闪过很多情景,却独独不知道他指的哪一样,心里顿时乱成一团。

"把手放在我肩上。"他命令道。

武灵灵一脸惊讶,想要照做,手臂却僵硬得如同一个牵线木偶。

白思明一把拉起她的双手,放在自己肩上:"抬起头来看着我。"

武灵灵照做了,当她触到他的目光时,顿时感觉自己的整张脸都快燃烧起来。

"敷衍他们一下就行了。"他说着,突然朝她倾过身子来,手指捏住她精致小巧的下巴,嘴唇覆了过来。

武灵灵的大脑一片空白,全身的血液在一刹那间都涌向头顶。

这温热的感觉,估计会成为她几百年来最美的回忆了。

她的双手搭在他脖子后,睫毛一颤,闭上了眼睛。

"不错,学得很快。"他噙着她的唇喃喃。

"司命……"武灵灵喊了一声,眼神有些迷离。

白思明的身体一僵,动作猛地停住了。

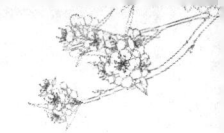

他和她拉开一些距离,眼底升起一股怒意。

"你怎么了?"武灵灵还要往前凑过去,白思明却往后撤了一下身体。

他的表情让武灵灵心里一沉,她赶紧解释道:"你误会了,他是……"

"忘不掉的那个人?"他突然冷笑了一声。

武灵灵摇了摇头,一时不知道该如何解释。

她能告诉他那是他的前身?他不认为她在耍小聪明才怪。

房顶上的瓦片又响了一声,白思明的眉头微微一蹙,看着她说道:"已经走到这一步,我就陪你把戏做足。"

他突然将她一把搂进怀里,带着怒意的狂吻如暴风骤雨般落在武灵灵薄软的唇上。

武灵灵几乎觉得这一夜他就要打破他的誓言了。

"咚咚咚!"新房门口不合时宜地响起了急促的敲门声。

"山主!山主!不好了!"有人在门口喊起来。

两人的动作戛然而止,仿佛担心有人破门而入,白思明用自己宽大的衣袍将武灵灵往怀里裹了裹。

"怎么了?"武灵灵出声问道,声音却哑得不行。

"山主,紧急军情!"门外是李全的声音,"五头蛇帮近千帮众打到山门了!"

武灵灵从床上翻身坐起,随意地把大红的喜服往身上一披,大踏步走过去一把拉开了门。

"拿我的铠甲。"她语气凌厉逼人,"把大家都召集起来。"

"是!"李全得了令,赶紧退了下去。

武灵灵大步迈出房门,手腕却被人一拉,同样披着鲜红喜服的白思明站在身后:"我和你一起去。"

"不用。"武灵灵嘴角勾起一抹冷笑,"上次卸了他一条胳膊,这次就是他的狗头了。"

说着,她将李全递上来的铠甲往身上一披,一边系带子一边匆忙往前厅走去。

看着她匆匆离去的背影,白思明心里涌上来一股说不出的失落。

洞房之夜甩下夫君就这么离开,临别的话都没说一句。

得不到安慰的心在胸腔里缓缓下沉,白思明想到,等她回来,他定要让她加倍偿还。

4.

白思明没想到武灵灵这一去,竟然是十天半个月。

五头蛇帮的人虽然打上了山门,却不是萧勇带领的,而是一支先头队,兵力也没有近千,只是虚张声势而已。

武灵灵率众出击,很快就将这帮人杀得溃不成军,一小队人败走逃下山,武灵灵没有耽搁,直接带着三个当家人乘胜追击。

"山主,真要追?"李刻有些犹豫,"恐怕有诈吧?如果他们山下有埋伏,故意引我们过去怎么办?"

清冷的夜色中,武灵灵英姿飒爽的身姿立于马上,长枪在身前一横:"老二,他们埋伏了多少人,我早已派人打探清楚了。"

李刻眼中露出迷茫的神情,却听武灵灵又说道:"老三这几日不在,你以为他又在山下喝多了?"

"事情机密,所以我只派了老三一个人去。兄弟,还请见谅。"武灵灵看着李刻说。

李刻立即双手抱拳,头往下一低:"山主,我李刻的命都是山主救的,山主不必说这样见外的话。接下来怎么打,山主一声令下,我李刻唯山主马首是瞻!"

"好兄弟!"武灵灵说,"老三,你仍旧打头阵,带上五百人追过去,我和老二殿后,这次定将他们杀得片甲不留!"

"是！山主！"吴堂将马肚子一夹，那马长嘶一声，奋起蹄子疾奔而去。

在他身后，几十匹马和几百名训练有素的弟兄整齐划一地跟了上去。

约莫过了一个时辰，武灵灵和李刻准备出发，刚走出山门，身后有人大喊着跑了过来，武灵灵回头一看，竟然是李全。

他跑得上气不接下气，到了武灵灵马下，他攀着缰绳递上来一个小药瓶，气喘吁吁道："白……医师带给山主的，还有句话捎给山主。"

"说。"武灵灵命令道。

李全看了看周围聚着的战马和人群，欲言又止。

"啰唆什么，赶紧说。"武灵灵呵斥道，"耽误时机，就是耽误弟兄们的性命！"

李全吓得双膝一软，跪下说道："白医师说，他等着山主回来，补……补一个洞房之夜！"

武灵灵的身体猛地一僵，四下里静谧无声，只听到马儿打响鼻的声音。

"知道了。"武灵灵回应的语气更加重了气氛的尴尬，她将手里的缰绳猛地一甩，大声说，"出发！"

整个队伍轰然出动，向着漆黑的夜色进发。

那一刻，白峰山的众人心里都想着，就冲着他们山主没过成的洞房花烛夜，也得把五头蛇帮的人全干掉！

五头蛇帮的人设下的埋伏早就被武灵灵算计在内，然而五头蛇帮的帮主萧勇仍然没出现，白峰山的人击退了伏兵，在武灵灵的带领下，直击五头蛇帮的老巢。

这是一场打得极其艰苦的恶战。

五头蛇帮的盘踞之地是一个水泽，绵延上百里，武灵灵的人找不到可以容大军通过的进口，只得原地驻扎下来，眼看粮草也不是很充足了，她心里有些焦躁不安。

她走后，白思明一直没有出门，饭食都是由李全送到房里的。

他命人将所需的全部药材都聚集起来，只是埋头研药。因他性格一向清冷，所以连四当家刘眉也下了命令，不要去打扰他。

虽然捷报一个一个地往回传，白思明心里却清楚得很，武灵灵在啃一块最难啃下的硬骨头。

她身上的顽疾，他早就摸得一清二楚，自从上山以来，他就一直在研究治疗这种疾病的方子。

正好她不在，他可以静下心来把药配出来。

有时连他自己都难以相信，他竟然在一心等她回来。

只要她回来，她想要什么，他都可以给。

又过了七天，白思明仍旧在房里钻研药方，李全突然猛地推门冲进来。

白思明不禁眉头微皱，李全平日一向谨慎守礼，怎么今天这么唐突起来？

刚要说什么，李全冲到他面前，一脸惊喜："白医师，山主回来了！"

白思明手一抖，盛满药材的竹筐掉在地上。

他赶到山门的时候，白峰山驻守的弟兄们已经整齐列阵，欢迎山主和两位当家归来。

但是为首的马匹上坐着的人却不是武灵灵，而是吴堂，跟在他身后的是一辆马车，车厢小窗户上都垂着帘子。

白思明心里一慌，疾步往马车走去，吴堂看到他，朝马车夫一抬手，马车就在路中间停了下来。

白思明一脚踏上车辕，掀开蓝色的门帘就钻了进去。

果不其然，脸色苍白的武灵灵躺在车厢里临时支起来的床榻上，看起来十分虚弱。

看到白思明进来，她的眼睛里闪出光泽。

"你来了？"她勉强一笑，昔日红润的唇上没有半点血色，"我在外

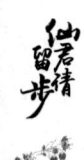

面发了病,老毛病了,不用担心,就是……不知道还等不等得到你给我补的洞房之夜。"

白思明的心像被刀狠狠地剜了一下,他上前坐在她身侧,拉过她的手腕来压上了自己的手指。

半晌之后,他缓缓睁开眼睛看向她:"放心,有我在,还丢不了命。"

晚上,白思明给武灵灵服了药,然后将她在床榻上安顿好,因为走得急,他们房里的红纱还没有撤下。

"今晚就给我补。"武灵灵大着胆子拉住他,语气里有一丝急切。

"不要命了?"白思明狠狠地瞪了她一眼,"来日方长,就这么急?"

"不行,就今晚。"武灵灵伸手去扯他胸前的衣衫。

"想都别想。"白思明毫不客气地把她的手拉下来,眼神无比冷厉。

武灵灵没再做什么,咳嗽了两声之后,她拉住他的手:"那你看着我睡,我怕我做噩梦,梦见我等不到那一天了。"

"胡说。"白思明的声音温沉,却像一根发丝轻柔地撩拨着武灵灵的心,"等你好了,每天都是。"

武灵灵的脸上泛起一片潮红,安然闭上了眼睛。

他果真就在床前守着她,眼睛都没合一下。后半夜的时候,武灵灵睡得熟了,白思明就在她身侧趴了一会儿,突然,他听到房门"咔嗒"一响,似乎有一阵风吹过来,他立即惊醒,抬头一看,只见一个黑影一闪而过。

他立即往门口奔去,那身影却很快消失在夜色中。白思明心里警惕起来,赶紧把李全叫起来,嘱咐他通知吴堂,山主住处可能有贼,李全被他吓了一跳,连连答应着去了。

回到房中,武灵灵仍旧在床榻上睡着,白思明这才略微安下心来,又拉过她的手腕来把了一下脉象,突然觉得不对,她的旧疾似乎又发了,而且来势异常凶猛。

他赶紧起身到药架子处,却猛地发现他配好的药丸不翼而飞!

白思明大惊失色,心里又急又痛,顾不上叫人,嘱咐小雅照看好武灵灵,自己奔出门外找寻。

刚才那个一闪而过的黑衣人,一定是他!

白思明举着一个火把,没有半点武力的他竟然靠着地上的一串脚印找到了半山处的一间房子,屋内还掌着灯。

他快步上前,用尽全力破门而入,然而眼前的景象却让他呆立在那里。

床榻上那个面孔,竟然是山下蒿家的二小姐蒿玉莲,在她旁边伺候着的,是蒿家的一个下人。

"你怎么在这里?"白思明问道。

"白公子……"蒿玉莲看到是他,赶紧坐起身来,"我听庄里人说你在山上,果真如此。"

"刚才有没有人进来?"白思明眼中射出一道犀利的冷光,"你把他藏在哪儿了?"

蒿玉莲被他吓了一跳。以前虽然在山下见过几次,但都是她的爹爹请来给她诊脉,也是隔着一道帘子,她暗地里瞧过他几眼,但见他容貌清秀俊逸,目光虽然清冷,却没有这般令人胆寒过。

"白公子,你这话是什么意思?"蒿家的下人上来打抱不平,却被白思明一把推开。

"有没有一个黑衣人闯进来?说!"白思明的眼里燃烧着可怕的怒火。

"有……"蒿玉莲的声音有些发颤,"刚才山主派人给我送来一剂药,说是白医师亲自配的,可以救我的命。"

"药呢?"白思明一步上前,火把在他手里燃烧,将他暗沉的目光映衬得极其骇人。

"药……我已经服下了。"蒿玉莲被他吓住了。

"你怎么敢!"白思明的眼里几欲喷出火来,上前一把扼住蒿玉莲的喉咙,神态近乎疯狂。

"你干什么?"下人忙过来拉扯。白思明却不松手,蒿玉莲的脸色慢慢变白,双手无力地拉着他的手。

"白医师!山主不大好,您快过去看看吧!"李全突然一脸惊惶地出现在门口,看到屋内的景象,他不禁吓得呆住了。

白思明动作一僵,拿着火把的身体一晃,转身如一阵疾风般冲了出去。

房间里并没有武灵灵,白思明走出房门,却听头顶上传来一阵轻笑,他抬头一看,房顶上有一个人,正坐在清冷的月色中看着他。

"那边有梯子。"武灵灵笑着指向旁边,"我没法背你上来了。"

白思明扔了火把,爬上去到她身边站着,眼底翻涌着痛苦的神色。

武灵灵朝他伸出手:"我不大好受,能不能陪我坐一会儿?"

他依言照做,她又向他提出要求:"抱我一下。"

白思明心中一疼,将她拥进怀里,这才发现她浑身冰冷,像是刚从冰窖里出来一样。

"我说了先补给我洞房花烛夜的,"武灵灵一边强忍着上下打冷战的牙关,一边和白思明说笑,"我真等不到那一天了。"

白思明心如刀绞,手轻轻地捧起她的脸,声音颤抖:"为什么要这么做?"

武灵灵说:"我的旧疾我自己知道,即使你救了我,我也活不过三年。那蒿家二小姐的病和我的一模一样,你的药可以治我就可以治她,而且,你不是一直喜欢她吗?"

"说什么傻话?"白思明的身体剧烈颤抖起来,心痛不已,"我若不是心里有你,会答应和你成亲?"

"你真的……"武灵灵从他怀里抬起头,眼中又惊又喜,接着她展颜一笑,如同一朵雪白的莲花,"有你这话,我也知足了。"

顿了一下,她又轻声开口:"在你心里一直存着一些偏见,但凡武者都是好勇斗狠之徒,毫无仁善之心,若不能改变你的看法,即使我能安然度过此劫又有什么意义？"

白思明怔怔地看着她，脸上有些动容："我的看法，值得你赌上性命来改变？"

武灵灵毫不犹豫地点点头："因为我不止这一辈子会遇见你啊，还有以后的生生世世！你这次欠我的我都记着呢，你怕不怕？"

白思明拥紧了她："欠你的，必奉还。下一世若你不来，我定不饶你。"

武灵灵听了粲然一笑，随即全身涌起一阵剧烈的痛楚，她向他的怀里倒伏过来，拥住他结实有力的腰身喃喃道："司命，你的清泪，我想得，又不想，回去纵然还是剑拔弩张、刀戈相向，但能和你在凡间经历这一世也值了。

"这次我选择放弃，下一世，我不会再耽搁了。"

话音一落，她的头偏向一旁，手臂猛地垂了下去，嘴角的鲜血慢慢地流了出来。

一刹那间，仿佛日月天光骤然失色。

白思明睁大了空洞茫然的眼睛，抱着武灵灵的身体，却觉得她的一切都不再可找寻。

她去了哪里？为什么要这么残忍地离开？天地之大，他再去哪里和她相会？

他忍不住伏在她身上吻她微凉的唇，眼里有大颗冰凉的泪水滚落下来。

……

长久以来，他一直被一个梦境困扰。在那个梦里，他身处一个云雾缭绕的地方，一株桃花树下，他和一个眉目如画的女子对坐，那女子眼神灵动、笑靥如花，两人面前的玉石桌案上摆着一本发黄的本子。

"司命，你不看武簿，老是盯着我看什么？"笑容俏皮灵动的女子问道。

"天下所有的武者里面，就数开阳生得最美。"

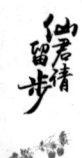

◆第四章◆
凡尘初见

1.

武灵灵睁开眼睛,眼前是一片熟悉的景象,原来她又回到了大哥贪狼星君的阳明宫。

她一个翻身坐起来,身旁立即"呼啦"一下围上来五六个人,都冲她眨着眼睛。

"六妹,你醒了?"贪狼星君率先问道,眼里满是惊喜。

武灵灵点点头,脑子里飞速旋转,凡间的一幕幕情景涌入脑海。

"老六,怎么样?"破军按捺不住地问,"成了吗?"

"老七,你先别着急,让六妹缓缓。"一向和善的禄存仙君递过来一杯清茶,"六妹,喝杯茶。"

武灵灵感激地看了禄存仙君一眼,接过茶盏:"谢谢三哥。"

她一仰脖将茶倒进嘴里,将茶盅一放,神清气爽地站起来,舒展着筋骨笑道:"还是天界好啊!"

破军忍不住又问:"老六,到底怎么样啊?"

"我给你们讲讲。"武灵灵一回头,面对着其他几人翘首企盼的眼神。

又是"呼啦"一声,面前身影交错旋转,瞬息之后,几个人已经或坐或躺,面前都摆着仙果佳酿。

武灵灵一阵无语，也难怪，天界的人就是这么无聊啊……

她只好坐下来，还没等她开口，破军又催促道："你先说最后的结果吧！"

他的话立即遭来其他几位仙君的白眼。

"老七，看话本子也不会先翻到结局去呀！"四哥文曲星君如是劝道。

"坐下。"贪狼发了命令。

破军只好缩了缩脖子，坐了下去。

武灵灵下凡这一路也算颇有起伏，讲到精彩之处，所有人都瞪大了眼睛，连拿果子的手都停在空中不动了。

破军对她在凡间的职业极感兴趣，不停地追问："老六，你当山主能带多少手下？"

武灵灵说道："几千人吧。"

"厉害了老六！"破军一脸兴奋地说，"那五头蛇帮的头目呢，后来你把他怎么样了？"

"卸了他的胳膊，他还能怎么样？"武灵灵说，"我想尽办法把他一个人往死路上逼，最后把他干掉了！"

"好样的！"破军称赞道，两只手互相搓着，"要是我也能下去练练就好了！"

"不过六妹眼看就要成功了，却自己放弃了机会，不觉得有点可惜吗？"廉贞星君问道，"就为了扭转司命的偏见？"

"对，若没有武者，天下哪来的安宁？"武灵灵目光一沉，"司命是写命簿的，他心里有偏见自然会带到凡间，我不想让世人都用那种眼光看待武者。"

她的话一说完，其他几位星君都陷入沉默。

武灵灵突然想到了什么，猛地站起身来，朝阳明宫外飞了出去。

"老六，你去哪儿？"

"我去找司命。"武灵灵头也不回。

"这家伙不是刚跟司命打完对手戏吗,怎么回了仙界又去找他?"破军有些失望地嘟囔了一句。

廉贞星君听了却微微勾唇,露出一抹意味深长的笑容。

破军转回身,见文曲星君正在案旁执笔画着什么,便凑过去问:"四哥,从老六一开始讲你就在画些什么?"

文曲星君搁下笔,右手一挥,画好的纸张瞬间卷成一个纸筒钻入他宽大生风的衣袖里,他神秘一笑道:"凡间风物集,玉帝最喜欢这口了。"

南斗天府宫内,司命星君坐在窗下书案前,提着一支毫笔的手半天都没有落下。

侍候笔墨的仙童青音在一旁偷眼觑着他,大气也不敢出。自从他家仙君从凡间回来,就一直这样,好像人回来了,思绪还游离在凡间一样。

一阵急促的脚步声打破了一室寂静,另一个仙童一边跑进门一边焦急地喊道:"仙君,不好……不好了!"

司命抬了下眼帘,旋即又收回目光,冷声问道:"怎么了?"

"仙……仙君,武……武曲星君来了!"叫作流明的仙童气喘吁吁道。

司命再次抬眸,眼中闪过一丝异样的情绪:"不见。"

"仙君,她已经到大门外了。"流明指着大门口,一脸惊慌。

"闭门。"

司命吩咐完之后,空气中静默了一瞬。

三人心照不宣地想到,上次武曲星君和雷公产生纠葛,武曲星君上门挑衅,雷公闭门不出,后来直接被武曲星君踹烂了大门。

司命一定也想到了这一层,他手心一挥,一道绿色的光影飘向门外。

"我加注了封印,回去继续守门。"司命吩咐流明。

流明极不情愿地挪回了大门口,一出门就看到身穿浅金色短袍的武曲星君威风凛凛地站在大门外，右脚踩在祥兽的后背上，手里握着自己腰间的玉佩晃来晃去。

"流明拜见武曲星君！"流明硬着头皮堆起一个笑脸，行了礼之后就往门口的阴影里站了站。

"免了！"武灵灵笑吟吟地看着流明，"你家仙君呢？"

"仙君他这会儿不见客。"流明小心翼翼地瞅着武灵灵的表情，"星君您不是下凡历劫了吗？是不是功成归来了？"

"多亏你家仙君写的精彩绝伦的好命簿，差不多了！"武灵灵嘲讽地一笑，将腿收回来，横抱双臂倚在祥兽身上，"想不想知道本星君这次下凡经历了什么事？"

"想啊！星君，凡间是不是很好玩？"流明听了这话也来了兴趣，往她这里凑过来，接着又像突然想起了什么，往后退了半步。

武灵灵斜睨了他一眼，粲然一笑道："本星君此次下凡，遇到一个长得和你家仙君极像之人，他还对本星君……"

她一边说一边留意着里面的动静，果然，一缕仙气瞬息即至，武灵灵不由得心里窃笑。

"流明。"一道清冷的声音从身后响起。

正听得津津有味的流明不由自主地打了个哆嗦，赶紧回头垂手站立："仙君。"

"退下。"司命命令道。

"是，仙君。"

流明没敢抬头，一路小跑地溜进了门内。

"武曲星，玉帝命你下凡历劫，这第一世，你可是输了。"司命看着武灵灵道。

"是呀，我输了，你不是很清楚吗？"

"我是司命，凡间命格我自然都了如指掌。"司命说完，却又觉得像

是在解释什么,不由得轻咳了一声。

"亲自陪我下界历劫,感觉很爽吧?"武灵灵斜靠在石狮子背上,斜睨着面无表情的司命。

"遵御旨,我只写你的命格,其他的事并未参与。"司命顿了一下,继续道,"离下次历劫只有一天时间了,不要在此挑衅生事,速速回去准备下凡吧。"

"等等!"

他转身要走,却被武灵灵叫住了。

"我这次来是想问你一件要紧事。"武灵灵神色微沉,"我在凡间和那个萧勇打斗的时候,看到他手臂上有一个黑色的方形印记,你知道是什么吗?"

"无可奉告。"司命冷冷地甩下一句话,只留给武灵灵一个仙袍飘逸的背影。

武灵灵双手横抱在胸前,心里有点捉摸不透,如果他下凡真的是想要阻挠自己,为何最后时刻却又对她动了情?

2.

武灵灵一路沉思着,不知不觉间走到了一处宫殿门前,一抬头,赫然看到牌匾上写着"姻缘殿"三个字,也罢,既然来了,就进去讨杯酒喝。

刚一进门就看到月老在树下坐着,身前结了一个巨大的阵法,无数个拴着红绳的发黄竹片围着他飞快旋转,带起一片红色和黄色的光晕,看得武灵灵不由得呆住了。

"这是些什么东西?"她伸手抓了一个竹片放在眼前端详,只见竹片上面写着几个字"婚牒"。

原来这是凡人的婚牒,专门记录人间姻缘的。武灵灵松开手,在旁边一块大石上坐了下来。

又过了小半个时辰,月老才把所有的婚牍收起来,看着武灵灵笑道:"星君回来了?"

"嗯,明天又要下凡去了。"武灵灵支着下巴,一副没精打采的样子。

"星君别灰心啊,小凡已经跟我说过了,星君此行还算顺利,可见星君骨子里也是至情至性之人,上来就打动了命定之人的心。"月老捋着胡子笑道。

"我……"武灵灵想说下凡的是司命,还有他带入凡间的那个梦境,但是这样的事怎么好说出口?

她只好一挥手说道:"撞狗屎运而已。"

月老一笑:"星君此言差矣,看似偶然,实则必然,万事万物皆同此理。"

"什么偶然必然?"武灵灵蹙眉,"月老你从哪里学来这么多文绉绉的话?"

"咳,星君回来见过司命星君了吗?"

"我见他干什么?"武灵灵的眼珠转了两下,避开了月老的目光。

他怎么一下子就猜到她回来会先去找司命?

"呵呵,没什么,星君知道你下一世的命格了吗?"月老会心一笑,转移了话题。

武灵灵摇摇头:"玉帝不是说下凡之前不准看吗?我……"

她说着在身上一摸,脸上露出疑惑的表情:"不对呀,我的命簿呢?"

武灵灵从石头上一跃而下,匆匆往殿外走去:"我得赶紧回去找找,这次可不能再丢了。"

月老望着她的背影,捋着胡须沉思道:"奇怪了,我之前明明见过这两人的婚牍,怎么就找不到了呢?"

武灵灵顺着来路折回,从南斗天府宫找到了大哥的阳明宫,都没发现命簿的踪迹,她失望地一屁股坐在亭子里,心中一阵沮丧。

这命簿怎么像长了腿一样,自己会跑?

正郁闷时,身边光影一闪,五哥廉贞星君颀长俊逸的身形出现,他看了看坐在那里垂头丧气的武灵灵,笑着将一个绿色的本子递给她:"六妹,你又忘东西了!"

武灵灵猛地站起来,又惊又喜地接过本子,刚要打开,想了想却又合上了,把那本子如同宝贝似的抱在胸前,感激道:"谢谢五哥!"

廉贞看着她的样子,意味深长地一笑:"明日就要下凡了,可别再弄丢了。"

武灵灵点点头,却见廉贞脸色有些少见的肃然:"六妹,五哥有句话要提醒你,有情非不可,但不能用情太深,虽是下凡历劫,但若老是以丢了性命结束,对你自身的元气损害极大。"

武灵灵点头笑道:"我记住了,谢谢五哥提醒。"

廉贞拍了拍她的肩膀:"我先走了。"

武灵灵望着廉贞消失后空空如也的亭子,内心突然有些酸涩。

他们北斗七星君相处千年,感情同亲兄妹无差,廉贞一定是看出了什么才对她如此提醒。

明天就要再次下凡,她下一世的命定之人又会是谁?

南斗天府宫,紧闭的房门内,司命闭目席地而坐,身边氤氲着淡淡的绿色云烟。

"咳咳……"静谧中,他的身子突然一斜,重重地咳嗽了几声,睁开了双眼。

想探寻那个梦境却还是一无所获,他失望地站起身来,走到窗前负手而立。

上一世那个梦境究竟是什么?为什么那个梦境会让他对她情不自禁?

想到这里,他的心底突然有一丝莫名的悸动,对她动情的感觉,似是很熟悉,又有些微妙,总之那种感觉好像并不差……

司命迅速摇了摇头,眉头紧紧地蹙起来。他用一支笔写尽天下悲欢离合,本以为自己早把一切看得云淡风轻,却没想到一遇到她就……简直荒唐透顶!

不,他必须在身上加一个印记提醒自己,因为一旦再次进入凡间,他又会失去全部记忆。

他走回到桌案前,凝神聚气,提笔在自己的手腕上画了一个圆圆的玉佩形状,和武曲星君腰上系的一模一样,画完之后,他又在旁边加了一个字:"离"。

武灵灵第二次站到了下凡谷谷口。

福新摇头晃脑地走了过来,看到武灵灵,他一笑说道:"我都听说了,星君为了天下武者牺牲了自己的第一世,高风亮节啊!"

武灵灵知道他口是心非,当下闭口不言,把手里的命簿递了过去。

福新看她另一只手仍旧空空如也,冷笑一声道:"你还真是固执啊!"

他打开命簿,漫不经心地念道:"兹有武曲星君武灵灵被罚下界历情,第二世:武灵灵投胎九王府家奴之女,命定之人乃当朝九王爷。这命格里还有一句谶语:咫尺难逾。"

武灵灵听了一抬眼……这剧情!也算蛮有挑战性的。但那句谶语又是什么意思?司命星君写命簿真是越来越让人费解了!

不过没有听到白思明的名字,她紧绷的神经却是一松,看来他是不会和她下去第二次了。

谷口在她面前打开,武灵灵往前走出一步,只听福新在旁继续念道:"武灵灵另一层身份:黑衣组织杀手。"

武灵灵一阵惊讶,刚要说什么,谷口中却突然刮出一阵狂风,将她的身体裹挟住。

福新在一旁吹着手指,面色倨傲。

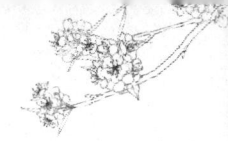

武灵灵冷笑一声:"想让我贿赂你,做梦!"

说完,她纵身往前一跃,跳入云海。

身后的福新往下看了看,狞笑一声:"既然你没有好处给我,那你要刺杀的对象就等你下去再慢慢体会吧。"

暗夜,一丝风也无。

"嗖"的一声利响,一件利器穿窗而过,"铮"的一声钉在房间柱子上。

武灵灵猛地睁开眼睛,从床榻上一跃而起,以一种戒备的姿态守住墙角。

四周一片沉寂,她看清楚了柱子上的东西才跃下床榻,将那东西拔下来,小指触到底下一个小小的凸起,"啪"的一声,机关应声而开,一个卷成一团的字条显露出来。

"终于接到任务了。"她轻声说道。

这种铁菱角就是上面给她分配任务的暗器,最近这段时日,上面一直让她深藏不动,以防暴露,搞得她连接近命定之人的机会都没有。

她展开字条,往窗前走了两步,借着皎洁的月光看了一眼字条上的内容,然后取出带在身上的火折子,将字条燃为灰烬。

"灵灵,下一步的任务是什么?"耳朵里的小凡问道。

"混进九王府。"武灵灵不动声色道。

"什么?太好了!你这次的命定之人不正是九王爷白思明吗?"小凡兴奋道,"进了九王府不是一举两得?"

"话虽如此,不过现在还不知道上面的目标是谁,只能一步步见机行事了。"武灵灵说道。

3.

当天夜里,武灵灵辗转反侧。

九王府守卫森严,想要混进去并非易事。她谋划了一晚上,第二天一早起来就直奔爹娘的屋子而去。

武灵灵的爹爹武绍明是九王府里的二等管事，今日恰好不当值，此刻正和武夫人坐在榻上，面前的小几上摆着两个茶盅。

"爹，娘，我想进九王府。"武灵灵一进门就说道。

"噗！"一口热茶从武绍明嘴里喷出来，武夫人也一脸震惊地看着她。

"灵灵，你说你想进九王府，娘没听错吧？"武夫人一连声问道。

"娘，我爹不是在九王府里做事吗，和大管家说一声，应该不难办到吧？"武灵灵抬眼看着两人，面容平静。

"灵灵，去九王府里做丫鬟外表看着光鲜，可那九王爷一身的病不说，脾气还特别古怪，发作起来下人没一个敢上前的。你爹虽然是九王府里的奴才，可是好歹有正经差事，咱们不差钱使，娘可不想让你去遭那个罪。而且，"武夫人苦口婆心地劝道，"你已经快到出阁的年纪了，冲着你爹在九王府的差事，来提亲的好人家也不少，等再过半年娘给你挑一门好亲事，你风风光光地出嫁多好啊……"

"娘，我不想出嫁，我要进九王府。"武灵灵坚持道。

"灵灵，"一旁不发一言的武绍明突然开了口，神色肃然，"你年纪也不小了，现在进九王府能有个什么奔头？莫不是你心里有什么别的想法？"

武灵灵不能言明自己的真实目的，只能低下头，语气仍然坚定："我从小体弱多病，爹娘到处求医问药，花了不少银子，后来把我送到山里拜了一位师父，习了一身武艺，强身健体才得以保命。我回来已经快一年了，整日无所事事，却让爹娘每日劳苦，我想去九王府里做个丫鬟，不用再靠爹娘不说，还能攒下一些体己报答爹娘。等到我快出阁了，爹娘再求九王爷把我放出来就是了，府里也不会留我的，还请爹娘成全。"

武灵灵说完，身子一伏，跪了下去。

武夫人赶紧把她扶起来，拿眼看着武绍明，武绍明却沉吟不语。

武夫人拉着武灵灵的手，拭泪说道："可怜我的儿，你从山里才回来，娘还没好好疼你呢……"

武灵灵连忙安慰道："娘，别哭了，我经常回来就是了。"

武绍明叹了一口气，摆了摆手："也罢，明日我去府里找季大管家说说。"

仗着武绍明的关系，武灵灵很快得偿所愿。五日后，她身穿丫鬟服饰出现在九王府后院的下人房里。

进了九王府算是迈出了第一步，然而让她始料未及的是，半个月过去了，她连王府内院都没能踏入一步，更别说见到九王爷本人了。

这天晚上机会终于来了，管事的刘嬷嬷告假回家，夜里无人查房，武灵灵挨到半夜就开始行动起来。

借着如厕的时机，她换上一身夜行衣，悄无声息地跃上房顶。

夜风微凉，武灵灵在屋顶上躬身腾跃，躲过几队夜里巡逻的侍卫，终于站到了最深处的一进院子的墙头上。

令她惊讶的是，院子正屋里还有微弱的烛火闪烁。

武灵灵眨了眨眼睛，都说这个九王爷体弱多病，卧床不起，这深更半夜的为什么还掌着灯？

她在不易察觉的暗处蹲下身子，打算多等一会儿，查看一下里面的动静。

半个时辰过去了，灯光依然不熄，武灵灵刚打算活动一下发酸的膝盖，突然有一只手按住了她的肩膀。

"谁？"武灵灵心里一惊。虽然她入了凡间武力降低，但能悄无声息地落在她身边而不被察觉的，一定是绝世高手。

"不用怕，同路人。"一道低沉的嗓音传来。

武灵灵自然不会怕，她无声地转头，看到一个同样穿着夜行衣的人，身材高大，蒙着面，只露出一双幽深的眸子。

这眼神让她感觉莫名地熟悉,好像在哪里见过。

正想着,院子里突然响起一阵动静,季大总管和两个丫鬟从正屋里躬身退了出来,紧接着,屋内灯火熄灭了。

武灵灵有些郁闷,好不容易找到一个机会潜入内院,本想趁夜仔细查探一番,没想到却遇到这么个人,计划被破坏,她只好提前离开。

谁知她一起身,那个黑衣人却在她身后紧紧跟随,武灵灵加快了速度,他仍紧追不舍,没有落下分毫。

一刻钟之后,武灵灵在离九王府较远的一处树林里停住脚步,转身看着身后的人。

"你跟着我做什么?"她不由得恼怒。

"好奇。"对方盯着她说道。

"我不想跟你有任何牵扯,以后不要跟着我。"武灵灵沉着脸警告道。

"我和你是同路人。"

"我独来独往惯了,没有和人同路的习惯。"武灵灵转身要走。

"你想接近他,我有个办法。"黑衣人在她身后说道,"不打算听一听?"

武灵灵脚步一顿,说道:"你找错人了。"

黑衣人一笑,清亮的眸子在夜色中显得越发动人:"我猜,有一样东西可以让你略微消除一下对我的戒备之意。"

说话间,他的手心一翻,一样东西凌空飞来。

武灵灵伸手接住,眼神瞬间变得凌厉。

他给她的正是组织里传递命令用的铁菱角,从这独一无二的手感上来看不会有假。

武灵灵转过身子,直视着黑衣人的眼睛:"你说,我听听看。"

"内院里有两个丫鬟,你想接近他,就要干掉其中一个。"黑衣人说道,"这也不难,只需略施小计,她们就如同你的掌中之物。"

"你倒是了解得很清楚啊?"武灵灵看着他,眯起了眼睛。

"我的任务是协助你,所以你尽可以相信我。"黑衣人说道。

武灵灵微微抬起头:"具体的计策呢?"

黑衣人朝她轻勾手指,武灵灵看了他一眼,走了过去。

过了一会儿,她转头看向黑衣人,轻盈的身姿猛地往后跃出,一声"谢了"随着风传入黑衣人的耳中。

待她身影消失之后,黑衣人展开手心,一个晶莹的玉佩躺在那里,他的眉头深深地蹙起来。

这是趁她不备从她腰间取下的,这玉佩的形状和他手腕上生来就带有的印记一模一样。

"她究竟是什么人?"他自言自语。

武灵灵回到自己的住处,换上丫鬟的衣服重新回去躺好,脑子里却纷乱复杂。

那个不明身份的黑衣人果真和她是同一个组织的人吗?如果不是,他从哪里知道她那么多行动计划?

最关键的,他的计划究竟可不可行?

4.

第二天白天,四下无人的时候,武灵灵问一个和她关系较好的丫鬟:"珠儿,你知道九王爷院子里的两个丫鬟吗?"

珠儿听了说道:"当然知道啦!那是玲珑和碧玉,只有她们两个能在内院伺候,其他人想进内院都不准呢。"

"哦,你跟她们打过交道吗?"

珠儿摇摇头:"她们很少出院子,有时候在路上看见她们,都不理人的。"

武灵灵点点头,若有所思。

"灵灵,你打听她们做什么?"珠儿又问,"她们很不好惹的,你要是在府里看见她俩,千万别出声,就往路旁边低头一站就行了。有一次明珠因为看见她们俩没有让路，被玲珑狠狠地罚了一顿，跪在大日头底下半天呢！"

武灵灵讶异地看着珠儿，接着嘲讽地一笑："跟在主子旁边的人，果然不一样。"

她和珠儿所在的浆洗房负责内院的衣物浆洗，因为玲珑和碧玉是九王爷身边的人，所以她们的衣物也是送到浆洗房的。

这天浆洗房的嬷嬷不在，武灵灵就将玲珑的衣服整理好，放在木托盘中，端起来就往外走。

"灵灵，你要去送衣服吗？"正在干活的珠儿叫住了她。

武灵灵点点头。

珠儿走过来看了看，好心地提醒她："我听说玲珑这几天告了假，应该不在内院。"

武灵灵眨眨眼睛："不在正好，省得碰见了又招惹到她。"

珠儿想了想，点头道："也是，不过那个碧玉也不是好惹的，平时都是嬷嬷送过去的，你可要小心点啊！"

武灵灵微微一笑："放心吧。"

她来到内院门口，小内监仔细检查了一下托盘里的东西，又仔细询问了她的来处，见她都回答无误，小内监这才挥手放行。

双脚踏进内院的大门，武灵灵轻轻地吐出一口气。内院这道门盘查如此严格，让她有些出乎意料，可见这九王爷虽然常年卧病在床，却是个异常谨慎的人。

根据珠儿的指导，武灵灵一进门就往侧面走去，那里是侍候九王爷的下人们住的屋子。

她端着托盘往门口一站，轻声问道："玲珑姐姐在吗？"

"谁啊？"一个身材高挑的丫鬟出现在门口。

武灵灵抬起头来看了她一眼，只见她的脸庞略宽，皮肤还算白皙，长

相只能算是中等，倒是那细长而清秀的眼睛给她增添了几分姿色。

"你是哪个房里的？"碧玉的语气里满是高高在上的鄙夷和不屑。

"我是浆洗房的。今天嬷嬷不在，我把玲珑姐姐已被洗好的衣服送过来了。"武灵灵低下头，尽量让自己的语气听起来恭敬。

"玲珑不在，衣服拿进来吧。"碧玉淡淡地命令。

"是。"武灵灵低头随着她往屋里走去。

一进屋门，碧玉就气定神闲地坐了下来。武灵灵把托盘放到桌上，目光迅速将屋子扫了一遍，然后对悠闲地吐着瓜子皮的碧玉笑道："碧玉姐姐，你身上这条桃红色的裙子真好看，很配你的胭脂色呢。"

她一边说着，心里一边闪过一个疑问：内院就两个丫鬟伺候，玲珑不在，按道理碧玉应该很忙才对，可她怎么还有闲工夫在这里嗑瓜子？

碧玉听了她的恭维，斜睨了她一眼："那是自然，我这可是紫碧纱的，给我洗的时候当心一点。"

"是，姐姐。"武灵灵讨好地一笑，"姐姐身上的料子，我都觉得是上好的了，要是九王爷的，估计连见都没见过呢。"

"你野心不小啊，"碧玉突然盯上她，眼神里带上一丝戒备，"连九王爷的衣服也想碰？"

"姐姐误会了，我只是说说而已，哪有那个胆量？"武灵灵连忙解释。

碧玉哼了一声："九王爷的衣服都是有专人负责的，你们这些下等丫鬟就别做那春秋大梦了！"

"是，谢谢姐姐教诲！"武灵灵说着，突然俯下身子，"呀！姐姐，你的裙子上怎么有个污点啊？"

"什么？在哪里？"碧玉连忙瞪起眼睛，弓腰细看。

武灵灵拉起她的裙子下摆，用手拂拭了几下，接着抬头笑道："碧玉姐姐，我看错了，不是污点，只是沾了点灰，已经掸掉了。"

碧玉这才放了心，将裙摆从她手里猛地一拽，声音里带上一丝嫌恶："别碰我的裙子，弄脏了，你一个月的月钱都赔不起。"

武灵灵刚要答"是"，忽听屋门外响起一声吆喝："碧玉，干吗呢？快过来伺候！"

这声音尖细，正是季大总管的声音。

"来了来了！"碧玉猛地站起来，也没再看武灵灵一眼，提起裙摆快步走出门去。

屋里只剩下武灵灵一个人，从她的角度正好可以看到院门处，两个小内监守在那里，目光凝肃，一言不发。

外人或许看不出来，她却能一眼就察觉，这两个小内监身手不凡。

虽说这九王爷极少出屋门，但内院下人的规矩却很严格，没有一丝松懈的迹象，武灵灵心里不禁又对这个九王爷起了一丝好奇。

他究竟是个什么样的人？

"乓乓！"

清脆的碎裂声拉回了武灵灵的思绪，紧接着碧玉的哭喊求饶声从正屋传出来，中间夹杂着季大总管的斥骂声。

"来人！把她拖出去！"季大总管高声命令。

门口的两个小内监立即躬身快步跑过去，脚步声却几乎听不见。很快，两人把已经哭成一团的碧玉拉了出来，径直往院门外拖去。

"来个人进来伺候着！"季大总管高亢的声音又从正屋里传来，武灵灵目光扫了一圈，发现院子里已经没有其他人，赶紧低头走了过去。

季甲正站在正屋门口，看到她有些意外，却没说什么，只是指了指屋子里："赶紧收拾干净！"

"是。"武灵灵应道，低头走进正屋，蹲下身子捡拾着地上的茶盅碎片。

她刚做了些手脚，碧玉被裙子绊倒，打碎了茶盅——一切果然如黑衣人所料。

武灵灵一边收拾地面一边偷眼打量着正屋的布局，一间正房、两间厢房，

三间相连。

正房和厢房之间垂着一层厚厚的帘幕,里面隐隐飘来一丝药草的味道。

武灵灵有意无意地靠近帘幕中间的缝隙,嗅着药草味。

这味道有些奇怪……

"动作快点!"季甲在后面催促道。

"是!"武灵灵连忙加快了手里的动作,将地上的碎片全部捡到了木托盘里,低头往外走去。

她处理了碎片,又沏了一盅新茶端进来。

季甲鼻子里哼了一声:"还算有点眼力见儿!"

武灵灵走到帘幕前,刚要伸手去掀,忽听季甲大喝一声:"大胆!"

她转过头,疑惑地看着季甲。

"里面也是你能进的?跪下!"季甲眉毛一竖。

武灵灵心里一阵诧异,却也只好跪了下去,双手仍旧端着托盘。

季甲刚要伸手接过,却听到帘幕里面传来一道清冷的嗓音:"让她进来吧。"

"是,主子!"季甲惊得说不出话来,低头看了一眼地上的武灵灵,低声道,"还不赶紧端进去,好生伺候着!"

武灵灵有些意外,挺直脊背走了进去。

厢房里药味更浓,靠窗有个软榻,墨绿色的薄毯下,一个身形颀长的男子斜靠在那里,手中拿着一卷书,修长的手指骨节分明。

这就是当朝九王爷白思明。

武灵灵在榻前一躬身,双手将托盘举过头顶。

软榻上的人却没有接,也没有抬头看她一眼,半响过去了,冷漠疏离的嗓音在头顶响起:"放下,出去吧。"

"是。"武灵灵将茶盅放在软榻旁的花梨木小几上,低头躬身退了出去。

季甲没再说什么,只朝她摆了摆手,武灵灵走出屋门,院子里一片寂静,门口的小内监依然垂首站立，仿佛刚才的事没有发生过一样。

她回到浆洗房，珠儿看到她忙跑了过来，一脸关切地问道："灵灵，你没事吧？刚听她们说内院的碧玉不知道犯了什么错被赶出去了！"

武灵灵摇头一笑："我没事。"

她一边继续干活一边想道：碧玉被赶出去了，玲珑今天回不来，内院那里就没有丫鬟伺候了，不知道季大总管会不会从各处抽调人手暂时安排进内院呢？

然而，一天过去了，内院没有任何动静，第二天还是没有什么消息传出来，到了下午，有人说玲珑回来了。

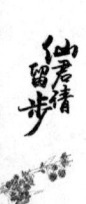

◆第五章◆
更进一步

1.

武灵灵跟管事的嬷嬷告了假,说有东西要采买,嬷嬷同意了,她便出了九王府绕到自己家附近的那条巷子里。

下午时分天气炎热,有几个乞丐无精打采地缩在墙根下,或坐或躺。

武灵灵赶紧走过去,把自己带来的饭食拿出来。

乞丐们眼睛一亮,除了领头的之外,其他人一哄而上,瞬间把她带来的食物哄抢干净。

看着他们狼吞虎咽的样子,武灵灵心里很不是滋味。她来了之后才发现北斗的其他六位星君竟然也跟着她下了凡,更让她吃惊的是,他们成了她家门口的乞丐。

她不知道几位兄弟是因何缘由沦落至此,如果他们看到了她的命簿想要跟着下凡一游,怎么也该选几个好身世托生啊!

看着旁边一动不动的贪狼,武灵灵低声唤道:"大哥……"

"住口!"贪狼沉声将她打断,"隔墙有耳,不要口无遮拦,我问你,上次的任务进行得如何了?"

武灵灵叹了一口气道:"我已经进了九王府,但是想要接近目标,还是有些困难。"

"上边限你十日内必须以近侍身份接近目标,不得有误!"贪狼又将一个铁菱角扔在地上,"若有信息,通过铁菱角传递。"

看着武灵灵将铁菱角收到衣袖里,贪狼不再说什么,拖着一条腿往墙根边走过去,缓缓地闭上了眼睛。

武灵灵心里一酸,正准备起身,忽然衣袖被人一扯,廉贞邪魅的笑容浮现在他那脏兮兮的脸上,颇有一种落难的富家公子的味道。

"五哥,吃饱了吗?"武灵灵问他。

"卖身啊姑娘,你看我这清隽潇洒的容貌,不考虑收了我吗?"廉贞眨眨眼睛。

"五哥,你们几个怎么成了这个样子了?"武灵灵微微蹙眉,忧心道。

"真不考虑?"廉贞一支下巴,手往半露的小腿上一搭,"乞丐中有我这等容貌的,屈指可数。"

武灵灵长叹一声,转身返回,走到一个僻静之处对小凡说道:"将来返回仙界以后,五哥若知道他以这种样貌出现在凡间,不知道要怎样捶胸顿足了。"

小凡道:"几位星君是看了命簿,然后选了对你最有助益的身世来托生的,灵灵你日后若有困难,大可以来找他们几位求助。"

武灵灵点点头:"几位兄弟如此情深义重,我得努力完成目标了。"

回到王府后院已经是掌灯时分,武灵灵坐到自己床前,心里不停地筹划着对策。

"灵灵,怎么还不睡呀?"二更已过,睡得迷迷糊糊的珠儿问道。

"马上就睡,你先睡吧。"武灵灵躺了下去,眼睛却半睁着,怎么也睡不着。

对面床榻上又传来均匀的呼吸声,衬托得四周更加静谧,这时忽听"嗖"的一声响,窗外有个黑影一闪而过。

有人!

武灵灵立即翻身坐起,装作如厕的样子披衣往外走去,一出房门她就将外衫往腰间一系,身体腾跃而上,追赶着前方的黑影。

两人一前一后到了一个僻静之处,武灵灵见那人脚步放慢了,上前一步就抓住了他的肩膀,低声喝道:"站住!"

那人一回身,轻而易举地避开了武灵灵的手掌,幽沉的眸光看得武灵灵愣了一下。

"又是你?"她眯起眼睛问道。

黑衣人不慌不忙地往屋脊上一坐,深眸盯着武灵灵问道:"按照我的计划做了,效果如何?"

武灵灵"哼"了一声:"并无效果。"

"别急。"黑衣人眼中露出一丝笑意,"明天就会有结果了。"

武灵灵看着他,将信将疑道:"若和你说的不一样,下次就直接到组织上对质。"

黑衣人轻声一笑:"你对上面果然忠诚。"

第二天,武灵灵正埋头浆洗衣物,忽听院门口有一阵沉稳的脚步声传来,紧接着浆洗房的下人们都呼啦啦地站了起来。

武灵灵抬头一看,竟然是季大总管,她有些纳闷,除非有重要的事情,他一般不会踏足浆洗房。

"季大总管。"浆洗房的嬷嬷迎上来,满脸堆笑,"什么风把您刮来了?"

季甲在院子正中间站定,威严地扫了一圈,中气十足地问:"那个叫武灵灵的丫鬟呢?"

下人们的目光齐刷刷地向武灵灵射过来,看季大总管的样子,武灵灵可能要挨罚了。

"收拾收拾东西,跟洒家走吧。"季甲说道。

"大总管,要带我去哪儿?"武灵灵问道。

"大胆!"季甲突然怒喝一声,把院子里的人都吓得打了个哆嗦,"主子准你进内院伺候,以后要谨遵礼数,再敢不称婢子,被撵走的碧玉就是你的下场!"

听了这话,所有人都深吸了一口气。

武灵灵要去内院伺候了!

刚才幸灾乐祸的人赶紧慌里慌张地收回了目光,珠儿则露出如释重负的微笑。

"恭喜!恭喜!"有几个和武灵灵交好的丫鬟纷纷走上来拉住武灵灵的手。

"灵灵,你要去内院了!"珠儿也笑着说道。

"灵灵,以后不要忘了我们姐妹几个,常回来看我们啊!"另一个丫鬟讨好地说道。

虽然心里早有准备,此刻武灵灵还是很震惊,那个黑衣人果真料事如神!

她的眼角不由得扫了一圈四周,他会不会就在附近监视着她的一举一动?

在季甲的连声催促下,武灵灵简单收拾了自己的衣物搬进了王府内院的下人房里。

不管怎么说,计划总算是又往前迈出一步,然而当她看到房间里的另一个人时,心里刚刚升起的一点小兴奋顿时一扫而空了。

另一张床榻上坐着一个一脸傲慢的丫鬟,正是玲珑。

季甲走后,刚才还笑逐颜开的玲珑立即变了脸色,冷冷地说:"我不管你是使了什么手段进来的,规矩得说在前面。你虽然进了内院,也不过是个三等丫鬟,伺候王爷的活用不着你插手,正屋也不允许靠近,听明白了吗?"

武灵灵低头道:"明白了,我不过是个负责浆洗的丫鬟,不会踏入正屋的。"

玲珑看着她,又加了一句:"若有违犯,我让你吃不了兜着走。"

说完,她站起身来,甩给武灵灵一个冷眼,走出了侧房。

就在武灵灵头一天进入内院的深夜,黑衣人再次造访。

为防玲珑发现,武灵灵向她吹了一支安神香,这才出了房门。

黑衣人引着她来到上次那个密林,落地后,身姿挺拔的男人背对着她负手而立,她突然觉得这背影有些熟悉。

"还有什么事?"武灵灵问。

"被另一个丫鬟压着,想要接近他很难。"黑衣人转过身来,"我还有一计,用与不用,取决于你。"

"说来听听。"武灵灵没有拒绝,反正什么事情也逃不过他的眼睛。

"你是习武之人,若比刺绣女红这些姑娘家的事,肯定一无是处。"

"喂!"武灵灵不满地嚷道,却被黑衣人抬手制止了:"我说的是实情。"

武灵灵只好闭了嘴。

"但你也有自己的强项。当今皇上春秋已过,大事未定,九王府周围定是虎视眈眈。"黑衣人用一双幽沉的眸子盯着武灵灵,"按照我的计策来,另一个丫鬟也待不了多少时日。"

听他缓缓道出了自己的计策,武灵灵有些怀疑地问道:"若按照这计策行事,事后肯定要被怀疑,若是他问我我一个小丫鬟怎么会武力,该如何说?"

"这个我已经替你想好了,你就说小时候经常跟你娘去寺庙上香,寺庙里的老和尚看你有习武之才教你的。"

武灵灵想了想,觉得可行,便点头道:"那就这样,三日之后动手。"

"灵灵,真要按照他的计策来?"回房后,小凡有点不放心地问。

武灵灵确认了床榻上的玲珑仍在昏睡中,这才压低了声音说道:"这人不可全信,但未必不能利用。"

2.

三日后的子夜，恰好是月黑风高的夜晚，黑暗中似乎潜藏着一丝危险的气息。

玲珑睡得很熟，武灵灵却一直睁着眼，万籁俱寂中她突然听到一句话："王爷……婢子一定好好伺候您……"

这语气温软娇侬，听得武灵灵起了一身鸡皮疙瘩，转头看向玲珑的时候，却见她翻了个身，又面朝里睡着了。

武灵灵心里一片震惊，没想到玲珑居然有这个念头，怪不得她严令自己不准靠近正屋一步，原来是怕自己威胁到她的地位，可那位不是体弱无比吗？她怎么还……

正想着，屋外风声渐起，她立时收回思绪，专注地听着屋外的动静，黑衣人来了。

风声从屋顶飘过，又向正屋而去，最后到了院门口，武灵灵知道，那里有一队常年守护的侍卫。

果不其然，黑夜中高亢的嗓音划破了寂静："快抓刺客！"

寂静的九王府猛地躁动起来，尖叫声和吵嚷声混杂在一起，灯火一盏一盏地亮起来，纷乱的脚步声由远及近。

玲珑一个翻身坐起来，惊慌失措地四处看着："有刺客？刺客在哪里？"

她的话音一落，一个黑影带着利刃的寒光从门口一闪而过，玲珑尖叫一声，从床上滚了下去，手脚并用地在地上爬行。

武灵灵瞪眼看着她，觉得她用这副姿态爬到正屋，拼死护主也着实让人感动，谁知道玲珑爬到一个大床下面，一躬身钻了进去。

"饶命饶命啊！求求你饶了我吧！"玲珑哆哆嗦嗦的声音从床下传来。

武灵灵无语了，她真为屋里那位正主感到悲哀。

玲珑刚爬到床下，院子里又传来一声呼喝："刺客接近正屋了，保护王爷！"

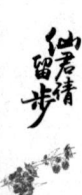

武灵灵知道时机到了,翻身跃起,奔出了房门。

刚一站定,她就见正屋屋顶有个熟悉的黑色身影在上面疾奔,为了不显露自己的轻功,她没有直接跃上,而是顺着一根柱子爬了上去。

头刚露出屋檐,就见一团黑影欺上前来,紧接着一把闪着寒光的利刃向她的头顶招呼而来。

武灵灵一闪身堪堪避过,心道这黑衣人的招数如此凌厉,普通身手的人肯定上来就被他掀下去了,她瞅准一个空当在屋顶上站稳,和他交起手来。

过了十几招,武灵灵越发感觉到不对劲,黑衣人招招毙命,一点也不像是演戏的模样,她也来了精神,使出浑身解数和他酣战起来,下面的侍卫见了,有的守在四周,有的则往房顶腾跃而来。

武灵灵一分神的工夫,黑衣人一掌朝她击来,掌风甚是凌厉,她凝神抵御,却没想到他这只是虚招,还未至眼前就猛地收回,另一只手已然探到她的左肩,化掌为爪,一下子攥紧了她肩膀处的衣衫。

武灵灵一掌劈下去,他却将手指往回一收,只听"嘶啦"一声,她左肩上的衣服被撕下一块,冷风立时钻了进来。

武灵灵不由得大怒,双拳呼啸着就朝黑衣人招呼过去,黑衣人不再出手,一边防御一边往后退走,武灵灵却没什么顾忌,步步紧逼,最后在黑衣人转身奔走的时候一掌击在对方的右肩上。

她常年习武,手劲极大,黑衣人显然没有想到会遭此一击,明显踉跄了一下,然后头也不回地离开了,身形极快,转眼就消失无踪。

武灵灵气哼哼地拍了拍手,跳下屋顶,抬头一看,满院子的侍卫们都目瞪口呆地看着她。

"一点三脚猫功夫而已。"武灵灵嘿嘿一笑。

有个侍卫却咽了一下口水。

"武灵灵,衣不蔽体,成何体统?"侍卫长拉着脸说道。

武灵灵一惊,这才意识到自己左肩处一直凉飕飕的,低头一看,左肩处的衣服被撕烂，露出了一片白皙的肌肤。

她猛地想起自己的身份，右手往左肩上一捂，说道："我去换件衣服。"

刚一回身，季甲尖细的声音在身后响起："刚才是谁把那刺客打退的？"

侍卫们齐刷刷地把目光转向武灵灵，她只好停住脚步，捂着肩膀转回头。

"是婢子。"武灵灵答道，心里却把那黑衣人咒骂了几十遍。

"王爷有令，着你进屋面见。"季甲斜眼看着她。

"季大总管，能不能让我先去换件衣服……"

"大胆，王爷之命，岂容你耽搁，赶紧着！"季甲眉毛一竖，厉声说道。

武灵灵只好往正屋走去，刚一进门，就看见侍卫长跪在帘幕外，头伏在地上，身体像是在瑟瑟发抖。

"奴才未尽到护主之责，甘愿受罚。"

"你愿意领什么罚？"里面传来九王爷气弱的声音，不知为何，帘幕外的人却战战兢兢，不寒而栗。

侍卫长连连磕头道："奴才愿去西南充军，十年内再不回中原，若是奴才有福，十年后再回来侍奉主子！"

"准。"帘幕内的嗓音清冷淡漠。

武灵灵吃惊地听着，只因为没抓到刺客就要发配充军，还是侍卫自愿提出的，这九王爷白思明行事看来十分狠辣啊！

侍卫长领完罚，仿佛比刚才心安了不少，站起来躬身退了出去，自始至终没有看武灵灵一眼。

屋内恢复了寂静，武灵灵突然想到，刚才的一幕是不是自己不应该看到？以这白思明阴狠的性格，不知道会怎么惩罚自己。

她突然很想悄无声息地退出去。

"另一个，进来。"帘幕内传来一道命令。

武灵灵抬头往里看了一眼，他让她进到厢房里去？

正犹豫间，身后有个声音厉声催促："主子让你进去，怎么还不动？"

她没再犹豫，挺直脊背走了进去。

依旧是药香扑鼻，武灵灵只觉得置身于一片药草地中，呼吸了几下之后，身上的冷气被驱散，竟然觉得浑身通畅。

好像有哪里不对……都说九王爷是个药罐子，但这味道闻起来却不像是治病的药草，倒像是——养气之药。

"婢子拜见王爷。"

"免礼。"仿佛有一道清冷的目光从武灵灵脸上一扫而过，软榻上的男人问道，"刚才来的刺客，是你打退的？"

"并非婢子一人之力。"

"从哪里学的功夫？"他的声音淡漠凉薄，"抬起头来看着本王。"

武灵灵只好抬起头，那一刻，她心中犹如一道惊雷滚过，上次她进来的时候没有仔细端详，这次看清楚了，那精致清冷的眉眼，又是司命的味道！

他又一次追随她下凡，到底是何用心？

正思索间，"啪"的一声，一件薄裘落在脚边，她低头一看，又惊愕地看向他。

"把你肩膀遮住。"他命令道。

武灵灵立即照做了，披好薄裘，她不紧不慢地说："功夫是小时候跟着我娘亲去寺庙上香的时候，庙里的老和尚教的。"

对面榻上的人一抬眸，嘴角似乎动了一下。

"院子里有侍卫，为什么你还要出手？"他问道。

"既然身在内院，就有守护王爷安危的责任。"武灵灵低头，不卑不亢。

空气里一阵沉默，半响之后，白思明说道："既然这样，把另外那个丫鬟撵出去，以后内院的大小事务由你来负责。"

"什么？"武灵灵抬头看着他，一脸震惊。

一切又如黑衣人所料！

"不愿意？"

武灵灵思索片刻，说道："婢子有一个条件。"

"你看清楚你对面的人是谁了吗？"白思明凌厉的目光射了过来。

"王爷若是不准，婢子恕难从命。"武灵灵将身子俯了下去。

"说。"他的声音里已是带着忍耐。

"王爷既然要把这院子交给婢子，以后您的生活起居之事就要由婢子一力负责，旁人不得干涉，若出了差错，婢子甘愿受罚。"

白思明盯着武灵灵亮晶晶的眼睛，片刻后沉声道："准了。"

3.

后半夜的时候，武灵灵回到侧屋，正看到满脸泪痕的玲珑收拾铺盖，准备离开。

看到她，玲珑一脸不屑的笑容："武灵灵，你不要得意得太早，你以为这样就算得了势了？告诉你，早晚有一天，你的下场会比我惨千万倍！"说完她抱起一卷铺盖，快步走出了房门。

内院重新恢复了寂静，武灵灵将掌心按在额头上，长出了一口气，准备回到床上再小憩一会儿，刚走出两步，就听"叮"的一声，一个东西落到脚边，她下意识地问："谁？"

窗外有动静传来，武灵灵疾奔到窗前一看，竟然是一只黑鹰展翅飞向天空。

"海东青……"武灵灵哼了一声，"竟然派它来了。"

海东青很快消失在夜幕中，武灵灵转回身，却发现刚才掉在地上的铁菱角不见了影踪，她四下寻找，仍一无所获。

正纳闷时，忽听屋角方向传来一下一下的撞击声，她飞快地抬头，惊诧地发现一个黑色身影伫立在窗前，手里正拿着那个铁菱角上下抛着，动作悠闲。

武灵灵一个箭步冲上去抢，黑衣人却一转身，轻而易举地将铁菱角换

到另一只手上,眼睛里闪过一丝笑意。

武灵灵心头一怒,猛地上前制住他的手腕,厉声说道:"把东西还我!"

黑衣人不再动弹,只是垂下目光看着伏在他胸前的人,双眸更加幽深。

武灵灵也意识到不对,低头一看,自己的左肩还裸露着,上半身都贴在黑衣人的胸膛上,呼吸心跳近在咫尺。

她心里挣扎了一下,却没有退缩,而是更紧地钳住他的手腕,眼里像要喷火。

暗夜里,这个姿势更显暧昧。

"你这样的女人,我还真是头一次见。"黑衣人的声音低沉,"我帮了你,你不打算谢我?"

"你话太多了!"武灵灵一伸手将铁菱角抢了过来,"去而复返,不怕侍卫们回来捉你?"

"这时候是他们警惕心最低的时候,反而最安全。"

武灵灵想了想,也有道理,谁也不会想到刺客会折返回来,并且藏在一个刚立了功的下人房里?

"你还有什么事?"武灵灵握紧了铁菱角,"感谢的事,等我完成任务再说。"

"还是现在兑现吧,你接下来的任务还有需要我帮忙的时候。"黑衣人说道。

武灵灵看了看手里的铁菱角,问道:"你想要什么?"

"回答我一个问题。"

武灵灵警惕地看着他:"先说来听听。"

"你身上的玉佩是从何处得来?"

武灵灵一怔,没想到他会问出这个问题。这玉佩是仙界之物,只不过到了凡间,只有灵性,不再有法力。

"这个?"她拿起来看了看,"是我从小就戴着的,你若真想知道来历,等我告半天假,回去问问我娘亲。"

"好。"黑衣人欣然答应,"有了眉目之后,我会帮你实施下一步计划,告辞。"

紧接着,他的身影一闪,从窗口消失了。

武灵灵打开了攥在手心里的铁菱角,看到里面的字条,嘴角上浮现出一丝冷笑。

"灵灵,下一个任务是什么?"小凡问道。

"继续接近目标,争取他的完全信任。"

武灵灵在床榻上休息了一会儿,四更天时就起了身,先是把院子打扫了一遍,然后开始准备九王爷一早的茶水洗漱。

五更天的时候,季大总管在正屋门口一迭声唤人,原来是九王爷醒了,武灵灵赶紧端起铜盆等一应用具往正屋走过去。

跨进门槛,她在季甲面前躬下身子,将托盘举过头顶,季甲接过来说道:"下去吧,一刻钟后传早饭。"

"是。"

"等等。"帘幕内突然传来一道清冷的声音,"你下去吧,让她进来伺候。"

"主子!"季甲赔着笑,"这可使不得,这丫鬟粗手笨脚的,怕伺候不好您……"

"她伺候不好,我自会调教她,退下。"

"是,王爷!"季甲只得把托盘重新交给武灵灵,又对她十分严肃地交代了好一番,这才不放心地退了出去。

屋里突然寂静下来,让武灵灵有些不适应,她停了一会儿,端起托盘走了进去。

床榻上的人面容清隽,丝毫看不出一丝刚醒的慵懒,他穿着光滑绸缎锦的中衣,净脸后慢慢踱步到窗前,在一面大梳妆镜前坐下。

武灵灵愣在那里,有些不知所措。

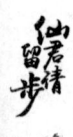

"给本王束发。"他吩咐道。

"是。"武灵灵回过神来,忙走过去,从一个檀木匣子里拿出一把木梳,开始解他的发髻。

"王爷,恕婢子没有跟玲珑和碧玉讨教过您以前的发髻如何梳理。"武灵灵看着镜子里英俊的面容说道。

"跟她们讨教?"他从镜子里注视着她,"她们两人从未被准许踏进这内室一步。"

武灵灵张大了嘴巴,原来在她之前,从未有丫鬟进来伺候过……

怪不得武灵灵发现玲珑一直对白思明的起居之事避而不谈,原来她自己也没有近身伺候过九王爷。

"那,王爷想要梳青玉髻还是凌云髻?"武灵灵脑海里闪出五哥廉贞教她的两种发髻,歪着脑袋问道。

"随你。"白思明说道。

武灵灵一时无语,后悔自己当时夸下海口,若梳完不合这位主子的心意,他必然会怪罪她。

想了想,武灵灵一笑说道:"依婢子看,王爷今天气色极佳,心情也愉悦,那婢子就给王爷梳一个凌云髻吧。"

说完,她就开始动手了,镜中人的目光从她脸上扫过,将她眼中的一丝狡黠尽收眼底。

她的小聪明被他一眼看穿,若是梳完发髻后他发了怒,她就会说因为他生了气,面容形态和这发髻不符,和她没有关系,他也就拿她无可奈何。

他锐利的目光在她脸上逡巡了片刻,然后缓缓闭上了眼睛。

暂且忍耐。

梳完发髻后,武灵灵回到院子里,厨房已经送来了早饭,季大总管站在院门口,不好往里进却又不放心,只得拉住武灵灵问道:"梳洗伺候好了吗？主子没有发怒吧？"

武灵灵摇了摇头，季甲难以置信地"咦"了一声，看她的目光更带上了几分不同寻常的意味。

早饭倒是相安无事，饭后半个时辰，又有一个小丫鬟送药进来。

"灵灵姐姐，"小丫鬟笑嘻嘻地说，"王爷的药还要不要加蜜汁呀？以前玲珑姐姐都是加了自己调制的蜜汁。"

"不加。"武灵灵果断说道，留下小丫鬟目瞪口呆地站在那里。

武灵灵端着药碗进入正屋，白思明正倚靠在榻上看书，目光清冷而专注。

"王爷，该用药了。"武灵灵把剔透晶莹的玉碗奉上去。

他没有看她，只是伸过手来把碗端了过去，刚抿了一口就猛地咳嗽起来。

"这是你给本王喝的东西？！"他一脸震怒，握着碧玉碗的手指微微颤抖。

"王爷恕罪，药方里各味药药性复杂，难保不和蜜汁相冲，所以婢子斗胆给王爷奉上了不加蜜汁的汤药。"武灵灵镇静地说道，"良药苦口，还请王爷明鉴。"

对面的人半晌没有反应，武灵灵只是低头等着，又过了一会儿，她听到"嗒"的一声响，手里的托盘一沉，他已经将药碗放了回来。

"本王倦了，退下吧。"他声音里仍旧有几分余怒未消，武灵灵忙躬身听令，低头看那碗时，却发现里面已经空了。

她轻轻抿起嘴角，却又害怕被他瞧见，赶紧恢复表情，端着托盘躬身退出。

刚走到门口，竟然听到身后有匀净的呼吸声传来，武灵灵脚步一顿，回头却发现他已经靠在软榻上睡着了。

她折回身子，将他身上的锦被往上拉了拉，然后走向那重厚重的帘幕。

4.

一个时辰之后,床榻上的人缓缓醒来。

他先是闻到一股香味,不是药草的香气,似是花香,紧接着,一道光线落在他眼皮上,他微微皱眉,睁开了眼睛。

眼前的景象让他震怒不已,他猛地起身,厉声喝道:"来人!"

"婢子在。"一个笔直的身影出现在眼前,她背对着屋外的光线,却仍见得姿容清秀,尤其是一双大眼睛透着一股灵动。

"你……你究竟是谁?"他突然失了神,低吼道。

"王爷,我是伺候您的丫鬟武灵灵。"武灵灵有些诧异,却仍旧恭敬地跪了下去。

"这是怎么回事?"他指着敞开的帘幕质问道。

"王爷,帘幕常年闭着于您贵体不利,婢子斗胆把帘幕敞开,想让您心情舒畅一些。"

软榻上的男人缓缓扫视了一圈屋内,只见原来稀疏空荡的架子上摆了一些素白色的净瓶,里面供着颜色浅淡的花朵,有的已经绽开,有的含苞待放。

微风拂来,花香扑鼻,软榻旁边的地上,积年阴冷的地面上铺了一层温暖的日光。

他有多久没有见过这样的景象了?

白思明的脸色慢慢恢复,攥着扶手的手指也松弛了一些。半晌之后,他重新倚回软榻上,挥了挥手道:"罢了,沏一杯毛峰上来。"

武灵灵却没有动,白思明转头看了她一眼,见她把头一低道:"回禀王爷,毛峰性寒凉,不如银针性平,可以舒气养身。"

他抬起头来瞪视着她,目光如剑。

片刻后,他道:"本王不喝了,你退下吧。今日若没有其他事,不必过来伺候了。"

"是。"武灵灵觑着他的脸色,又说道,"婢子还有一件事求王爷成全。"

软榻上的男人没有吭声。

"婢子想告假半天,回家探望身染微恙的娘亲。"

他蹙着眉,只是朝她一摆手。

武灵灵倒没想到他会这么快应允,也不管他是不是不耐烦,再三拜谢后才离开。

退回侧房以后,小凡不解地问道:"灵灵,不是要取得九王爷的信任吗,你怎么老是惹怒他?"

"越是唯唯诺诺,他越不会把我放在眼里,对他这样的人,就应该反其道而行之。"

"哦!"小凡一副恍然大悟的语调,"还是没听懂。"

下午,白思明照例要睡一个很长的午觉,等他睡着之后,武灵灵轻手轻脚地离开了内院。

出了九王府,她直奔几条街之外的巷子里而去。午时阳光很暖,几个乞丐正懒洋洋地在墙根下抚摸着肚皮打盹。

武灵灵先朝贪狼走过去,低声唤道:"大哥!大哥!"

贪狼睡熟了,没有反应,武灵灵又拿出一个馒头推了推他:"大哥,要不要馒头?"

"不要,刚吃饱,别烦!"贪狼不耐烦地挥开。

武灵灵一怔,再看其他几个兄弟,都是一副吃饱喝足的样子,看来今天收成不错。

她眼角一扫,见四下无人,便低声道:"莫恨春归芳菲尽。"

贪狼猛地睁眼,睡意全无,接道:"更喜夏至幽莲开。"

随即,他坐直身子,接过武灵灵的馒头啃了起来,声音低沉道:"那边怎么样?"

"还算顺利。"武灵灵低声说,"只是有一事需要你们帮忙。"

"说。"

"我这馒头里有馅儿。"

"呃!"贪狼吞咽的动作一停,像被噎住了一样。

"大哥你别怕,不是毒物。"武灵灵忙说,"这是目标的药渣,我知二哥熟通药理,请他看一下这药治什么病。"

贪狼抬眼看她,又吃了两口后把馒头塞进怀里:"知道了。"

武灵灵点点头,不放心地问道:"大哥,你们能吃饱饭吗?"

"最近有个黑衣蒙面人常来施舍,"贪狼慢慢地靠回墙根,"不用担心。"

黑衣人?武灵灵心里一惊,他竟然连她的联系人都知道。

她满心疑窦,但时间紧迫,只能回头再慢慢细究了。

"大哥,我先走了。"

她站起来从兄弟们面前依次走过,走到廉贞面前时,只听他仍在喃喃道:"卖身啊卖身……"

而他旁边的文曲星君身前则铺着一块发黄的布料,上面写着:"代写文书诉状书信,接活欧罗巴、东夷、高丽。"

武灵灵哑然失笑。四哥熟悉各国语言,也不知生意怎么样,不过这京城里倒是时常能看到面容迥异的异国之人。

她离开巷子后赶紧回了家,爹娘看到她自然高兴异常,纷纷询问她在府内的情况,当听到武灵灵说起她已经进了内院,独自一人伺候白思明时,她爹娘却有些沉默。

"灵灵啊,伺候王爷要用心,这是少不了的,"娘亲嘱咐,"还有一点,不该上前的时候不要上前,免得惹祸上身。"

"娘,我知道了。"武灵灵对她的话外之意自然心知肚明,当今皇上未定继承大统之人,大皇子虽然呼声最高,支持者众,然而不到最后,谁也不知鹿死谁手。

就在这一瞬间,她脑子里突然闪过一个想法,那位病娇的九王爷,会不会是有意……

"灵灵，没事就赶紧回去吧，"娘亲催促道，"王爷若是有事叫不到人，肯定会怪罪的。"

"娘，我有一个问题，"武灵灵问道，"我随身戴着的这玉佩是怎么来的？"

她娘亲说道："灵灵，你年幼时生了一场大病，眼看就没命了，后来一个跛脚道士来咱们家，说要把你带走，能保你活命，十五岁时就让你回来，这就是爹娘当初把你送到山里去的缘由。那道士把你带走时，就给你戴上了这块玉佩。"

武灵灵点了点头，原来在这一世里她的玉佩还有这个来历。

"爹，娘，我回九王府了，你们多保重。"武灵灵说道。

"嗯，回去吧，没什么事不用老是告假回来。"武灵灵的娘亲说着，又拿起手帕拭泪。

武灵灵告别了爹娘回到王府内院，已经是掌灯时分，正屋里却一片昏暗。

她心里疑惑，难道白思明还没醒？她顾不上放下怀里的包裹就直奔正屋而去。

帘幕依然敞开着，室内花香扑鼻，软榻上的男人却闭着眼睛，嘴唇紧抿。

"王爷您没事吧？"武灵灵扑上前去摇晃着他。

晃了几下之后，见他没有任何反应，武灵灵赶忙探他鼻息，只觉他气息微弱，几不可察，再摸他额头，冰凉一片。

她顿时有些慌神，想试探他身体的温度，谁知指尖刚一触到他的衣衫，就被一只突然伸出来的手钳住了手腕。

武灵灵一低头，正对上一双犀利的眸子，吓得她赶紧松了手。

"作甚？"他的声音低沉，带着几分冷漠。

"我以为王爷您……您没事就好。"武灵灵赶紧往后撤了撤身子，手腕上的力道瞬间松开了。

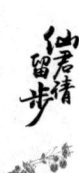

"王爷用膳了吗?"

"没有。"

"啊?"武灵灵心里一惊,"我赶紧叫他们传膳。"

"不必了。"

"要不我让厨房单独做吧,什锦蒸饺怎么样?清粥小菜?鸭皮笋丝汤?"

对面的人——否决。

武灵灵有些泄气,却见他指了指自己怀里:"这是什么?"

"这个?"武灵灵低头看了看,"我娘做的桂花糕。"

"本王勉为其难将就一下。"

"啊?"武灵灵一脸震惊。

在他的注视下,她打开了包裹,甜丝丝的香气扑鼻而来。

伺候他净了手,掌上灯,看着他斜倚在软榻上,将她带回的桂花糕吃了个干净。

她咽了几下口水,却都被无视了。

只剩最后一块的时候,他看了她一眼,收回了手:"撤了吧。"

"是。"武灵灵带着最后一块桂花糕退了出去。

因为他半夜还要服一次药,武灵灵伺候完毕回到侧房里的时候,已经过了子时。

"等你很久了。"黑暗中有个声音冷不防冒出来,吓了她一跳。

"下次来的时候,能不能先提前告诉我一声?"她蹙眉表示不满。

黑衣人摇摇头:"你自幼习武,难不成怕鬼?"

"鬼倒不怕,就怕有人装神弄鬼。"武灵灵嘟囔了一句。

"我的问题可有解答了?"

武灵灵便把娘亲的原话告诉了他。

黑衣人沉吟片刻,说道:"原来你幼时竟有这样的经历,那你这十几年都是跟着那跛脚道士长大的？"

"不，"武灵灵摇头，"我有自己的师父。"

"师父，呵……"黑衣人的冷笑声听起来竟有些瘆人，"无非是拿你们当作杀人工具罢了！"

武灵灵目光一凛，一件暗器瞬间飞出，"铮"的一声钉在黑衣人耳旁。

"出言不慎，小心丧命！"她厉声警告道。

黑衣人嘲讽地一笑，站直身子朝她勾了勾手指："该我兑现承诺了，过来。"

武灵灵半信半疑地走到他面前，眼神里有一丝防备。

黑衣人毫不介意地说："想要和目标走得更近，就得了解他的一些喜好。"

他对着她的耳朵俯下身来，说了几句话。

"最好今夜就动手，效果最佳。"他看着她似笑非笑。

第六章
梦醒时分

1.

黑衣人走后,武灵灵却有些拿不定主意。

他说的事情,有些难为情啊!

在屋里来回踱了好几圈之后,她的右拳猛地落在左掌心:"动手!"

院子里黑漆漆的,她走到正屋门前,先侧耳听了听里面的动静,然后轻轻地推开了房门。

内室里,睡梦中的人呼吸匀净,清秀俊逸的脸侧,青丝披散在肩头,鼻梁高耸,眉峰挺拔,犹如一尊完美无瑕的白玉刻像。

武灵灵调整了一下呼吸,在他榻前俯下身子,双臂伸出,搂住了他的腰。

他没有被惊醒,而武灵灵也累了,索性调整了个舒服的姿势,将头靠在他肩上,沉沉地闭上了眼睛。

不知道过了多久,武灵灵突然被一阵剧烈的颤动惊醒,她猛地睁眼,见身旁的人脸色苍白,头在枕上左右摇摆,嘴唇不住地翕动,身体也在痛苦地扭动挣扎,额头上冷汗密布。

"母妃,别走!"他的声音由低喃变成大叫。武灵灵想去推他,却冷不防被他拽住胳膊一拉,整个人趴在他怀里。

侧脸贴上他温热的胸膛,这一刻,武灵灵心里突然涌起一阵莫名的熟悉感，记忆里，群仙宴那天她和他拼酒，好像也发生了类似的事情……

不妙的感觉！武灵灵连忙挣扎着起身，奈何他的手臂却像铁箍一样把她圈在怀里。

"王爷，您醒醒！"武灵灵动弹不得，只好在他耳边喊了一声。

白思明睁开眼睛，和武灵灵四目相对，一瞬之后，他突然暴怒地将她一推："大胆！谁准你进来的？"

武灵灵坐直了身子，眨了眨眼睛："王爷，您刚才被噩梦魇着了，醒了就好了。"

他直直地注视着她："你什么时候进来的？"

"您服药睡下后我就进来了。"

"本王有没有对你做什么？"他斜了她一眼，声音清冷。

"没……没有。"

"为什么心虚？"他的声音一厉。

"婢子听说王爷服药后经常被噩梦惊醒，于是斗胆……斗胆……"

武灵灵没有说下去，他的目光却转了过来，如同钉子一样盯住她。

"斗胆过来抱着王爷睡的……"

"咳！咳咳！"床榻上的人剧烈咳嗽起来。

"王爷息怒！"武灵灵垂下了头，眼角余光却觑着他的反应。

他咳嗽稍停就立即质问道："你刚才听到了什么？"

"婢子被您按住了，什么也没听到。"

"按住了？"他冷峻的眉毛一挑，"按在哪里？"

武灵灵指了指他的胸口，那里随之起伏了一下。

借着窗外的月色，她隐约觉得他耳根好像一红，但是，那应该不可能。

"咳！"他将手指放在嘴边说道，"暂且饶你这一次。"

武灵灵连连点头，她注意到，他好像并没有说"下不为例"之类的话。

难道说，他允许有下次？武灵灵心里竟有些可耻地雀跃。

回到自己屋里，躺到床榻上，武灵灵却毫无睡意。

接下来的几天里，武灵灵伺候他越发得心应手，虽然他还是一副清冷淡漠的表情，却不再撵她出去，心情略微好些的时候，还让她研墨，他在案旁执笔挥毫。

只不过写上几张纸，他的手就会打战，额头上也有冷汗沁出来，武灵灵给他奉上帕子，他却站着不动，斜睨着她道："这还让本王自己来？"

武灵灵一听，赶忙拿起帕子凑上去，替他擦干净额头上的汗珠，鼻尖冷不丁地嗅到他身上好闻的气息。

这气息让她一怔，神识一下子飘远，好像遥远的仙界也有一个人有这样的味道。

当天，武灵灵又在水井旁边扔了个铁菱角，这是她和黑衣人约定的暗号。

"这次主动找我，有什么事？"暗夜中黑衣人的面容看不清，眼神却依旧幽深，仿佛能洞悉她的心思。

"关于他，有件事想请你帮忙。"

"哦？"黑衣人饶有兴趣地看着她，"说来听听。"

"我想，有没有什么办法能让他走出屋门？哪怕是院子里也行。"武灵灵抬眸看着他。

"为什么要这么做？"他好像有些意外。

"就是觉得他在屋子里待得太久了，走出来可以愉悦心情。"武灵灵躲开他探究的眼神，故作轻松道，"心情好了，他就更信任我了，不是吗？"

空气里静默了一瞬，黑衣人的目光在她脸上逡巡了一下，说道："倒是有一个办法可以一试。"

等他讲完之后，武灵灵惊讶不已："就这样？"

"对。"

"好，我明天就试试。"武灵灵粲然一笑，"多谢啦！"

"不谢。"黑衣人收回目光,将手背到身后,"若你真能说动他,这次我可以不要求你拿什么作为交换。"

黑衣人走后,武灵灵绞尽脑汁想了一夜,第二天服侍白思明用了早饭之后,她笑盈盈地建议道:"王爷整日看书也挺没意思的,不如我讲个话本子上的故事给您听吧?"

他的目光从书页上抬起,看了她一眼,说道:"讲不好不许吃午饭。"

"啊?"武灵灵一脸惊诧。

这不是自己坑自己吗?无奈,她只好硬着头皮开讲,对面软榻上的人也破天荒地将书放下,清冷的眸子盯着她。

"话说在仙界,有北斗七星君,在这七星君里,排行第六的武曲星君是个武职,却偏偏是个女的,长相呢,也是灵动秀美又可爱,仙界里人人都跟她交好。"武灵灵讲得绘声绘色,"只有一个人——南斗七星君中的司命星君和她不睦,说起他们俩为什么不睦,也是有缘由的。很早之前,玉帝下了一道御旨,命令司命星君和武曲星君一起修订凡间武者命簿,谁知在修订命簿的时候……王爷、王爷?"

软榻上的男人以手支头,双眼紧闭,像是睡着了。

武灵灵大失所望,站起身来准备离开,又想起什么,回身把墨绿色的锦被给他盖好。

她的动作惊醒了他,他看着她问道:"讲完了?"

"嗯。"武灵灵有些不悦地噘着嘴,"能让王爷睡这么熟,我也心安了。"

"呵……"男人发出一声轻笑。

武灵灵一怔,倒是从未见他笑过,没想到笑起来竟也这般好看。

"王爷还睡吗?"

他摇摇头:"刚才打了一小会儿盹,却好像做了一个很长的梦,梦里有一群……"

说到这里,他突然停住了,目光锐利:"你刚才是不是讲了一个仙界

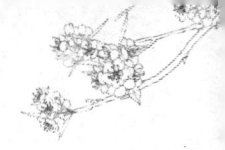

的故事?"

"是。"

"怪不得,"他的脸色略有缓和,"我刚才似乎到你讲的仙界里去了。"

"哦……"武灵灵面上赔笑,心里却想道,您那是魂归本位一日游吧!

她随即又开始提议:"既然王爷不愿意听故事,那我给您舞一段怎么样?"

对面的人抬了抬眼:"舞什么?"

"舞剑呀!"武灵灵的眼睛亮闪闪的。

他的神色恢复了正常,转头指了指旁边墙上,那里有一把剑。

"谢王爷!"武灵灵一脸兴奋地取下剑,一把抽出剑身,眼中有光芒闪烁,"这里舞不开,请王爷移步院子里一观!"

2.

"司命,考考你,十八般兵器都有哪些?"云石桌对面的武灵灵笑盈盈地凑过来,目光狡黠。

正在翻阅典籍的司命斜了她一眼,顺手把她鬓发间的桃花瓣拿掉,淡然道:"弓、弩、枪、棍、刀、剑、矛、盾、斧、钺、戟、殳、鞭、锏、锤、叉、钯、戈。"

"你背得还挺熟。"武灵灵嘟囔了一句,又不死心道,"那美人戟呢?是什么兵器?"

"这倒没听过,"司命放下手里的书,嘴角不自觉地上扬,"愿闻其详。"

武灵灵顿时精神抖擞,往后一跃飞了出去,云纱衫的袍角在身侧飞扬。

她在一块云石上站定,手向虚空里一托,一把银光闪闪的戟出现在手心,她握住长戟向上一跃,在空中舞了起来。

英姿飒爽,银光闪烁,犹如一条飞旋的白练映在司命幽静深沉的双眸里。

忽然间,武灵灵眼神一动,身体朝着司命直冲下来,长戟的尖头指向他肩头一只盘旋欲落的蝴蝶。

谁知那蝴蝶也有灵性，看到武灵灵一戟刺来，不敢再停留，一振翅膀，重新飞向空中。

武灵灵长戟一转，避开了司命的肩头，却又担心真的伤到那只蝴蝶，只好在半空里猛地一收，自己的身体却避无可避地向下坠去，眼看就要砸到司命面前的云石桌上。

就在这一瞬间，耳边风声乍起，一道浅色光芒闪过，武灵灵只觉得腰间一紧，身体随之缓缓下降，稳稳地落在云石桌上。

熟悉的气息涌入鼻尖，武灵灵的心怦然而动，抬眸往上一看，视线堪堪落入他幽密如织的瞳中，再也逃脱不开。

"你这美人戟可一点都不美啊！"他嘲弄道。

"我是不想让你招蜂引蝶。"武灵灵的脸已经红得像熟透的虾一般。

司命一贯波澜不惊的眸底似乎涌动起一股异样的情绪，看得武灵灵一时间竟然忘了动弹。

他都已经离她这么近了，抱得也这样紧，接下来是不是要吻她了？武灵灵一向彪悍的心里竟犹如鹿撞，她心一横，闭上眼睛往前凑过去。

"好了，继续干活了。"司命突然手一松，武灵灵"砰"的一声坐到云石桌上。

"司命，你……你给我走着瞧！"她气急败坏地喊道。

记忆戛然而止，武灵灵的思绪也被拉了回来，此刻她面对的虽然是同样的面孔，但他是当今的九王爷，而不是仙界的司命。

空中突然响起一声清脆的鸣叫，武灵灵眼角一扫，是海东青在头顶盘旋。

海东青是她幼时在山里捡到的一只受伤的鹰，当时师父不同意留下它，年幼孤单的她在师父门口跪了一夜师父才同意，条件是海东青也要听从他的控制。

后来她满十五岁,被放出来执行任务,海东青就被师父控制了,上次的铁菱角也是师父派它送来的。

武灵灵心里突然有个念头一闪而过,如果她能再次跌入他的怀抱,那事情进展岂不是会顺利很多?

主意已定,她对廊檐下紫檀木扶手椅上的清隽人影说道:"王爷,我要开始了!"

他微微颔首,她随即开始舞起剑来,长剑在她手里犹如有了灵力,时而柔软如缎,时而坚硬如铁,剑光闪烁中,窈窕纤柔的身姿若隐若现。

廊檐下的人目不转睛地盯着她,目光清凉如水。

舞了一会儿,她对海东青暗暗做了一个手势,紧接着剑尖朝下一指,盘旋在空中的巨鸟立即冲向他的方向。

武灵灵脸上变色,大叫一声:"王爷小心!"跟着飞身上前,张开双臂护在他身体上方。

按照她的预想,下方的人会来一个英雄救美,只需将她的腰一揽,转个圈,就能完美地避开海东青的袭击,说不定还能将她压在身下,制造一个面红心跳的完美意外。

然而让她始料未及的是,廊檐下的人竟一动不动,目光平静地看着一人一鸟向他砸来。

武灵灵心中惊讶,只得临时改变计划,双手揽住他的腰往旁边滚去,只听"嘶啦"一声,后心处衣服被撕裂,一个旋转之后,她和他同时跌在地上。

武灵灵睁开眼睛,反了反了!她现在把白思明压在地上,面容近在咫尺,目光正对上他幽沉的双眸。

怎么会这样?!

武灵灵低呼一声:"王爷,您没事吧?"

"你太沉了。"身下的男人说道,气息丝毫不乱。

武灵灵赶紧爬起来,把锦衣华服的男人搀扶起来,身子一俯:"婢子失手了,请王爷恕罪!"

她估计错了形势,当时能将她抱在怀里、救她于危难的司命确实不在了,眼前只有这位手无缚鸡之力的病娇王爷。

"这是什么?"清冷的声音在头顶上方响起,与此同时,带着几分凉意的指尖触到她后背的肌肤上。

武灵灵禁不住打了个寒噤。她立即跳起来,反手遮挡住后心处被撕裂的口子,低声说道:"没什么,小时候从树上掉下来摔的。"

"摔到刀尖上了?"他反问道,"弄出了这么长一条伤痕?"

武灵灵没有作声。

"身上其他地方还有吗?"

"有一些。"

"不愿意告诉本王实情?"他看着她一挑眉。

武灵灵目光微垂:"小时候跟着和尚师父学武时被打的。"

"为什么不反抗?不逃跑?"

"没有理由逃跑。"武灵灵神色意外的平静,"王爷您知不知道,仙界有个老家伙叫司命?他给人写好的命数,谁也逃脱不掉。"

"你看的话本子太多了,人固有自己的命数,但关键时刻做什么选择,仍旧取决于自己。"

"王爷觉得可以掌握自己的命运?"武灵灵看着他。

他的目光盯在她脸上,那一刻,武灵灵觉得他惯有的疏冷眼神变得异常幽深。

"除了你之外的所有。"他沉声说道。

3.

初春时节的内院里,草木发了新芽,空气里却依旧透着一股寒意。

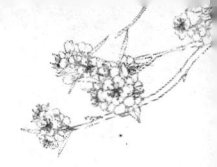

"王爷,粳米粥的味道如何?"一个穿着碧玉色夹衫的女子问廊檐下面容清隽的男子。

"尚可。"

女子抿了抿唇,若有似无的笑意浮现在嘴角,接着问道:"王爷若有兴致,婢子再给您舞一段剑如何?"

白思明毫不客气地拒绝:"不必了,以后也不要再有这种念头。"

武灵灵"噢"了一声,似乎有些失落。

他注意到了她的神色,轻咳一声道:"扶本王去院子里走走吧。"

"啊?"武灵灵一脸震惊,仿佛没听懂一样。

"你不乐意?"

武灵灵连连摇头:"乐意!乐意!"

院子里,绿衣女子扶着身穿墨绿色锦纱缎的男子缓缓踱步,院门外的阴影中,一个略显肥胖的身影却看得呆住了:"这……这女子,当真有点手段啊!"

作为王府的大总管,季甲服侍了王爷这么些年,第一次看到他对一个女子有这等耐心,还为她破了一个又一个的例,难道说,王爷对这个女子……动了心?

当初他就觉得这个武灵灵古灵精怪,现在看来,着实不简单。

季甲目光一紧,一转身,肥胖的身躯消失在墙角的暗影里。

与此同时,正在院内踱步的男人目光一斜,扫向季甲离开的方向。

"王爷怎么了?是不是不舒服?"武灵灵不由得握紧了他的手臂。

"没有,继续走吧。"

随着她身体的贴近,他手腕上传来的疼痛越加明显,虽然他极力隐忍,然而额头上还是沁出了一层薄汗。

"王爷,我扶您回去歇息吧?"

"也好。"

在紫檀木椅子上坐定，他缓缓闭上了眼睛，和她近距离接触时，手腕上的印记就会疼痛，究竟是为什么？

还有那个"离"字，难道这一切真的是在警告他，让他离她越远越好？

可她身上又有一种莫名的吸引力，让他禁不住想要靠近，除了想一探那个谜团的究竟，好像还有一种别样的感觉。

他一定是魔怔了，为了自保隐忍数十年，却因为她在敌方的监视中露出了破绽。

不能坐以待毙……他紧蹙眉头，手指掐进了扶手上的暗纹里。

当天夜里，黑衣人再次不请自来，武灵灵正要解衣躺下，听到声音有些不悦地转身。

"我说大哥，你每次都这么悄无声息，"她敲了敲自己房间的墙壁，"我这儿好歹也是姑娘家的闺房啊！"

"哦，"黑衣人神色淡然道，"放心，不该看的东西我不会看的。"

"你……"

"有件事想跟你说。"黑衣人打断了她，神色肃然，"你如今在做的事，放弃吧。"

"为什么？"武灵灵目光一凛。

"这是为了你好，"黑衣人说，"再继续下去，你迟早会送命。"

"送命？"武灵灵笑了起来，"我会怕这个？"

"你一定要为那个组织效力到死？"黑衣人一皱眉。

"我是为了我自己。"武灵灵转头看向窗外的夜色，眼神变得柔和。

至少，要看到他为她动心，清泪才有希望。

"你该不会是心悦于他吧？"

"那又怎样？"武灵灵语带挑衅，"跟你有什么关系？"

黑衣人身形一动，瞬间到了武灵灵面前，以逼人的气势面对着她："我，

不准。"

武灵灵瞟了他一眼,奇怪道:"你这么激动干什么……"

话音未落,她忽然觉得眼前一黑,黑衣人猛地俯下身来把她的嘴唇堵住了!

"你做什么!"武灵灵大吃一惊,伸手把他猛地一推,黑衣人并没防备,往后退了半步,隔着柔软的面巾摸着自己的唇,有些失神,又有些意外。

"你疯了?再有一次我杀了你!你赶紧滚!"武灵灵气急败坏地低吼。

黑衣人看了她一眼,一转身,消失在敞开的窗户里。

室内倾泻了一地月色。武灵灵面色通红,她咂了咂嘴唇,隔着一道面巾,她仍能感觉到他唇上灼热的温度。

第二天一早,她服侍白思明起身、用早饭,心里却还想着昨夜的一幕。

"啪"的一声脆响把她吓得回了神,看到地上碎裂的玉碗,武灵灵赶紧跪到地上。

"怎么回事?"白思明微微蹙眉,"为何心神不宁?"

"王爷恕罪,可能是昨天夜里没睡好,走神了。"

他垂眸看着她,眼神中有几分不同寻常的审视意味,刚要开口,忽听院门外传来一声高亢的嗓音:"圣旨到!"

"果然来了。"他沉声道。接着站起来走出去迎旨,带起来一阵轻风。

武灵灵有些意外,她注意到,白思明的步伐好像矫健轻快了不少。

她在他身后跪在地上,等他接了圣旨之后赶紧上前扶他起来。

他却握紧了她的手,武灵灵的心猛地缩紧。

送走了宫里的太监,她问道:"王爷,圣旨命您负责和他国使节的交涉,是什么意思?"

白思明轻笑一声:"有人看我稍好些了,自然不能让我闲着。"

至于对方为何耳风如此之快,自然和常年出入他身侧的人脱不了干系。

"和他国使节交涉也不是什么困难的事吧?"武灵灵问道。

"困难倒不至于,"白思明看了她一眼,"不过就是出力不讨好而已,弄不好,掉脑袋也是正常。"

"啊?"武灵灵不由得张大了嘴。

4.

让武灵灵惊讶的是,三天之后,真有一个身高眼大皮肤白的外邦人来到了九王府,他说自己名叫李安。

也不知道他的真名是什么,反正武灵灵听到他就是这样介绍自己的。

李安除了自己的名字,一句汉话也不会,跟他一道来的除了传旨太监,还有一个通译官。

传旨太监又传了一道旨意:即日起,撒克逊使节李安暂住九王府,由九王爷负责觐见前使节的文书通译事宜,不得有误。

武灵灵这次听懂了,心下更是诧异,抬头看时,白思明却一弯嘴角,接了旨。

传旨太监走后,通译官走过来跪拜行礼道:"通译官王统龄叩见王爷!"

"王通译起来吧!"白思明一摆手,"既然时间紧迫,接下来的十几天就有劳王通译了!"

"下官不敢!"王统龄一揖到地,姿态极为谦逊,然而白思明的目光却瞬间变得凌厉。

李安和王统龄被安排在九王府别院里,两人第二天一早就开始忙碌。这次的任务主要是将李安带来的觐见文书译为汉文,武灵灵去送了一趟茶水,见那文书比她看的话本子还厚,而李安和王统龄两人则不停地叽里咕噜讨论着什么。

回到内院,她向白思明禀报了所见之景,白思明沉吟片刻后,说道:"这十几天不会这么风平浪静的,你没事多往那边跑几趟,盯紧他们。"

武灵灵连连点头，转念一想，白思明俨然已经把她当作心腹之人，她这算不算已经取得了他的信任？

也不知道下一个铁菱角会在什么时候出现了。

李安和通译官住进来的前几天，一切都进行得挺顺利，武灵灵经常去别院送个茶水点心，顺便询问一下他们的日常需要，回来再把自己的见闻一字不落地禀告白思明。

白思明听了虽然不说什么，但武灵灵注意到，他的眉头总是微蹙着。

"九王爷，您还有什么担心的吗？"武灵灵终于忍不住问。

他看了她一眼，沉声道："这个王统龄，靠不住。"

武灵灵一惊："王爷看出了什么不对吗？"

"通译使节文书之事看似简单，实则暗藏玄机。"他说，"皇上年事已高，对文字之事很敏感，若出了一处差错，那就是大罪。这个王统龄，到底是不如自己人令人放心。"

武灵灵心思一动："换掉他，我有办法。"

"什么办法？"

武灵灵走过去，在他身旁附耳低言了几句。

白思明听了却立即摇头："我不会让你冒这个险。"

武灵灵一呆，突然觉得全身血液涌上双颊，心也跟着急速跳了两下。

白思明似乎并没有发觉她的异常反应，只是继续说道："事成之后，还要准备好替换的人手。"

"王爷，我倒是认识一个人，熟通各国语言。"

"什么人？"

武灵灵把四哥文曲星君说了出来，本以为白思明会提出疑问，为何一个行乞之人竟有这种本事，白思明却只是看着她，点了点头。

他就这般信任她？

到了晚间，武灵灵将内院各处的灯烛都熄灭后才回到自己的侧房。

刚准备躺下，窗户那里就有动静传来，武灵灵叹了一口气，把刚解开的一粒扣子重新扣上。

"你又……"她刚一转身，却吓得把话咽了回去，惊慌失措道，"王爷，您怎么过来了？"

"吓到你了？"白思明意味深长地看了她一眼，"我要和你出去一趟。"

"去哪儿？"

"你说的那个人，现在能不能找到他？"

武灵灵微微咬唇："我试试吧。"

白思明点点头，上前握住她的手腕，推开门往外走去。

好像早有准备，一路上院门都敞开着，周围却连个人影也没有。武灵灵被他紧紧拉着手，却感觉好像暗中有很多双眼睛在盯着她一样，一股异样的感觉在心里蔓延。

出了王府以后，武灵灵带着他径直到了城郊一处破庙里，刚一踏进庙门，就感觉到一根凉森森的棍子抵在脖颈处，黑暗中有人问道："谁？"

"是我，武灵灵。"

空气里静默了一瞬，那人又问："后面跟着的是谁？"

"我家主子。"武灵灵说道，"有一事所托。"

棍子被人抽了回去，"嗤"的一声，庙里亮起了微弱的光芒。

武灵灵定睛一看，断墙破瓦下面，几个乞丐或坐或卧，但眼里却都闪着精干的光芒。

白思明没有开口说话，武灵灵向他们讲明了来意，并且说清楚了酬劳。

文曲星君看了贪狼一眼，暗夜中，贪狼几不可察地点了点头，文曲星君立即会意，抬头说道："我可以跟你们去。"

"我们主子只有一个要求，你在别院里见到的一切，出来之后若是泄露半点，都是杀头之罪。"

沉默了一下之后，文曲星君点点头："我行乞多年，这些江湖规矩还是懂得的，请你家主子放心。"

"好，明日子时会有人来接你，"武灵灵一点头，"去了之后，只须装聋作哑即可。"

第二天午时，内院的寂静突然被一个小内监的惊叫声打破了。

"王爷！王爷！出事了！"小内监一进来就跪在地上，惊慌地回禀道，"王大人突然剧痛难忍，满地打滚，不知道得了什么病症！"

武灵灵正端着茶水，闻言不动声色地看了白思明一眼。

座上的人听了勃然色变，猛地一拍桌案，怒道："你们是怎么伺候的？"

"王爷恕罪！奴才们一直都是尽心伺候的啊，中午送去的午饭，李安大人也用了，并没有发现什么不对的地方啊！"小内监哭喊着申辩。

"来人，把这狡辩的奴才拉下去！"白思明的身体突然摇晃了两下，武灵灵忙上前扶住了他，"即刻请太医过来给王通译诊治！"

"是！"院门口候着的几个太监立即疾步奔跑起来。

不到一个时辰的工夫，九王爷由于怒急攻心再次病倒的消息传遍了府内上下，宫里的太医给王通译瞧过之后，得出的结论是，他被一种不知名的毒虫噬咬，需要立即医治，恐怕不能为通译之事效力了。

而白思明这边也给皇上紧急上了一道奏折，一力承担了看护不力的罪责，并再三保证，定不会耽误使节觐见的大事。

三天之后，风波终于平息了下来，而文曲星君也改头换面，堂而皇之地进入了九王府。

"小凡，"武灵灵躺在床上轻声说，"事情进展得太顺利了，我总觉得哪里有些不对劲。"

"灵灵，接下来该收到下一个任务了吧？"

"估计快了。"武灵灵枕着双臂，隔着窗棂看着窗外的夜空，"也许是最后一道任务了。"

◆第七章◆
一语成谶

1.

李安对于武灵灵来说，是个新奇的人物。

他刚进九王府时，武灵灵就经常去别院送东西，一来二去便和这位撒克逊使节熟了起来。

这位使节住在九王府，照顾好他自然是九王府的任务，李安对周围很多事物都感兴趣，闲暇之余，武灵灵就经常去找他聊天，文曲星君便在一旁替两人翻译。

自然，这也是白思明允可的。

武灵灵给李安展示了一些瓷器、水晶、根雕、象牙制品后，李安不停地啧啧称赞。武灵灵又带他看了丝绸锦缎与刺绣，他更是连连夸赞。

有一次两人讨论起兵器，李安看了九王府兵器房里放置的十八般兵器后，看向文曲星君问道："你们的兵器这么多，但是全部会用的人很少吧？"

武灵灵示意文曲星君翻译，并说："兵器这个东西对于行军打仗之人来说，讲究的是实用，如何能快速有效制敌才是取胜的关键。对于单个人来说，讲究的是趁手，说白了，也就是符合这个人的爱好和特征，就连兵器本身也是各有特点，有的灵活，有的厚重。"

李安听了点点头，却见武灵灵眨眨眼睛，继续说道："不过要说全部

会用的人也不是没有，李大人想要见识一下吗？"

李安疑惑地看着她，就见武灵灵手里不知何时多了块小石头，在手心里上下抛了两下，突然向着兵器架上的一杆银枪掷过去，只听"铛"的一声脆响，那杆银枪借着石头的力道弹起来，猛地朝这边的两人飞来。

李安惊叫一声，忙向旁边躲闪。武灵灵却往前一跃，伸手将那杆银枪握住，旋转飞舞，时挑时刺，挽了几个枪花之后，她又将银枪一掷，银枪"哐当"一声准确无误地插回架子上，几乎是同时，又有一把长剑应声而起，仿佛有感应一般，顺顺当当地飞入武灵灵手心里，接着被她舞得密不透风。

十八般兵器一一使过，李安在旁边已然看呆了。

"嗖"的一声，最后一件兵器入了架子，李安又呆立了片刻才回过神，惊讶地大声拍着巴掌："武灵灵姑娘，你简直太厉害了！"

武灵灵脸上浮现出一丝得意，但言语依然谦逊："我这只是皮毛，比我厉害的人多了去了。"

"不不不，一个女人能有这样的身手，"李安朝她走过来，拉起她的手往唇上一贴，"真是很让我着迷。"

武灵灵一下子抽回手，惊得下巴快要掉下来。这些撒克逊人，说话都这么直白吗？

"如果你愿意，我就去请求王爷，让他把你嫁给我，你愿意吗？"李安深邃的眼睛定定地看着武灵灵。

"我不愿意……"

武灵灵脱口而出，却被李安一口打断："没关系，你可以考虑一下，我在这里还会待很久。"

"对了，除了你们这里，我还去过很多国家，见过一些奇怪的兵器，你想不想知道？"李安用手比画着，"我可以给你画出来。"

"好啊！现在就去！"武灵灵顿时来了兴趣，拉着李安就往别院里走去。

在他们背后的拐角处，一个长身玉立的身影笔直地立在那里，目光清寒。

回到别院里，李安在桌案上铺开一张纸，拿起笔来在上面勾勒出一件圆形的东西。武灵灵和文曲星君在旁边看，接着武灵灵歪着脑袋问道："这是什么兵器，样子好奇特！"

李安笑道："这种兵器叫作鞭刃，和你们的软剑类似，可以卷起来，边缘锋利，杀伤力很强，但是不太好驾驭。"

武灵灵顿时来了兴趣，又央求道："你还见过什么奇门兵器，都画出来给我看看！"

"好。"李安欣然答应，又画了一个圆圈形的兵器，"这种叫作查克拉。"

"查克拉？"武灵灵说道，"名字好怪！"

"在他们那里，查克拉的意思是轮子，"李安说道，"这种兵器叫作轮刃。"

"这种兵器我们这里也有，我们叫作环刃，边缘如刀，小的可以套在手指上，"武灵灵比画了一下，"大的就捏在手心里……"

"灵灵姑娘！"门口突然来了个小内监，对武灵灵赔笑道，"王爷找不到您，正发火呢！"

武灵灵见状，冲李安吐了吐舌头："李大人，王爷叫我了，我要赶紧回去，下次咱们继续画！"

"好，我等你。"李安点头。

武灵灵出了别院，一边走一边问那个小内监："王爷说什么事了吗？"

"王爷没对奴才说。"小内监摇摇头，又笑道，"奴才猜测，内院里就您一位伺候，您出来太久，把王爷晾在那里，王爷有些不悦吧。"

武灵灵瞥了他一眼，吓得小内监一低头，又不敢说话了。

一进内院，武灵灵就看到正屋里转悠着一个略显肥胖的身影，正是季甲。看来她确实有麻烦了，连季甲都惊动了。

果不其然，一踏进屋门，就见季甲竖起眉毛指着她的鼻子呵斥道："大胆奴婢！不司本职，还不快跪下……"

"住口。"清冷淡漠的声音从帘幕里传来,"下去。"

"还不下去?"季甲跟着怒斥道。

"本王说的是你。"

"啊?是,主子。"季甲低下头去,躬身往外退出,经过武灵灵身边时不忘瞪她一眼。

屋子里恢复了寂静,帘幕里传来一道命令:"进来。"

武灵灵掀开帘子走了进去,不敢面对座上的人,只是低头垂眸看着地上。

白思明放下手里的书,打量了她一会儿,说道:"你这是在……认错?"

"是,我……婢子不该跑出去这么久,婢子有错。"

他鼻子里哼了一声,问道:"在李安那里见到了什么好玩的?"

武灵灵眼睛一亮,抬起头来眉飞色舞道:"王爷,这个李安见过很多古怪兵器,我自幼也是跟着师父学了十八般武艺,但他说的兵器我听都没听过,有一种兵器叫作鞭刃,是……"

她在屋子里边讲边比画,讲完之后突然觉得周围静得出奇,一转身,骤然发现一张清冷俊逸的面容近在咫尺,素日波澜不惊的双眸中似有波涛汹涌。

"王爷,您怎么了……"

话音未落,就见他突然伸出食指和拇指捏住她的下巴,强迫她抬起头来,对上自己的视线。

"我听见有人要跟本王求亲?"

"求……求什么亲?求谁啊?"武灵灵磕磕巴巴地问,心里怦怦乱跳。

"你说本王院子里还有谁?"他的墨瞳一缩,凌厉的目光让武灵灵后背一寒,"嫁一个他国使节,也未必不是个好去处吧?"

"我没想要嫁给他……"武灵灵委屈地辩解。

"没有?"他更加逼近了她,"为什么昨日你爹过来求本王,说你年岁已大,让本王准许你回家成亲?"

"啊？"武灵灵瞪圆了眼睛，"还有这种事？"

"今日那个李安说要娶你，不是正合你意？"

"王爷误会了！"武灵灵突然将他的手推开，涨得通红的脸色让对面的人微感意外。

"我爹求王爷的事我确实不知情，我爹娘只有我一个女儿，他们年事已高，来求王爷开恩放我出去嫁人也是为我好。另外，"武灵灵的脸微微一红，"婢子确有了心上人，但绝不是李安大人！"

他冷冷地看着她，没有说话，半晌之后，他朝另一侧转过身去。

"既然你这样说，本王就赦你出府，你如愿以偿了。"

"出府之后，我可以自由婚嫁？"武灵灵眨眨眼睛，偏着脑袋看着他。

"自然。"

"嫁给谁都行？"武灵灵往前凑了凑，再次不放心地确认道。

"走吧！"白思明不再看她，转身回到紫檀木椅子上坐下，捡起了桌案上的书。

他没想到，武灵灵真的就一转身走出去了，看着她带着些欢欣雀跃的背影，他的心里犹如翻江倒海。

这女人，果真是无情！

室内恢复了寂静，白思明抬起手腕看了看那个已然发黑的印记，脑海里又闪出了那天遇到跛脚道士的情形。

那天他身穿一件湖蓝色的长袍独自出了九王府，刻意低调的装扮令他看起来只是一位寻常人家的公子哥，他先是到武灵灵经常提起的几条热闹的长街上转了转，发现没有她跟随实在是没什么意思，便决定回府。

谁知刚走进一条巷子，突然见到有个道士模样的人迎面走来，他心下纳闷，这条巷子里这么僻静，突然出现这么一位道士，让人感觉怪异。

再看他一瘸一拐的双腿，白思明心里突然一震，这个人怎么像是武灵

灵说过的那个跛脚道士?

他将手中的折扇一收,停住脚步,定定地看着这人走过来。

经过他身边时,跛脚道士停了一下,问道:"贵人心中可有疑虑?"

"道长能解?"他反问道。

"答案就在贵人自己身上,何须别人破解?"道士转头看向他,"当断不断,必受其乱。一个'离'字,还不能让贵人放手?"

他微微一怔,正寻思跛脚道士的话时,发现人已经不见了。

离?他抬起手腕看了看那个犹如印刻般的字,难道真的要远离她?

他突然心里一缩——也罢,她已经决定离开了。

2.

天色将晚,武灵灵在自己屋子里接到了最后一个铁菱角,她打开看后,面无表情地将字条焚毁。

最后一刻终于要到来了,她的最终目标,果真是他。

再去别院时,武灵灵发现李安不在,院子里只有文曲星君一人。

"李大人呢?"武灵灵放下茶点,转头四顾。

"有事出府了。"文曲星君走过来,看了一眼茶点,毫不客气地伸手拈起一块。

"哎!"武灵灵想要阻止,心里却有个念头一闪而过。

纵使在外面做乞丐的时候,四哥也没有这样过,这样想着,她把到嘴边的话咽了回去。

"味道不错,剩下的你拿回去吧。"文曲星君看了她一眼,"李大人估计晚间才回来,到时这茶点就凉了。"

武灵灵见他眼中别有深意,余光一扫,见门口有两个小内监垂手站立,当即会意,把托盘一端说道:"既如此,那我就先端回去了。"

文曲星君低头继续写字,没再说话。

武灵灵将茶点端出了别院，走到四下无人处，在瓷盘里一扒，果然见一块糕点下面压了一张小字条，她立即把字条藏起来，装作若无其事地往内院的方向走去。

回到侧房，武灵灵偷偷打开字条一看，神色顿时一变。

"灵灵，字条上写了什么呀？"小凡好奇道。

"原来，他真的是在做戏。"武灵灵晃了个火折子，将字条焚烧干净，说道，"若不是大哥他们识出那药渣里的药材，连我都被瞒过了。"

"灵灵，药材有什么不对吗？"

"药材里全是补药，益气养身的，根本不治病。"

"灵灵你是说，九王爷他……根本就没病？"

武灵灵点点头，眼里又露出一丝疑惑："我始终有件事不明白，当初我将四哥引入王府时，他那样一个谨慎的人怎么会丝毫不打听四哥的来历？"

半天过去了，武灵灵没有再来正屋伺候，到了傍晚时分，屋门口响起一个小内监诺诺的声音："王爷，传膳吧？"

帘幕是敞开的，白思明坐在窗下，手里拿着一本书一动不动，听到这一声唤他才回过神，这才发现不知何时暮色降临，而他已经在窗前坐了一个下午。

看到来人不是武灵灵，他心里一沉，连带着用饭的兴趣也无，朝着小内监无声地挥挥手道："下去吧！"

"是，王爷。"小内监退了出去，心里想道，灵灵姑娘不在，王爷好似一下子回到了从前。

"唉……"他叹了一口气往外走，刚过一道拐角，迎面有个人一下子按住了他的肩膀。

"灵灵姑娘……"小内监看清楚了来人，立即喜出望外。

武灵灵一把捂住他的嘴，低声问道："王爷用膳了吗？"

小内监摇摇头，一脸沮丧。

"交给我吧。"武灵灵接过了托盘。

"灵灵姑娘，你不走啦？"小内监眼睛一亮。

武灵灵嘴唇紧抿："不知道，你去吧。"

天色逐渐暗沉，正屋里一直没有掌灯，白思明从紫檀木椅子上站起来，往门口踱了几步。

往日这时候，院子里一直回荡着银铃般的欢声笑语，她在的时候没觉得什么，突然安静下来，让他感觉犹如置身坟墓。

那空荡荡的院子，没有她在里面穿梭往来，他竟又一次失去了踏进去的勇气。

他在门内站了片刻，最终缓缓地转身，回到了帘幕里面。

"来人，更衣。"他沉声吩咐道。

无人应答。他有些怒气上涌，转身看向院门口，那里守门的小内监竟也不在，简直岂有此理！

刚要发怒，忽又转念一想，算了，等明日让季甲再安排一个小内监伺候，今日，他倦了。

"王爷，要歇息了吗？"床榻边上突然传来一个轻轻的声音。

他猛一转身，想问是谁，却把这句话硬生生地咽了回去。

还能有谁？这声音他听了月余，却早已烙在心里。

他的身体已经控制不住微微颤抖，语气里却还带着一贯的淡漠："你不是走了吗？"

"对呀。"武灵灵言笑晏晏，"王爷不是准许我去找我的心上人吗？"

"那你还有什么事？"他说着，为了掩饰自己的不自在，转身往灯架的方向走去。

"王爷！"她低低地唤了他一声，像是在恳求，"别……别掌灯。"

他却已经把灯烛点燃了，听到这一声回头一看，顿时觉得全身的血液都涌向了头顶。

昏黄摇曳的烛光里，穿着一身粉纱罗衣裙的女子脸颊绯红，双手紧紧地攥着闭合的帘幕，而那厚重的帘子不知道何时已经被拉上了。

帘幕内外，隔绝了一室春色旖旎。

他看惯了她大大咧咧的中性装扮，却没想到，这样的女儿红装让他一下子悸动不已。

如果她是他的，该多好……

"你这是……"他话一出口，就见她倏地抬起头，迈步上前，双臂攀上了他的脖颈。

他的身体猛地僵在那里。

"既然您不张口，那我就先说。"她定定地看着他，眼里灼灼生光，"王爷不是让我去找心上人吗？"

她的双颊染上红晕："现在我来了。"

脑袋里"轰"的一响，所有的意识在一瞬间被抽空，只剩胸口抑制不住地起伏。

他猛地靠近她，刚要说什么，忽听门口响起一声弱弱的问话："王爷，要更衣吗？"

还是刚才的小内监，武灵灵一惊，低头看着自己纤薄的衣衫，突然想躲闪。

面前的人立即从旁边的衣架上扯下一件披风，将她裹了个严实，然后轻轻一拉，把她搂在怀里，斥责道："不用，退下！"

小内监吓了一跳，赶紧退了出去，还不忘轻轻地把屋门关好。

屋子里恢复了寂静，暧昧的感觉如同暂时被压制的藤蔓，此刻又重新开始蔓延。

武灵灵被他搂得太紧，觉得喘不过气，只好轻轻地扭动了一下身子，

却被他更紧地箍在怀里。

"收回你的话，"他敛了眉目，食指压住她的唇，"这话该由我来说。"

武灵灵的眼神里有一丝忐忑，却见他朝她俯下身子，声音低沉嘶哑："你这个女人，本王要定了。"

话音一落，他的双唇已然落下来，武灵灵一阵心神荡漾，却突然想到了什么，将他稍稍推开一些，喘息了一下说道："求王爷成全我一件事。"

"什么？"

"喝酒，交杯酒。"武灵灵轻轻咬着嘴唇。

"好，本王依你。"

说完，他将她松开，把那件披风给她披好，拉起她的手走出了房门。

院子里月华铺洒了一地，空气里氤氲着醉人的花香，一切都显得安详静谧。

白思明在石桌旁坐定，武灵灵端了一个托盘出来，上面有一只酒壶，两个酒杯。

她的脚步没有丝毫的犹豫。

今夜，一切都该结束了。

3.

武灵灵端起酒壶，给两个杯子都斟满酒，羊脂白玉的小酒杯，衬托得酒液更加鲜红。

"王爷，这花枝醉，咱们府里也只剩一小坛了，今晚灵灵斗胆和王爷一醉方休，如何？"武灵灵端起一个小酒杯递给他。

"过来。"他没有接，只是看着她，眸光幽沉。

武灵灵只好端着酒杯绕过石桌，站到他面前。

"你以为灌醉了本王，今夜就能逃得掉？"他挑眉看着她，武灵灵不由得脸热心跳，素日里清冷淡漠的白思明，此刻竟对她说着撩人的情话……

若是被九王府里的其他人看到，会不会惊掉下巴？

她默默地红了脸，忽然觉得腰间一紧，一阵天旋地转之后，他竟然将她抱在腿上，修长的双臂拦在她腰间，仰头看着她："想要同本王饮酒，先让本王醉了再说。"

等他醉了再喝酒，这是什么逻辑？

武灵灵一阵疑惑，却见他伸出手捏住她的下巴，往下微微一拉，她已然情不自禁地跟着低下头去，贴上了他的唇。

一瞬间，漫天光华璀璨。

武灵灵拥紧了他，不顾一切地索取着他的吻，心里却想道：如果他就是司命，那她和他在尘世凡间一世一世地倾情相恋，不是也很美？

如果他也愿意留在这人世，那她再回仙界还有什么意义？

这一吻越发深入，他的手臂也将她扣得更紧，武灵灵的手臂环住他的肩，手指不经意间触到了他后颈处的肌肤。

指尖不一样的触感让她动作一滞。

她有一招绝杀掌，无论是谁，只要中了她一掌，一定会留下这样的印记。

但他颈上怎么会有？印象中，她来到这里只和一人交过手。

一瞬间，武灵灵的脑海里突然闪过另一个身影，难怪她偶然会觉得他的动作和眼神莫名熟悉……

他和那个黑衣人，根本就是同一个人！

武灵灵吓了一大跳，把面前的人猛地推开，自己也一下子从他腿上跳了下来，一脸震惊。

"怎么了？"他的声音无比轻柔，手指伸出来抚摸着她微红的唇畔，那是他刚刚噬咬的痕迹。

无数个念头从武灵灵的脑海里一闪而过，如果他就是黑衣人，那从他问她的话来看，他一早就知道她的身份，他知道她是专门来对付他的杀手！

他任由她一步步地接近他，丝毫没有阻拦，连她引进的人也完全不加

怀疑,她早就该想到,那是因为一切都在他的掌握之中,他笃定了组织不会在通译之事上对他下手,因为只有她,才是那一招对付他的"撒手锏"!

但是……

"为什么?"武灵灵忍不住问出了声,"为什么你会让我接近你?"

他瞬间明了了她的意思,眼神深邃地看了她一会儿,将她的手背拉起来轻轻摩挲:"我心悦的女人要杀我,便让她杀。"

本来是精心布下的局,却因为她的出现,他弃子认输。

武灵灵深吸了一口气,重新端起桌上的酒杯:"既如此,王爷,把这杯酒喝了吧。"

他看着她,没有丝毫犹豫,接过了酒杯。

武灵灵看着他仰脖的动作,突然心如刀绞。

纵使你知道我要杀你,还是这般决然饮鸩?

她凄然一笑,也端起了另一个酒杯,一饮而尽。

放下酒杯之后,武灵灵扶住了石桌,身形有些微晃,眼前的人影也渐渐模糊。

"白思明,能不能……抱我一下?"她觉得有剧痛从心口往全身蔓延。

对面的人脸色骤然一变,一步冲上前来,与此同时,武灵灵浑身一软,在他收紧的双臂中滑落下去。

他紧随着她跪倒,将她紧紧地搂在臂弯里,从未有过的惊惧从他眼里流露出来:"怎么回事?怎么会是你?怎么会这样?"

"司……司命,如果再也不能回去,陪我在凡间一世……我再入轮回,你回仙界,从此各不相干,可好?"

"你在说什么胡话?灵灵!武灵灵!你给我撑住,不许闭眼!"他歇斯底里道,"谁准许你换毒酒的?"

武灵灵快要闭上的眼睛又勉强睁开,一只手颤抖着抚上他的脸颊,嘴边的鲜血映着她凄美的笑容:"这一世,我能不能得到你的清泪?"

白思明猛地握住腮边的手,眼里是刻骨铭心的痛楚:"傻姑娘,你要什么我不能给你?"

武灵灵黯淡的眼睛里发出了一丝微光,期盼地看着近在咫尺的面容。

千百年了,这清隽无比的脸庞一直是她心底的执着,此刻这如墨的清眸里,就要流出属于她的一滴清泪。

"嗖"的一声响,屋檐处一支利箭凌空射来,箭尖指向两人的方向。

武灵灵心里一惊,却见面前身影一闪,他将她猛地抱在怀里。

"司命!"武灵灵大惊失色,一抬头,一个跛脚道士的身影从屋角处一闪即逝。

他们果然藏在暗处,永远不会善罢甘休。

利箭直穿白思明的心房,抱着她的手臂却紧紧不放。

"我自出生起,手腕上就有这印记,却没想到要远离和这印记有关的人,太难了。"他看着她轻笑,面容依旧清隽,"你刚才说的话,我答应你,陪你在人世间,生生世世。"

"司命!"

他的头靠向她的肩膀,将她压向冰凉的石椅,温热的血液沾湿了衣襟。

她无力地仰头望天,意识也渐渐模糊,终于陷入一片黑暗。

这一世又结束了。

该死的司命,一语成谶。

咫尺,终究难逾。

4.

"唉!眼看就要成了,真是郁闷!"一声叹息传入耳中,武灵灵勉强睁开了双眼。

明晃晃的白光里,仙气袅绕。

又回来了,她有些疲倦地想要重新闭上眼睛。

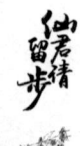

"老六醒了!"一声大喊,武灵灵皱了皱眉头,想装睡也不可能了。

几位星君都凑了过来,也不管她是否愿意,先七手八脚把她扶了起来,然后不由分说地灌了一碗回魂汤。

"老六,觉得怎么样?"是贪狼的声音。

"我没事了,谢谢哥哥们。"武灵灵抬起手背擦了擦嘴。

"老六,别灰心,"破军猛地拍了一下她的肩膀,"下一次保准能成!"

武灵灵晃了晃,胸口处似有一丝痛楚传来,她不由得伸手摸了摸,却没有任何伤口。

她不禁失笑,即使在凡间受了伤,脱离了那一世也早没事了,怎么可能回了仙界还有感觉?

她抬头看着众人笑道:"你们跟着我去凡间受苦了,怪我不争气,最后一刻让那跛脚道士占了便宜。"

巨门摆了摆手,脸色有一丝凝重:"老六,这里面有点不对。"

"怎么不对?"武灵灵哂笑一下,"跛脚道士是组织里的人,他们的目的就是要杀掉白思明,这是司命早就写好的,也是他为了阻挠我得到清泪的最后一招吧。"

巨门没有回答,眉头却由于思索皱在一起。

廉贞说道:"六妹,这里就我们几个人,有件事五哥要问问你,你若是愿意就和我们说说,不愿意说也没关系。"

武灵灵深吸一口气,等着廉贞接下来的问话。

"几百年前,你和司命两人受命修订凡间武簿期间,发生了什么事?"廉贞问道。

众人的目光都投向武灵灵,她突然感觉有些头大。

她不自在地挠了挠头皮,找了块云石一坐,低头说道:"我和他在一起的那段时间里,我对他……动了心。"

"什么?"果不其然,这句话像石头扔进开水锅——炸锅了。

"老六，你你你……你居然对那个冷冰块动了心？"破军猛地站起来。

"面冷，心未必冷。"禄存星君笑呵呵地摇着扇子，"我听六妹的意思，当时司命对她也有回应吧？"

武灵灵低垂着头，脸颊通红，沉默不语。

破军在一旁瞪圆了眼睛："老六，你别摆出这种害羞小媳妇的相，我们受不了。你说说，是不是那司命欺侮你了？我给你报仇去！"

武灵灵的目光里有一丝幽怨："武簿修订完，交了差之后，我们约定在云水天池那里见面，我按照约定的时间去了，但是……他没来。"

"就这样？"廉贞问道，"后来你们势如水火，就因为他爽了约？"

武灵灵摇了摇头："不是，自从那次他没出现以后，我感觉他整个人都变了，对我异常冷淡，更甚于其他人，好像……全不记得了似的。"

"当初他对你有过承诺？"贪狼沉声问道。

"没有。"武灵灵的眼神里有一丝黯然，"他没有任何承诺，只是我自己的感觉。"

空气里静默了一瞬，贪狼说道："六妹，既然如此，也没有必要对此事耿耿于怀。仙界的人，本不该动凡间情欲，这件事过去以后，就放下吧。"

武灵灵听了，心里好像有什么东西被搅成碎片，半晌之后，她答道："好。"

当天晚上，她又到了月老的姻缘殿，因为喝了不少桃花醉，她的身形微晃。

"月老仙师，别来无恙呀！"武灵灵一屁股坐在殿门前的台阶上，笑着朝里面打了个招呼。

"哎呀！星君，莫踩了我的红线呀！"一个白胡子老头急急地从殿内奔出来，一把将武灵灵拉起来，然后躬着身子仔细地查看着什么。

武灵灵一脸醉意，歪着头道："月老，你这个红线真有那么神奇？"

"星君何意？"月老低头摆弄着一根根丝线，并没有看她。

"就这一根红线,"武灵灵指着殿里,将信将疑道,"真能让两个人走到一起?"

"那是自然,世间之人谁也逃不过。"月老捋着胡子笑了起来,"星君难道不信?"

"如果是仙人呢?"问出了这话,武灵灵立即有些后悔,她果真是醉了。

"不论仙人凡人,只要在我这里有婚牍,都逃不开这一根红线。"

"哦。"武灵灵沉吟片刻,突然抬起头,"明日我下凡后,你把我和命定之人用红线拴起来,那样我得到他的清泪不是更容易了吗?"

月老一笑:"星君,小仙有一句话,不知道星君愿不愿听。"

"你说。"武灵灵又灌了一口酒。

"有些东西不去刻意强求,反而更容易得到。"

武灵灵动作一僵,旋即笑道:"既然如此,明日下界,月老把我之前的记忆全部封起来吧。"

"星君果真愿意一试?"

武灵灵把酒壶一放:"索性把那些过往都丢掉,下去好好活一次。"

"好,那就交给小仙吧!"月老走上前来,朝她伸出了手,"不过在封印星君的记忆之前,有件事要告诉星君,司命星君这一世,没有回来。"

"什么……"武灵灵话未出口,就感觉眼前白光一闪,好像有很多记忆从脑海中被抽走了。

"兹有武曲星君武灵灵被罚下界历情,第三世:武灵灵投胎民国时期舞女,命定之人乃白氏家族大少爷白明明!"福新对着站在下凡谷谷口的武灵灵大声念道。

这次,武灵灵听了却没有任何反应,她的一切记忆都已经被月老封存了。

这一世,从头开始。

◆第八章◆
霓虹闪烁

1.

夜色迷离，霓虹绚烂，照着这座不夜城。

安海歌舞厅的后台化妆室，显得有些凌乱。

"百灵，下一个到你了！"有人在门口高喊一声。

话音刚落，一个矮胖的男人忽然冲进来，坐在镜子前化妆的姑娘们纷纷抬起头来。

"岚梦小姐呢？"他喊了一声。

一个身姿袅娜的女人轻抬了一下手，指尖还夹着一根烟。

"哎呀，岚梦小姐，有大人物来了！白家大少爷！刚才来包了个场。"矮胖男子笑道，"一会儿你上场！"

"哎！经理，一会儿不是百灵吗？"有一个歌女为百灵打抱不平。

"百灵？"矮胖经理目光一转，从一声不吭的白旗袍女子身上扫过，"就她能镇住场子？等人走了再说吧！"

说着，他又对岚梦赔笑一下："岚梦小姐，好好准备，今晚就看你了！"

岚梦不置可否地掐灭了香烟，转身面向那面最豪华的镜子。

看这样子就是答应了，矮胖经理立即笑逐颜开，点头弓腰地说了几句什么，然后退了出去。

"哎,你们说奇怪吧?这白家大少爷平时都是去帝华大饭店那种地方的,怎么今天光临咱们安海了?"一个圆脸姑娘兴奋地问其他人。

"这有什么奇怪的?"离岚梦最近的一个姑娘看了一眼岚梦,讨好地说道,"咱们岚梦姐的名头这么大,谁不想来瞧一瞧呀?"

"是呀!"

"说得对!"好几个姑娘随声附和。

圆脸姑娘却噘了一下嘴,对旁边的白旗袍女子小声嘟囔道:"百灵,经理太过分了,接下来明明该你上的!"

百灵冲她摇摇头,目光平静。

这时旁边一个姑娘又说道:"我听说这位白少爷,虽然年纪不大,却是风月场的老手,十里洋场的事没有他不知道的……"

听了这话,百灵的目光猛地一转。

说话间,岚梦已经化完了妆,步态婀娜地从百灵身边走过,鼻子里轻哼一声:"新来的,好好学学规矩吧!"

百灵没说话。她心知肚明,自己初来乍到,这种事很正常。

虽然出过一次场的她引起了不小的轰动,但是想要在这样的大人物出现的时候压过岚梦,简直是天方夜谭。

不过这个白少爷,真的无所不知吗?

岚梦一出场立即引起了无数尖叫和嗯哨声,化妆室里的姑娘们或坐或站,脸上带着羡慕或是嫉妒的表情。

"有什么了不起的!"刚才还出声恭维的一个穿粉红裙子的高挑姑娘愤愤道,"每次有这样的好事都是她出场,红也是经理把她捧起来的!这样冷热不均,让别人怎么活?"

百灵看了她一眼,这姑娘是仅次于岚梦的另一个角儿,总被岚梦压着,怨气很大。

"百灵姐!"一个在前厅里做杂活的姑娘走进来,笑嘻嘻道,"扈哥让我给你传个话。"

她刚要凑到百灵的耳朵边,就听刚才那个高个子姑娘语气酸酸道:"哟!显见得是干哥哥了,这一前一后的还得托人递话,有什么好听的话也说出来让我们听听不好吗?"

做杂活的姑娘听了,有些为难地看着百灵,百灵却没有介意,只说道:"没事,你说就行。"

"扈哥让我跟你说,这次上不了没关系的,以后还有的是机会。"那姑娘笑着说道,"百灵姐,扈哥真是关心你呀!"

"嗤!"高个子姑娘嘲讽地一笑,将头转向别处。

"跟他说我知道了,谢谢你。"百灵对她一笑,"你去忙吧。"

"好。"那姑娘高兴地转身往门口走去,刚走到门口,忽见帘子"呼啦"一声被掀开,一个满脸怒容的人冲了进来,将打杂的姑娘猛地撞了个趔趄。

大家都呆了一下,进来的不是别人,正是岚梦。

她冲到自己那张专属的豪华大镜子前面一坐,扯出一条帕子来擦了擦腮边,眼睛里喷着怒火。

"岚梦姐,怎么了?"高个子姑娘又换了脸色,笑着问道。

岚梦并没有回答,大家也不敢再问。这时矮胖经理也跟着跑了进来,站在岚梦的镜子旁边安抚了几句,好像在说"白少爷口味刁钻,也怪不得你"之类的。

岚梦气得摔摔打打,吓得姑娘们都不敢作声,这时门口又走进来一个年轻人,附耳对经理说了句话,经理猛地直起身子,一脸难以置信的表情:"什么?你没听错?"

年轻人使劲点了点头,又看向百灵的方向。

百灵立即感觉有什么不对。

矮胖经理也看了过来,正对上百灵有些诧异的目光,经理立即换上一副笑脸,也顾不上旁边正发脾气的岚梦,小跑着来到百灵面前:"百灵,

客人点名让你出场，这对你来说可是大好的机会啊！给哥哥一个面子，上去唱一首哄哄客人，怎么样？"

众人的目光齐刷刷地往这里投来，目光里都是震惊和不解。

那帮公子哥竟然点名让这个新来的上场？她的名气可比岚梦差远了！

百灵想了想，说道："经理抬爱，我当然要照办了。不过，我有个条件。"

"好说好说，你尽管提！"

"今晚只唱一首，唱完之后，如果客人让我陪酒和跳舞，你不能拦着。"

"什么？"岚梦听了眼睛一瞪，"你算什么东西，也要下场和白少喝酒跳舞？"

岚梦有这样的反应也算正常，在安海歌舞厅有个规定，像白少爷这样的大人物，普通歌女是不能靠近的，除非客人点名要求。

经理皱眉瞪了岚梦一眼，回头对百灵笑道："成，包我身上了，你快准备准备上场吧！"

百灵点点头，转过身去往脸颊上轻轻扑了点粉，站起来朝门口走去。

"百灵，你不化妆了？"圆脸姑娘吃惊地问道。

百灵摇头笑道："岚梦姐把这个机会让给了我，我得懂规矩才行。"

岚梦闻言哼了一声。

歌舞厅最中心的沙发座上，一群打扮抢眼的阔少正嬉笑打闹，几名陪酒舞女夹杂其中。

沙发正中间斜坐着一位穿白色洋装的贵公子，目光冷傲，薄唇微抿，仿佛习惯了周围的一切，眼神中带着一丝淡漠和疏离。

"白少，快看，又换了一个！"

随着这一声喊，众人的目光都转向了台上。

坐在旁边的人有些忐忑地觑着白思明的神色，他叫阿丘，今天是他做东，白家握着他几笔大生意，他今天无论如何也要把这位大少爷伺候好。

白思明冷冷地瞟了一眼台上，这一看，目光却微微一滞。

阿丘立即敏锐地捕捉到了他的眼神，马上凑上来赔笑道："白少，这个怎么样？比刚才那个强些吧？"

白思明冷哼一声收回目光："普通而已。"

阿丘干笑一声，拿出自己的方帕擦了擦额头上的汗珠。

他知道这位大少爷口味不一般，听说安海新来了个歌女，特别与众不同，这才把白思明请到这里来。

台上的百灵不施粉黛，穿一条白色暗纹旗袍，仅在左胸前别了一朵水绿色的花，还有一条同色的轻纱悠然飘荡，在一众妖艳的女人中确实显得别具魅力。

"欸，思明，这个不错哎！"旁边一个留着背头的公子哥眼睛看着台上，胳膊肘捅了捅白思明，"不来这里还真不知道安海竟有这样的角儿！"

白思明未发一言，拳头却在身侧握得死紧。

六年过去了，这个女人竟然出现在这里！

台上的百灵一边唱歌一边往台下看，灯光太亮，她看不清下面的人，只能隐约判断出这位白家大少爷的位置。

歌舞厅正中央的座位上热闹得很，几个舞女纷纷朝中间一位穿着浅色衣服的人敬酒。

百灵心里一笑，也不过是个俗人而已。

唱到一半的时候，她目光往边上一转，看到了一身黑衣的扈哥正笔挺地站立在舞池边上，她有些疑惑，他没有像以前那样看着她，而是目不转睛地朝大厅正中央看过去，目光里似乎带着强烈的警惕和敌意。

百灵顺着他的目光一看，那里正是白思明等人的所在，扈哥露出这副表情，难道他和这群人里的某一个有什么过节？

一曲唱完，台下叫好声如潮水般涌起，灯光闪烁中，百灵注意到白思明也朝这里看过来，目光却是冰冷的。

看来她没入他的眼？百灵想道。不过，连岚梦那样的角儿都能被他轰

128

下台去,他能让她唱完一首已经是格外给她面子了吧。

百灵露出一个迷人的笑容,朝台下鞠了一躬,在众人"安可!安可!"的叫声中转身往台下走去。

回到后台,圆脸姑娘立即迎上来,拉着她的胳膊高兴道:"百灵,你唱得真好!这下你可要红了!"

话音一落,只听"啪"的一声响,岚梦往自己桌上扔下一支头花,声音冷漠带刺:"唱一首歌就能红,做梦呢?"

百灵没说话,兀自走到自己镜子前坐下,检查了一下妆容。

白皙的皮肤里透着一丝粉嫩,姣好的面容散发着光泽,状态还不错。

"不是说等着白大少爷叫你陪酒跳舞吗?"岚梦在椅子上朝她转过身,一脸嘲讽,"怎么还不去呀?"

百灵依旧不说话,岚梦终于按捺不住了。

"你敢跟我摆架子?也不看看这是在哪里!"她猛地一拍桌子,指着百灵道,"在安海,我岚梦动动手指头就能让你滚到窑子里去!"

"住口!"一声呼喝把众人吓了一跳,纷纷往门口看去。

"你要把谁送进窑子?"一身黑色西装的扈哥走了进来,手指握得噼啪作响,"问过我了吗?"

"哟!我当是谁呢?"岚梦看清了来人,勾唇一笑,"原来是干哥哥又来护着妹妹了,我们姐妹们开个玩笑,扈哥就当真了,兄妹情深真是让人羡慕哪!"

扈哥没理会岚梦语气里的嘲讽,瞪了她一眼后就转向百灵,沉声道:"今天就这一首了吧?我送你回家。"

百灵摇摇头:"不用了,你还没下班,我等会儿自己叫个黄包车回去就行了。"

扈哥看着她,刚要再说什么,门口却突然探进来一个脑袋。

刚才那个打杂的姑娘又回来了,仍是笑嘻嘻地找到百灵说道:"百灵姐,大厅里的客人请你过去一下。"

"哪位客人？"百灵问。

"好像是白大少爷。"

话音一落，化妆室里的众人都倒吸了一口气，接着用一副看热闹的眼神交替地看着百灵和岚梦。

岚梦吃惊地看向百灵，没想到这个女人真的得了白大少爷的青睐，而她却被赶下了台，如果真让这女人得逞，她以后在安海怎么混？

她强制压下心里的怨怒和嫉恨，一笑说道："我就说扈哥是白关心一场嘛，怪不得人家不跟你走呢，这不，人家要傍上正主了！"

这一听就是在蓄意挑衅，百灵忙转头看向扈哥，见他眼神暗沉，盯着她说道："不要去！"

百灵怔了一下。

所有人的目光都聚集在她脸上，她轻轻咬了一下嘴唇，眼神却异常坚定："扈哥，对不住。"

她抓起一件外套罩在旗袍外面，绕过高大的黑衣男人走了出去。

身后响起岚梦不屑的嗤笑声。

2.

大厅中间的沙发上，一群阔少互相推搡着喝酒打闹，穿着素白旗袍的百灵走过来，人群瞬间安静下来。

"欸，思明，这不是刚才唱歌的那位百灵小姐吗？"留着背头的公子哥名叫赵富宫，眼珠滴溜溜地绕着百灵直打转。

"来来来，百灵小姐请坐！"阿丘也热情地招呼道。

其他人也跟着叫嚷起来，百灵刚要走过去，却听坐在正中间的白思明咳嗽了一声，其他人立即噤声了。

大家都坐着，唯独百灵站着，气氛一时有些尴尬。

白思明交叠着双腿，抬眼看着她，一脸倨傲："谁让你来的？"

坐在他旁边的舞女听了，对百灵不屑地一笑。

阿丘立即打圆场道："白大少，百灵小姐是我……"

"是我自己要来的。"百灵打断了阿丘的话，转身从一位侍者的托盘里拿起一个高脚杯，笑靥如花，"听闻白大少光临我们安海，我想来敬一杯酒。"

"给本少敬酒，你也配？"白思明没有接，眼神比平日更多了几分冷漠和不屑。

"既然白大少爷不肯赏脸，那百灵自饮一杯敬各位。"她将杯中酒一饮而尽，将杯底微一倾斜，"打扰了，各位继续。"

看到她要走，赵富宫急得抓耳挠腮，碍于白思明的冷眼又不敢说什么，只能眼巴巴地看着百灵娇俏的身影慢慢离开。

"慢着！"身后又响起一道冷冷的声音，百灵站住了脚。

"我想起来了，刚才跟你们经理讲过了，本少这里没人倒酒，勉强用你吧。"白思明朝自己面前的桌上点了两下手指，嘴唇冷漠地一勾。

"欸，思明……"赵富宫想要劝两句，却遭了白思明一个冷眼。

一群人的目光都聚集在百灵脸上，她沉默了一下，接着微微一笑："好。"

她先拿起酒瓶给白思明倒满了酒，又依次给其他人倒上，然后退到旁边站定。

白思明端起酒杯抿了一口，脸上立即露出不悦的神色，眼睛一斜："你会倒酒吗？本少从来不喝这种酒，你不知道？"

百灵怔了一下，接着低头道："我给您换一种。"

"晚了。"白思明说，"你过来。"

百灵不明所以，便走上前去，只听"哗啦"一声，冰凉的酒液全都洒在她的衣襟上，又顺着她的衣服流了下去。

周围顿时安静下来。

"思明，干吗发这么大火？"赵富宫打圆场，"你看她不顺眼，让她走就是了！"

百灵站着不动，湿漉漉的衣服贴在胸前，随着呼吸起伏。

看到她这副模样，刚才还觉得十分过瘾的白思明心里却好像有些莫名地烦躁。

"走开，别挡在本少眼前，看得我心烦！"他朝她挥了挥手，本以为她会就此离开，却没想到她仍旧安静地站到了一侧。

"白大少，咱们去跳舞吧！"旁边的舞女贴了上来。

白思明本不想答应，然而眼角余光扫过旁边站得笔直的百灵就有些怒意，便站了起来，搂着舞女走进了舞池。

百灵静静地望着前方，忽听旁边有人笑道："百灵小姐，我请你跳支舞怎么样？"

转头一看，是赵富宫。

"好。"她没有拒绝。

两人走进舞池，赵富宫轻轻揽着她的腰，跳起了一曲华尔兹，百灵身材曼妙，舞姿优美，很快就吸引了众多男士的目光，赵富宫自然也感觉到了，美得心花怒放。

白思明也不自觉地往这边瞟了两眼，旁边的舞女见了，大着胆子将他的脸扳回来，将半个身子都贴了上去，软语娇侬道："白大少，你在和我跳舞呢，怎么老看那个贱女人呀……"

话未说完，忽听"啪"的一声响，一个耳光毫不留情地扇过来，舞女的脸立即肿了半边。

"对不起，白大少，我……我说错了什么吗？"舞女捂着脸惊惶地问。

"滚！"白思明的眼里冒着火。

舞女又惊又怕，赶紧逃离了舞池。

白思明转身看着跳舞的赵富宫和百灵，双手插在裤兜里。

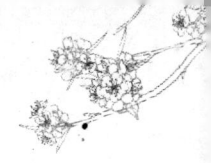

赵富宫搭在百灵腰上的手一松,将她朝着白思明一让,笑着说:"思明,你……你来!"

白思明看了一眼百灵,上去毫不客气地搂住了她的腰,随着华尔兹的音乐挪动着脚步。

百灵随着他的舞步曼舞,周围又恢复了祥和,好像刚才的事压根没发生过一样。

的确,阔少们来这里就是寻欢作乐的,谁会去在意一个下等舞女呢?

"跳得不错!"百灵忍不住夸奖道。

"你是第二个跟本少跳舞的女人。"白思明盯着她,目光清冷。

"那第一个是……"百灵迎着他的目光问道。

"第一个?她叫武灵灵,"白思明的声音里听不出任何情绪,"多年不见,也许已经死了吧。"

百灵纤细柔软的腰肢微微一僵,白思明立即察觉到了,眯起眼睛观察着她的反应。

她却只轻轻眨了两下眼睛,往前凑近他的身体,轻声道:"白大少爷一看就是性情中人,如若您不嫌弃,百灵以后愿意跟着大少爷,伺候您的日常起居。"

"哦?"白思明饶有兴趣地看着她,倏地勾唇一笑,声音高了起来,"可惜了,本少从来不缺女人。"

她知道他是故意提高了声音,周围的人听到之后都看向这里,眼神里有讥讽和嘲笑。

又一个不择手段往上贴的。

白思明看着百灵发白的脸冷笑了一下,转身走了,把她独自留在熙熙攘攘的舞池里。

这一曲,再也没有人来邀请百灵跳舞,舞曲终了,百灵咬了一下唇,又回到了白思明旁边站着。

白思明搂着旁边的舞女调笑，目光再也没有落在她身上。

赵富宫一直在旁边看着，他发现，一向很少喝酒的白思明今晚喝得有点多，有了醉意，但他和他玩了这些年，从来也摸不准他的真实酒量。

不管他醉没醉，今晚他确实反常。

又喝了一杯酒，白思明有些撑不住，站起来往卫生间走去，赵富宫想要扶他，却被他一把推了回来。

阿丘忙给百灵使了个眼色，百灵会意，立即跟了过去。

刚才陪着白思明的舞女一脸愤愤地撇了撇嘴：真是看不出来，这个平日里话不多的女人这么有心机！

不过有心机也是白费，谁不知道这位白大少虽然有个风流狂少的名头，却从来不和十里洋场的女人过夜，多少女人想攀上他，最后都灰溜溜地回来了。

百灵穿过走廊，看见一个身穿白色西装的男人靠墙站着，双手插在裤兜里，头和后背都抵在墙上。

她的手伸进他的臂弯，想要搀扶起他，却被他猛地甩开了。

"你是谁？"他醉眼蒙眬地看着她。

"我是……灵灵。"她微一低头。

"灵灵？"他猛地转过身来将她压在冰凉的墙面上，手指捏紧了她的双颊，灼热的呼吸喷在她脸上。

她自然而然地仰起头，闭上眼睛，当他俯下身来的时候，却见她的睫毛轻轻颤动了两下。

"滚开！"他突然把她朝一边推开，眼神冷漠如冰，"武灵灵早就死了！六年前就死了！"

百灵平静地看着他，片刻后，她转身走了回去。

她没有再回大厅里，而是径直回了化妆室，里面的几个姑娘都抬起头，试图从她脸上看出来什么。

百灵坐在镜子前补妆,刚才被他捏住脸,使唇上的口红有了个缺口。

"怎么样?"岚梦走过来,朝她吐了一口烟圈,"白大少爷好伺候吗?"

百灵停下手中的动作,抬起头来:"岚梦姐,你是安海最红的角儿,还怕一个初来乍到的小歌女抢了你的风头?"

"呵呵……"岚梦不屑地一笑,"就凭你?"

"既然你不担心,又干吗老追着我问呢?"百灵放下口红,"你我是不同的,我即使有一天走出这安海,也和你不是一路人。"

"哈哈哈!"岚梦突然放声大笑起来,直到眼角有泪出来才道,"你是以为你能嫁到豪门,给人当小老婆、阔太太吗?你也不看看……"

"百灵小姐!"矮胖经理的身影突然出现在门口,一脸赔笑讨好的神色,"白大少爷请你收拾东西,跟他的车回去。"

化妆室里一片死寂。

百灵在众人唏嘘惊叹的目光里站起身来,眼神平静如水:"知道了,经理。"

她把自己的化妆品简单放到一个素白色的小手包里,站起来往外走,刚到门口,突然有一个人跑过来猛地抓住她的手腕。

"百灵,姐妹一场,"粉红衣服高个子的姑娘露出一个美丽又凄凉的笑容,"以后多多照应!"

百灵看了她一眼,走了出去。

她没有太多东西,只有几件旗袍和睡衣,还有一些简单的首饰,夜风中她提着一个软软的包站在安海门口。

身后的大门里走出来一个圆脸姑娘。

她有些不舍地拉住百灵的胳膊,眉宇间满是担忧:"百灵,她们说这位白大少爷风流得很,对人不会有真心,你去了后多留个心眼。还有……对这样的男人别动真心,否则,受伤的是你自己。"

百灵一笑,拍了拍她的手:"放心吧,我本意也不在此。"

"那你图什么？"圆脸姑娘一脸不解。

百灵刚要说什么，车水马龙中，有一辆黑色的汽车缓缓驶来。

车后座上的窗户慢慢落下，露出白思明的侧脸。

"上车。"他说道，闭着眼睛，手抚着额头。

百灵绕到另一边，刚要打开车门，斜刺里却伸出来一只手把她的胳膊按住了，转头一看，只见扈哥站在那里，眼神痛苦。

"阿灵，别去。"

百灵心里涌起一阵酸楚，顿了一下，她再次抬起头来问道："扈哥，我到底是谁？"

扈哥有些慌乱，躲避着她追问的眼神，手却不松："别走，我会照顾你一辈子。"

百灵深呼吸了一下，慢慢拉开了扈哥的手，打开车门坐了进去。

车子正要启动时，白思明却突然伸过手来，一把抓起她的包丢了出去。

"你干什么？"百灵又惊又怒。

"去我家，不用带东西。"

百灵的手攥紧了自己的裙边。

汽车启动，车窗缓缓上升，白思明懒散淡漠的声音在车内响起："本少说过，我不缺女人，带你回去可以，不过说好了要伺候我，你可不要后悔。"

"我不会后悔的。"百灵目视前方，轻声回应。

3.

当夜，百灵到了一座巨大的花园别墅里。

车一开进院子，就有一个管家模样的人走过来打开了车门，当他看到后排座位上坐着的百灵时，明显有些吃惊。

但他立即掩饰住了，彬彬有礼地把百灵请下了车，然后又去把白思明搀扶出来。

虽然是深夜,但院子里仍然站着一排下人,他们都低着头,态度恭敬。

他们立即注意到了百灵,眼神里充满震惊和猜测,大少爷虽然常在风月场流连,却从来不带女人回来,这是第一个!

但看这女人的打扮,虽然不是富家小姐,却自有一种清绝的气质,也不像是十里洋场的女人。

下人们迅速交换着目光,好奇、兴奋的感觉在他们心里涌动。

百灵跟在白思明和管家后面走到大门口,突然有个姑娘从旁边的阴影里闪出来,关心地问道:"爹,大少爷这是喝醉了吗?"

"嗯。"管家沉声应道,但语气明显不对劲。

"我来扶……"姑娘凑过来刚要接手,突然看到了旁边的百灵,不由得愣住了。

"爹,这是?"昏黄的门灯下,百灵分明看到她眼里闪过一丝警惕。

"回去!"管家突然出声斥责,"别乱问。"

"噢……"姑娘伸出来的手只好缩了回去,临走时又看了百灵一眼。

正门进去就是一间宽敞气派的大厅,铺着红木色地板,一座楼梯直通向二楼,数十盏花枝吊灯发出柔和的光。

白思明在管家的搀扶下往楼上走去,百灵在后面跟着,临上楼梯时,他突然回过头来,对管家吩咐道:"让她住到西边去。"

管家有些意外,却立即点头答应了。

百灵听了站住脚,独自在偌大的厅里等着,其间来回走动的下人都用奇怪的眼神看着她。

如果这个女人是大少爷带回来的,为什么不让她上楼,还站在这里?

百灵又等了足有一个小时,才看见管家从二楼走下来。

她穿着高跟鞋,虽然脚踝酸痛,脊背却依然挺直。

"百灵小姐是吧?"管家面无表情地说,"跟我到这边来吧。"

百灵跟着他走出了大厅,绕到别墅西面,看到一排平顶房。

"这一排是下人们的房间,你先和小玉住在一起。"管家在一扇门前敲了敲门,等候的时候说道,"小玉是我女儿。"

百灵点点头,面色依旧平静。

这时候周围的屋门都打开了,百灵感觉每扇门后面都有一双眼睛盯着自己,还有人在窃窃私语:"原来少爷带回来的是个下人!"

她没有说话,这时面前的屋门"咔"一声打开了,刚才从阴影里闪出来的姑娘出现在门口。

看到百灵,她先是一愣,接着一侧身让出来一个空隙,微微一笑道:"进来吧。"

管家又嘱咐了几句话就离开了,百灵跟他道了谢,就听小玉说道:"百灵姐,以后咱们俩住在一起,那里有个空着的床铺,我帮你收拾一下。"

百灵感激地点点头。小玉帮她收拾好床铺,因为没有睡衣,小玉又将自己的一套干净衣服拿出来给她换上,收拾完毕躺下的时候,夜已过半。

第二天一大早,百灵跟着下人们一起吃了饭,饭后他们各自去忙活,百灵想去帮忙,却发现他们都对她躲躲闪闪的,仿佛她是个异类。

这也情有可原,坐着大少爷的车回来,却住进下人的房间,谁知道她是个什么来头?

百灵无事可做,就找到管家问道:"李管家,有什么活我可以做吗?"

李管家看了她一眼:"大少爷临走前吩咐了,让你以后每天打扫二楼最东面的房间,务必保持干净整洁。"

"二楼东面……"百灵抬头看了看,"好。"

看到李管家就要转身走开,她突然脱口问:"李管家,大少爷走了?"

"嗯,怎么了?"

"他去哪儿了?"百灵追问道。

"这也是你一个下人能问的?"李管家斜了她一眼。

百灵意识到自己的失言,忙垂下了头。

她现在已经不再是安海的歌女,只是白家的一个下人而已。

百灵带着洗刷用具到了二楼东头,在雅致厚重的红木门上敲了两下,没有人回应,她便轻轻推开了门。

"吱呀"一声响,一股陈旧的气息扑面而来,百灵在门口站了一会儿才适应了里面暗淡的光线,看来这间屋子已经许久没有人住了。

她迈步进去,在昏暗的光线中打量着屋里的陈设。这是一间女性的卧房,家具都是照着这个房间的尺寸打的,精巧雅致。雕花大床上挂着浅色的帐子,西式小圆桌上有一个花瓶,瓶里的花已经枯萎,靠窗立着一架胡桃木色的钢琴,琴盖合着,紫色的缎布半遮半掩。

百灵突然觉得有种莫名的熟悉感涌上心头,她不自觉地往钢琴那里走去,纤长的手指滑过琴盖,上面竟然一点灰尘也没有。

难道有人经常过来弹琴?可这间屋子里其他陈设都像是蒙尘已久了。

她将琴盖打开,黑白的象牙琴键整齐排列,手指拂过,犹如奏响了一首旧日的时光。

"太太!"门口一声女人的呼喊打断了百灵的思绪,她猛地转身,见一个五十岁上下的女人正一脸惊愕地站在门口,手里的扫帚掉在了地上。

"你是?"百灵一脸疑惑,不知道这女人为什么会这样称呼自己。

"太太,我是阿香……"女人激动地往前走出一步,伸出了手。

"阿香!"走廊另一头响起一声厉喝,吓得阿香停住了脚步,"你胡说八道些什么!"

很快,李管家的身影出现在门边,他看了一眼百灵,又对阿香呵斥道:"还不下去!以后不准再踏入舞梦楼一步!"

阿香吃惊地一抬头,又迅速低了下去:"是,李管家。"

她拿起地上的扫帚匆匆忙忙地离开了,再也没敢回头看百灵一眼。

"你在干什么?屋里打扫干净了吗?"李管家看着百灵问道。

百灵连忙将琴盖合上,垂下目光:"我马上打扫。"

她迅速忙活起来,过了一会儿再回头看时,李管家已经不见了。

百灵一边干活一边回想着刚才发生的事,为什么那个叫阿香的女人叫她太太?难道她和之前这里的女主人长得很像?

李管家的态度更加可疑,那位太太后来怎么样了?

既然只有阿香认出了她,也就是说其他下人都没有见过那位太太,那她只有找到阿香,才能问出一些端倪了。

4.

一连十几天,百灵都没有再见过白思明。

这天傍晚,外面突然刮起了大风,天色暗沉,眼看大雨将至。

百灵上午把二楼卧房的窗户都打开了,看到变天就赶紧上了楼。

她先把几盆植物都搬进来,又关上了窗户,最后把窗帘都拉好。

那些植物只是淋了些雨滴,看起来倒更加娇艳了,百灵松了一口气。

她收拾好刚一转身,猛然看到钢琴旁边站了一个人,身材高挑挺拔,面容清隽,眼神却极其冷漠。

"少爷……"百灵吓了一跳,他怎么会出现在这里?

"你,过来。"他冷冷地盯着她。

百灵往前走了两步,心里反倒平静下来:"少爷,有什么吩咐?"

"你动了这架钢琴?"他问道。

她点点头:"李管家让我打扫这间卧房,所以我每天都会把里面的东西擦拭一遍。"

"别的东西都可以,唯独这架钢琴,以后不准碰。"他说道。

百灵低头应道:"是。"

白思明又看了她一会儿,这才转身往门口走去,谁知刚走出一步就左摇右晃起来,眼看就要摔倒在地,百灵赶紧走过来搀住了他的胳膊。

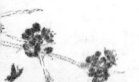

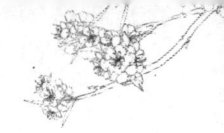

强烈的酒气传入鼻孔,看来他又喝醉了。

百灵想要把他扶到他的卧房,可他醉得如同一摊烂泥,任她怎么拉都拉不动,无奈之下,她只好就近把他扶到这间卧室的床上。

她替他脱掉外衣和鞋子,又给他拉过被子来盖上,刚一转身,手腕却被猛地拉住了。

百灵一回头,见他仍然闭着双眼,想要把手抽出来,却被他攥得更紧了。

"喝水。"他嘟囔了一句。

百灵只好给他倒了一杯水,扶他起来喝他又起不来,便用一个咖啡匙一点点喂给他。

喂完了水,他又皱了皱眉道:"头疼。"

"少爷,需要吃点药吗?"她问道。

他立即摇摇头,用手指了指太阳穴。

她明白他的意思,只好抬起双手来给他揉捏。过了几分钟,终于听到他逐渐均匀的呼吸声,她轻轻吐出一口气,准备离开。

刚一转身,身后就有哼哼声传来:"胃里难受……"

百灵站住了身子,彻底无奈。

"大少爷,痰盂拿来了,想吐就吐吧。"

"呕……"他作势翻身而起,却只吐出了一口唾沫,然后又躺回床上。

"还是难受,说不定什么时候就吐了。"他指了指胸口,"给我揉一揉胸口。"

百灵忍耐着,伸手给他象征性地拂了两下,谁知他却说道:"嗯,这样好多了,也不想吐了。"

说着,他舒服地伸展开胳膊,一副极其享受的表情。

他是故意的,百灵心里确信。

她跪坐在他床边,给他一下一下地抚着胸口,也不知道过了多久,她竟然睡了过去,一夜无梦。

醒来的时候，屋里一片暗沉，百灵不知道几点了，四下一看，却发现自己睡在这间卧房的大床上，心里顿时一阵惊慌。

她吃惊地坐起来，想到昨夜白思明醉倒在这里，就下意识地检查了一下自己的衣服，发现都好好地穿在身上，顿时松了一口气。

"百灵姐！"门口突然响起一声惊呼。百灵吓了一跳，往门口看去。

小玉捂着嘴站在门口，一脸震惊。

"小玉！"百灵连忙站起来，想要解释几句，却发现说不出口。

门口突然出现了李管家的身影，面色比平时更加凝重。

"百灵！"他阴沉着脸说，"不要把你那些下三烂的东西带到白公馆来！带坏了大少爷，我没法和老爷太太交代！"

"李管家，我没有！"百灵百口莫辩，而门口聚集的下人越来越多。

"没有？你手里的衣服怎么回事？"李管家反问道。

百灵一低头，猛然发现她手里拿着白思明的外套。

她这才反应过来，刚才醒来的时候，这件外套是盖在自己身上的。

"百灵姐，你昨天夜里一夜没回来，我还到处找你呢，没想到……没想到你居然做出这样的事！"小玉声音里带着哀怨，眼里似有泪光闪烁。

百灵并不相信她的话，昨天晚上到现在她一直在这个房间里，如果小玉真的找她，首先就会到这里来。

另外，小玉喜欢大少爷，这是下人们都心知肚明的，碍于她是李管家的女儿，所以也没人敢说什么。

"小玉，你的话容易引人误解，我什么都没有做。"百灵平静地说道。

"都这样了，"小玉指着她手里的衣服，泪眼汪汪道，"你还说！你就是个洋场里出来的贱女人！"

周围顿时响起了一阵窃窃私语，大家虽然都知道百灵以前的身份，却没人敢这样明目张胆地说出来。

百灵睁大了眼，没想到一直对她热情友好的小玉会说出这样的话。

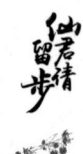

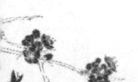

"谁敢说我白公馆里有贱女人?"一道冰冷的声音骤然在人群之后响起。

小玉吓了一跳,连忙低头说道:"大少爷……"

白思明双手插在裤兜里,从下人们让开的过道上走进来。

经过小玉身边时,他停了一下:"你刚才说,我带来的人下贱?"

小玉已经吓得说不出话来,李管家连忙从旁说道:"少爷,小玉也是为了大少爷的声誉着想,一时口不择言……"

"我的声誉?"白思明冷笑了一下,"什么时候你们这么在意我的声誉了?"

说着,他径直走到百灵面前伸出了手:"昨天看你睡着了,就给你盖了一下,没想到这样也能惹出事来!"

他话里的不避嫌疑让百灵有些惊讶,她把衣服放到他手上,低声道:"谢谢。"

他看了她一眼,又转头扫了一圈众人,目光所及之处下人们都低下了头。

白思明最后盯住李管家,问道:"你女儿说出这么有损我白公馆名声的话来,你说怎么办?"

李管家一听慌了,连连求饶道:"大少爷,小玉是我唯一的女儿,大少爷看在我平日里尽心尽力的分上,饶过她这一次吧!"

白思明不为所动:"我在乡下还有两处宅子,你选一个吧!"

"大少爷!"小玉猛地跑过来抱住白思明的腿,哭喊道,"小玉对大少爷的心,天地可鉴!大少爷饶了我这回,我下次再也不敢乱说话了!"

白思明皱皱眉,将腿挪开,转头看着百灵:"你的意思呢?"

百灵回答:"大少爷仁心,我听大少爷的。"

这话是给小玉说情,却又很对白思明的口味,他略一勾唇,却听百灵又道:"不过,我以后也没办法和小玉同住了,还请大少爷准许,让我搬到别的屋子里去吧。"

"行。"白思明随意地点了点头,回头时,目光又变得森然,"以后谁再说话没点分寸,就不要让我再看见他。"

下人们都讷讷应声,白思明则拿过衣服,头也不回地走出了房间。

也算因祸得福,百灵回去后就被分到了一间单独的屋子里,虽然仍是下人房,但比之前宽敞了很多。

她仍旧每天打扫二楼东面的房间,直到有一天,白公馆又来了一个人。

◆第九章◆
心上之人

1.

"哎,你听说了吗?"吃早饭的时候,坐在百灵旁边的下人兴奋地说,"小少爷要来了!"

"小少爷不是一直在乡下吗?少爷同意把他接来了?"

"对啊,小少爷都六岁了,总不能一直待在乡下吧……"第一个下人说道。

"也是啊,可惜了小少爷,生下来就没有娘,以前那位太太……"

"嘘!"第一个下人皱眉示意她噤声,同时眼睛往周围看了看。

百灵装作没听见,继续埋头吃饭,心里却是异常震惊,白思明有孩子了?而且已经六岁了!

他的孩子,会不会是那个叫作武灵灵的女人的?

正寻思间,周围突然响起一阵骚动,下人们争先恐后地往门口跑去,边跑边喊道:"小少爷来了,快去门口迎接!"

百灵知道这公馆的规矩,便也放下碗筷跟在一干人后面跑了出去。

大家到别墅前面的空地上整齐地站好,过了一会儿就看到白思明的黑色轿车从大门口缓缓地开了进来。

车子在人前停下,车门一开,一个梳着小分头的男孩走了下来,他先是好奇地打量了一下周围，然后就挺直了脊背。

百灵虽然站在人后，却将这个男孩的眼神都看在眼里。

这是一个挺机灵的孩子，她第一眼见到就有点喜欢。

白思明走过来拉起了孩子的手，从人前走过的时候，百灵觉得他似乎看了她一眼，但当她抬起头时，他已经转开了目光。

小少爷的到来给沉寂的白公馆带来了一丝热闹的气息，下人们都张罗着他需要的东西，而私下里关于他生母的议论也越来越多。

百灵在公馆里走动的时候，偶尔会看到小少爷的身影。有一次，他在花园里玩，百灵在不远处看得出了神，不知不觉跟着他的脚步走了起来。

小少爷一边走一边用手随意地玩着旁边的花草，突然，他的裤子口袋里有一件东西掉了出来。

"小少爷！"百灵不自觉地喊出了声，"你掉东西了。"

小少爷惊讶地回过头，看到百灵走上来，蹲下去捡起了他脚边的一支口琴。

百灵低头帮他擦口琴上面的尘土时，手指停滞了一下，这把口琴上的花纹让她感觉莫名熟悉。

"还给我！"小少爷伸手夺了过去，腮帮子鼓鼓的，"这是我的宝贝。"

"你会吹吗？"百灵笑着抬头看他。

"不会。"他有些失望，又从口袋里拿出一张皱皱巴巴的纸，"爸爸说，我娘最喜欢听这首曲子了，可我不会吹。"

他的表情让百灵心里一揪，她拿过那张纸来看了看，眉头轻轻地蹙了起来。

这是一首《竹马》，曲子很短，手抄的谱子有些看不清了。

"也许我能试试。"百灵说道，"不过，你能先告诉我你的名字吗？"

"我叫慕宁。"小男孩认真地说。

"跟我来。"百灵拉起慕宁的手，往别墅里走去。

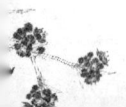

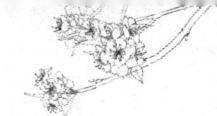

走上通往二楼的楼梯,百灵突然想到了什么,悄声问道:"慕宁,你爸爸今天在家吗?"

慕宁摇摇头:"他一大早就出门了。"

"太好了!"百灵如同一个孩子般笑了起来,拉着慕宁到了二楼最东面的房间,走进去后便轻轻掩上了门。

不一会儿,屋里面响起若有似无的叮咚声,伴随着这音乐,有一个带着些许稚气的童声响起来,唱的正是《竹马》里的词。

阿香没看见小少爷,急得到处找寻,当她寻到二楼东面时,脚步却慢了下来。

是小少爷的声音!

她松了一口气,接着又听到另一个女声响起来,是……太太!不对,是新来的下人百灵。

阿香摇了摇头,快步走到屋门前,刚要推门,突然感觉肩膀一沉,回头一看,一张冷峻的面孔出现在身后。

"大少爷……"阿香吃了一惊,却见白思明眉目一冷,对她微微摇头。

阿香立即会意,往后退开一步,躬身站在那里。

白思明站在半掩的门前往里看去,顿时被眼前的景象刺得一阵心疼。

熟悉的背影和记忆重合,虽然过去了六年,却宛如昨日重现。

孩子的感觉是最敏锐的,白思明的身影在门口一闪,就被眼尖的慕宁看到了。

"爸爸!"慕宁大叫着朝他跑来。

白思明有些尴尬,百灵则一脸震惊地站了起来。

不是说他不在家吗?

"在干什么?"白思明的语气里有几分少见的宠溺。

"刚才这个阿姨,"慕宁回身指了指百灵,"教我唱《竹马》。"

"《竹马》?"白思明眉头一皱,眼里有一道异样的目光闪过。

"爸爸，你怎么了？"慕宁歪着脑袋问道。

"没什么。阿香，先带小少爷出去玩。"白思明吩咐，眼睛却看着百灵。

"是，少爷！"阿香赶紧过来拉起了慕宁的手，临走时看了百灵一眼，表情有些复杂。

百灵心里闪过一丝疑惑，等她一回神，却发现偌大的房间里只剩她和白思明两人了。

白思明的眼神变得异常冷漠，顿了一下说道："看来你对我的命令置若罔闻？"

"大少爷，"百灵解释，"我只是觉得慕宁……不，小少爷他，挺可怜的。"

"可怜？"白思明的眼睛里猛地迸出怒火，走过来一把掐住百灵的脖子，低吼道，"你是母性大发，还是良心未泯？"

百灵被他铁钳般的手掐得快要窒息，双手忍不住握紧他的手背，想拉开一条缝隙，却只觉得喉间的力道越来越紧。

"咚"的一声，低沉的琴键被百灵压响，白思明的手一松，百灵急速喘息之后无力地往地上滑去。

没等她瘫软在地，他就把她扶住了，又仿佛嫌弃似的将她往琴凳上一推，自己退开半步，然后转身大踏步离开了。

百灵捂着脖子抬起头，看到他出门时，手指粗暴地扯开脖子下第一颗纽扣。

这个动作让她有些心疼，他究竟经历了什么，才会有这样深的怨恨？

她对那个叫作武灵灵的女人突然充满了好奇，她到底是一个什么样的女人？

百灵决定夜深人静的时候去找一趟阿香。

打定主意之后，她整理好被他弄乱的衣服和头发往外走去，刚一出房门，迎面和正要进来的小玉撞了个满怀。

"百灵姐！"小玉笑嘻嘻的，两手却背在身后。

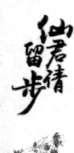

百灵看了她一眼,心里猜测着她的企图。

果不其然,小玉扬起一封信来在她面前晃了晃,笑得极其灿烂:"猜猜这是什么?"

"猜不出来。"百灵表情冷淡。

小玉微微扬起下巴,带着一副胜利者的微笑:"是你的情郎写给你的信哦!"

百灵立即想到了一个人,禁不住脸色一变:"你在胡说什么?"

"我胡说?"小玉脸上的笑容变得有些可怕,"白纸黑字写得清清楚楚,是一个叫作扈哥的男人写给你的,你还不肯承认?"

"你偷看我的信?"百灵忍不住质问她。

"要是你心里没鬼,还怕我偷看?"

百灵闭了一下眼睛,朝她伸出了手:"给我。"

"给你?有那么容易?"小玉眉毛一竖,"无论如何也要先给大少爷过目一下吧?"

来往经过的下人们都不干活了,好不容易有热闹看,自然乐意,当下都挤在楼梯口周围。

百灵努力平复了一下情绪,说道:"他不是我情郎。"

"不是?"小玉一脸好笑的表情,"要不要我当着大家的面念一念?"

"念吧小玉!"有下人跟着起哄。

"念两句!"又有人喊道,"我倒是想听听有文化的人怎么写情书的!"

"哈哈哈!"

下人们都笑了起来。

小玉更加得意,在众人的注视下若无其事地拆开了手里的那封信,张嘴刚要念时,人群后突然响起一声怒喝:"小玉,别胡来!"

听到这个声音,大家都愣了一下,回头看时,发现李管家正站在那里。

"信是别人的,不管里面写了什么东西,都不能看。"

李管家的话虽然冠冕堂皇，然而语调却有些怪异。

小玉一扬下巴："爹，你不用拦着我，我就是想让大家看清楚，十里洋场的女人都是什么样！"

百灵眼里闪过一道怒意，猛地上前来抓住她的手腕，小玉被她突如其来的动作吓了一跳，身体往后退了个趔趄，嘴里发出哇哇的叫喊："救命啊！打人啦！"

百灵不顾一切地抢夺着她手里的信，直到听到走廊尽头有人高喊一声："住手！"

她停了动作，手却没有松，转头一看，白思明的司机吴李子快步走了过来。

"大少爷听说了这里的事，"吴李子看着百灵和小玉，"吩咐我把信拿走。"

"不行。"百灵立即反对。

"大少爷的命令你敢不听？"吴李子提高了声调，瞪视着百灵。

百灵不说话了，她知道，如果想继续留在白公馆，她只有照做。

她松开了小玉的手腕，那里已经出现了一道红色的压痕。

小玉虽然不情愿，却也只好把信交给了吴李子。

"都散了吧，干活去。"吴李子接了信，对下人们说道。

众人带着看了好戏后心满意足的神态各自散去，吴李子也转身大踏步走了。看着他的背影，李管家的嘴角却浮起一丝几不可察的微笑。

2.

"你是母性大发还是良心未泯？"

黑暗中百灵躺在床上，白思明的话一直在耳边回响。

他究竟是什么意思？难道她之前亏欠过他？或者，他又把她当成了武灵灵？

想到这里，百灵再也睡不着了，她穿好衣服起床，打算趁着夜深人静去找一趟阿香。

夜色正浓，人却不静。

百灵刚走到外面，就看到几个下人匆匆忙忙地往一个方向跑去。

"怎么了？"百灵拉住一个人问道。

"小少爷犯病了！"那人说完，挣脱开百灵的手急匆匆地跑了。

百灵大吃一惊，当下也跟着跑了过去，刚走到房间外面就听到慕宁惊惧的喊叫。

她从门口往里一看，慕宁小小的身体躺在偌大的床中间，摇着头，手脚胡乱挥舞着，眼睛瞪得很大，仿佛看到了十分恐怖的景象。

白思明在旁边按住他的胳膊，阿香跪在床边不停地安抚着，却都无济于事。

过了一会儿，白公馆的私人医生急匆匆地赶来，他给慕宁诊断之后皱着眉头说："小少爷的身体没什么大的异常，但是这样夜惊不止，不知道和大脑有没有关系。请问白大少爷，小少爷这种夜惊的症状有多久了？"

白思明没有看他，嘴唇动了动："从小就这样。"

"有没有带他看过脑科医生？"

"看过，大脑没有问题。"

"如果是这样的话，只能先给小少爷打一针镇静剂，让他睡着。"医生征求意见似的看着白思明，"大少爷，您看这样可以吗？"

众人都把目光集中在白思明脸上，他却沉吟不语。半晌之后，他声音低沉地开了口："打吧。"

医生点点头，转身打开了自己的药箱。

这时，百灵不知道哪里来的勇气，推开前面的人站了出来，说道："大少爷，慕宁这么小就打镇静剂，对身体不好。"

听到她的声音，白思明似乎有些惊讶，他抬起眼来看着她，脸色阴沉：

"那你有什么办法？"

百灵轻声说道："能让我试试吗？"

白思明盯着她看了一会儿，缓缓地直起身子，似乎是同意了。

百灵走到床边，目光扫过四周。

白思明立即对其他人摆摆手："李管家，请常医生到厅里稍坐，其他人都下去。"

李管家立即将常医生请出了门，下人们都离开了房间，房门也给关上了。

百灵在慕宁旁边俯下身："大少爷，你先松开慕宁，交给我。"

白思明将信将疑地松开了手，百灵伸出双臂，一下把慕宁抱在怀里，慕宁感觉到不对劲，哭喊得更加厉害了。

白思明眉头紧蹙，刚要出声反对，却见百灵一边拍着慕宁的后背，一边轻轻哼起了歌。

听到这熟悉又陌生的曲调，他心里一震，她唱的是——《竹马》。

她的声音低缓柔和，带着一点轻哑，手臂随着曲调轻轻晃动，温柔的表情让白思明心中某个坚硬的地方似乎在一点点崩塌。

如同发生了奇迹一般，慕宁居然慢慢地安静下来了，在百灵的怀里睡了过去，脸颊上还挂着几点晶莹的泪珠。

在花枝吊灯柔和的灯光里，白思明看到百灵低下头，嘴唇贴上慕宁的脸颊，将那几点泪珠都吻干了。

他的胸口不可抑制地起伏了几下，手在身侧攥紧了。

这个女人，到底是不是在伪装？

百灵将沉睡的慕宁放在床上，保持着俯身的姿势对白思明说："大少爷，您先去休息吧，我来照看慕宁。"

"不用，"白思明收回心神，声音淡漠，"他后半夜不会有事了，你下去吧。"

百灵听了没再说什么，但当她想把手从慕宁身下抽出来时，慕宁立即

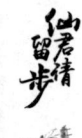

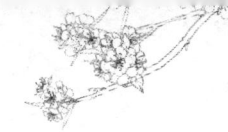

就醒了,躁动不安地哼哼起来。

百灵立即轻声哄着他,因为抽不出手,她也不能再动。

等到慕宁安静下来,百灵有些无奈地看了白思明一眼,却见他绕到另一侧,往大床上一躺,闭眼说道:"我就在这里睡了,你要是走不开,就在这里将就一下。"

百灵一脸震惊,床虽然很大,但是要睡三个人也很局促啊!

更何况,慕宁躺的是边上,她也没办法绕到另外一边去,只能夹在白思明和慕宁的中间。

这人莫不是故意的?

想了想,她只好在慕宁身侧躺下来,却极力和白思明拉开距离。

身后一阵静默,百灵知道他并没有睡着,过了一会儿,她觉得一阵困意袭来,终于撑不住闭上了眼睛。

听到她平稳均匀的呼吸声,白思明倒是有些烦躁,她就这样睡着了?

他翻了个身,在她旁边侧躺着,单手撑在腮旁,目不转睛地看着她。

终于可以毫无顾忌地打量她了。

六年了,她的皮肤依旧白皙清透,似乎还更加饱满莹润了,岁月带走了那个不谙世事的少女,留下来的是一个略带成熟气息的美丽女子,唯一没有变的,是她耳后那颗小小的朱砂痣。

他禁不住伸出了手,想要去触碰那颗痣,却在刚碰到她耳边的一缕发丝时,听到了一声低低的嘤咛,随即她的身体一动,朝他这边翻过身来。

白思明被她吓了一跳,刚要缩回手,却感觉她的半边身体已经靠进他的怀里。

他全身都在这一刻僵住了,连呼吸也跟着乱了一瞬。

难道她对他毫无防备,丝毫感觉不到危险的气息吗?她忘了他之前是怎么故意为难她,让她难堪的?

他的脑海中突然闪过吴李子从她那里拿来的那封信,当时他恨不得一把撕掉，想了想终是按捺住了怒气，将信扔进了书桌抽屉的最底层。

这个扈哥，他怎么可能不知道？小时候和她是邻居，估计从那时就开始喜欢她，后来她嫁到白公馆，扈哥仍是对她念念不忘，经常以各种理由找她出去，但让他没想到的是，她竟然……

这个不知好歹的女人，难道他还会让她再乱了自己的方寸？

一股夹杂着怨恨的怒意在他胸中升起。

白思明猛地坐起身来，刚准备离开，却发现她的头平躺在床上，他猛然记起来她以前有过颈椎不好的毛病，当下又在心里咒骂了一句，然后俯身下去，拉过一个枕头来给她塞到头下面。

他起身走到门口，忽然听到一阵咯咯的笑声，转身一看，只见慕宁闭着眼睛沉睡，身体却笑得颤动起来，一看就是梦到了什么好玩的事情。

"熊孩子。"他低低地道。

从小到大，慕宁还没有哪个晚上睡得这么安稳过。

第二天一大早，慕宁一醒来就看到白思明高大的身躯坐在他床边，正俯下脸看着他。

"爸爸，"慕宁睡了个好觉，眼睛里亮晶晶的，"你看着我干吗？"

"没什么，睡好了？"白思明掩饰住眼底的情绪，这个孩子的额头和鼻子，跟他娘实在是太像了。

"爸爸，我昨天梦到一个阿姨哄我睡觉，"慕宁一脸兴奋地说，"那个阿姨还给我唱歌呢！"

"哦。"白思明不动声色，"睡好了就起来吃早饭。"

"好。"慕宁从床上坐起来，阿香进来给他穿衣洗漱完毕，领着他往楼下的餐厅走去。

"爸爸！"慕宁突然挣脱开阿香的手，跑回白思明身边，一脸期待地说，"我想和百灵阿姨一起吃早饭。"

"什么?"白思明脸上的震惊无法形容。

"不行吗?"

"不行。"白思明恢复了冷淡的表情。见此情景,阿香赶紧过来拉慕宁的手。

"不,我就要!"慕宁不愿意了,对白思明噘起了嘴。

白思明皱起眉头,脸色阴沉下来:"说过了不行就是不行!"

"呜哇……"慕宁毕竟是小孩子,见到这样的表情就大声哭了起来。

白思明心里一阵无奈,哄也不是,走也不是,只好一脸不悦地站在那里。

"小少爷,我们下去吃饭好不好?"阿香在旁边劝道,"不要惹爸爸生气,好吗?"

"是他惹我生气!"慕宁将双臂往胸前一抱,坚决不肯让步。

阿香无奈地叹了口气,转脸用恳求的眼神看了看白思明。

白思明和慕宁对峙了好一会儿,终于转开了目光,语气里憋着一股火气:"去叫她吧!"

"是,大少爷!"阿香答应了就要走,却被慕宁一把拉住了。

"我去!"他如一只欢快的鸟儿一样跑了出去。

阿香看着他的背影,转头对白思明笑道:"大少爷,我觉得小少爷特别喜欢百灵姑娘,呵呵……"

白思明仍旧是一脸不悦的表情,双手插在裤兜里,一边往外走一边说了一句:"多嘴。"

3.

白思明走到楼下时,餐桌旁的一大一小都转过脸来看着他,连眼神都出奇的相似。

他不自然地别开目光,清了清嗓子,走到餐桌旁坐下。

刚拿起餐具,就听对面的慕宁说道:"爸爸,我要吃沙拉。"

白思明抬头看了他一眼，他什么时候开始喜欢吃这个了？

慕宁眨着眼睛，一脸期待的表情，白思明只好拿起沙拉盘里的银匙给他舀了一勺。

刚低下头，就听对面的小人又说道："爸爸，你这样不礼貌，百灵阿姨也要吃。"

听了这话，餐桌旁的其他两人都睁大了眼睛。

沉默了良久，白思明慢吞吞地又拿起了银匙。

"谢谢。"百灵轻声说道。

"不用客气。"慕宁抢着回答，白思明则张开了嘴。

过了一会儿，慕宁又开始指挥："爸爸，我要加牛奶。"

白思明给他倒完牛奶，慕宁看着他，用手指了指旁边的百灵。

"我不用了。"百灵觉得有些尴尬，忙说道。

白思明却已经端了牛奶来，给她的杯子加满了。

百灵突然觉得有些脸热，怕被其他两人发现，只好埋头吃饭。

"慕宁，"白思明突然说了一句，"少吃些培根。"

他夹了几片蔬菜放到慕宁的小碗里，随后动作一顿，又僵硬地给百灵也夹了一些。

百灵立即坐直身子，不知道是不是因为紧张，睫毛快速颤动了几下。

餐桌对面传来"嗤嗤"的笑声。

"吃饭的时候还有没有规矩？"白思明拉下脸。

慕宁赶紧把手从嘴上拿下来，低头快速地吃着饭。

一顿饭终于结束了，几个人从餐桌旁站起来，百灵准备收拾一下餐具，却听白思明低低地道："不用你收拾了，让他们来。"

百灵有些惊讶，只听他继续说："以后，你负责照顾慕宁，和阿香一起。"

"太好了！"没等百灵回答，慕宁已经拉起了她的手，"百灵阿姨，跟我到花园里来玩。"

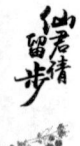

百灵还没说什么,就被慕宁拖拽着走出了大厅。

从那以后,百灵的工作便是和慕宁在一起,他的日常起居仍旧是阿香负责,百灵要做的就是陪着慕宁玩,教他一些东西。

不知道为什么,她对这个孩子有种发自内心的亲切感,而慕宁也喜欢她,一会儿见不到,就满嘴里"百灵阿姨,百灵阿姨"地到处寻找。

命运仿佛把她和这个孩子,紧紧地连在了一起。

这天,百灵带着慕宁在他的房间里认字,忽听门口有人走进来,是平日里跟着白思明的吴李子。

吴李子对她礼貌地笑了笑,说道:"百灵小姐,大少爷吩咐了,要带小少爷出趟远门,少则一个月,多则两三个月,请您和阿香收拾一下小少爷的东西。"

百灵微微一怔,只听慕宁问道:"百灵阿姨去不去?"

吴李子一笑:"小少爷,大少爷没有吩咐我。"

慕宁听了噘起嘴,把笔一放:"我去找爸爸问问。"

"小少爷!"吴李子赶紧阻拦,"大少爷这会儿正在见客,不能过去。"

慕宁一愣,百灵赶紧蹲下来拉住了他的手,轻声劝慰:"慕宁,还记不记得百灵阿姨曾经和你讲过的,'智者善谋,不如当时'?"

吴李子听得一头雾水,却见慕宁歪着脑袋一想,对百灵点头道:"百灵阿姨,那我一会儿再去找他。"

吴李子从屋里走出来,心里不禁一阵纳罕:这个新来的姑娘莫不是有魔力?把大少爷和小少爷的心都弄得服服帖帖的。

他又想起来一件事,听说白公馆以前是有女主人的,后来生下小少爷后失踪了,大少爷发了大怒,把这公馆里的几乎所有的下人都打发走了,连他自己也是因为那次大换人才得以进来当差的。

想到这里他摇了摇头,他得到这个差事不容易,以前的事还是少猜测为好。

吴李子一走，百灵就开始着手给慕宁收拾东西，慕宁也不去别的地方，就在旁边看着她把衣服一件一件地放到一个大箱子里。

"慕宁，出去之后要跟紧大人，外面坏人多，千万别走丢了。你的玩具小车我放到最上层了，晚上没有它你睡不好觉。"百灵忍不住开始叮嘱，虽然知道他肯定记不全，但还是想事无巨细地告诉他，生怕他有一点闪失。

"百灵阿姨，"慕宁突然打断了她，仰着脸说，"你要是我娘就好了！"

百灵一脸震惊，转头对慕宁说："慕宁，当着别人的面千万不要说这样的话！"

"那他算不算别人？"慕宁突然指着门口。

百灵回头一看，顿时吃了一惊，身材高大颀长，脸色却极其冷淡的男人正倚靠在门框上看着他们俩。

听了慕宁的话，白思明一边走过来一边问道："我也想知道，我算是别人吗？"

父子俩都看着百灵，百灵掩饰着转头继续收拾东西，过了一会儿，她才轻声道："不算。"

"好，那刚才的话我听到了。"白思明面色淡然地道。

"听到什么了？"百灵一怔，旋即想到刚才慕宁说的那句话，顿时脸上一阵发烫。

白思明却毫不在意地俯下身看了看大皮箱："东西都收拾好了吗？"

"差不多了。"百灵赶紧回答，"待会儿我会让阿香再检查一遍。"

"只有这一只箱子？"白思明微微蹙眉。

"对啊。"百灵不解地看着他，以为他觉得自己给慕宁带的东西太少了。

"你的呢？"他忽然转身，目光直直地盯在她脸上。

"我？"百灵睁大眼睛，"刚才吴哥没有说……"

"我亲自来跟你说，晚吗？"白思明看着她问道。

158

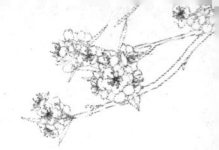

"不晚,不晚!"慕宁高兴地拍起手来,"我要和百灵阿姨一起去!"

"抓紧点儿,车子在院子里等着,马上就走。"白思明意味深长地看了百灵一眼,转身大步离开。

4.

百灵回到自己的屋子里,外面人声纷乱,下人们都知道了大少爷要带小少爷出门的事。

她一边收拾东西一边想,如果他们知道了自己要随行,不知又会怎样议论。

刚打好包,忽听屋门"砰"的一响,有个人撞了进来,百灵抬头一看,是李小玉,她手里正拿着一瓶墨汁。

"百灵姐,听说你要和小少爷一起出远门,我给小少爷带了一瓶写字用的墨汁来。"李小玉脸上带着笑朝她走过来。

百灵注意到她手里的瓶子没有盖,忽然觉得不妙,果不其然,李小玉脸上的笑容一变,手里的墨汁瓶子猛地朝她扬过来。

"你干什么?"百灵惊叫一声,连忙转身躲避,后腰处却有一阵湿凉感传来,墨汁已经洒在她身上。

她回过神来,却发现李小玉脸上露出得意的笑,她忙往桌上一看,这才发现她衣服包里仅有的两三件旗袍都浸泡在了乌黑的墨汁里。

百灵又惊又怒,眼里几乎冒出火来。

"识相的话,就跟大少爷说你身体不适,不能跟着去了。"李小玉走过来,声音低低地威胁,"我是给小少爷送写字用的墨汁来的,你要是出去造谣,没人会相信的。"

百灵默了一瞬,抬起眼来已经是另一副神色:"好,我这就去说。"

她走进舞梦楼里,到了三楼白思明的房间门口,犹豫了一下之后,轻敲了两下门。

"进来。"门内有低沉淡漠的声音传来。

百灵推开门,首先迎上了他审视的目光。

"衣服怎么回事?"他皱眉问道。

"不小心洒了墨汁。"她轻声回答,"待会儿出门经过成衣店时,我可能需要买两件衣服。"

说完之后,她心里似乎涌起一阵快意,李小玉气急败坏的表情从她眼前飘过。

"全都洒到了?"他打量着她。

百灵点点头。

白思明突然从大檀木桌后面站了起来,他背对着光线,昏暗中她似乎觉得他低头勾唇一笑。

不,怎么可能?一定是她看错了。

白思明缓缓地走到她面前,看着她说道:"这次带你出门是有个计划。慕宁六岁了,按照老家的习俗,要回去祭祖。你可能也发现了,有些老下人会把你错认成另一个人,就是慕宁的娘武灵灵,你和她长得很像。"

百灵觉得脑子里"轰"的一声,果然是这样!

"武灵灵生下慕宁后就不知所终,但是老家人并不知道,所以这次回去,你的任务是,"白思明顿了一下,"扮成武灵灵。"

"什么?"百灵无比震惊地倒退了半步,"可是我完全不知道她是个什么样的人,也不知道她经历过什么事……"

"你不用知道。"白思明逼近了她,"你出了一场意外,之前的事都不记得了,这就是全部。"

"可是……"百灵有些无措地轻摇着头。

"没什么可是。"白思明突然伸手钳住她的下巴,迫使她抬起头来看着他,"从现在开始,你就是武灵灵,不用再去买什么衣服,她衣柜里所有的衣服都是你的。"

对上他凌厉的眼神，百灵心里反倒镇静下来，她在他的钳制中一字一句地说："让我扮成她可以，但你必须答应我一个条件。"

"说。"他眯起了眼睛。

"完成这件事之后，你要告诉我一件事情的真相。"

"成交。"白思明看着她，眼底闪过一丝狡黠的笑意。

白公馆舞梦楼门前的空地上，下人们排成一排站在那里，李小玉虽然按规矩低着头，眼角却不停地瞟着楼门口的方向。

天空不知道什么时候飘起了雨丝，等了好一会儿，终于看到吴李子手里撑着一把大伞半退着走了出来。

在他后面是身材挺拔颀长的白思明，俊逸的侧颜在雨天氤氲的雾气里更显清隽，他走出来之后却一回身，修长的手臂往里伸出，似乎是要握住里面某个人的手。

李小玉惊得睁大了眼睛，一种不祥的预感在心里升起。

片刻之后，里面出来一个人，姿容绰约，容颜俏丽，再加上剪裁合体的白底玉兰花旗袍，简直惊为天人！

她将手搭在白思明的手心里，走到他身侧，白思明从吴李子手里把大伞接过来，撑在两人头顶上方，另一只手则轻轻一揽，圈住了女子纤细柔软的腰。

"啪嗒！"李小玉手里攥着的东西突然掉在地上，引来了周围下人们注视的目光。

她赶紧蹲下去捡了起来，站起身来时，正迎上李管家责备的目光，她慌忙低下了头，心里的恨意却如翻江倒海般汹涌。

这个女人，刚才还被她泼得一身狼狈，一转头却华丽变身，成了这副模样，她究竟耍了什么心机和手段？

李小玉突然想到给百灵写信的那个男人扈哥，眼神随之一变。

目送着黑色轿车缓缓离开,下人们这才散去,互相交换的眼神里都带着不可言明的意味。

阿香走在最后面,她眼神有些呆滞,嘴里喃喃细语:"太太……太太……"

"阿香!"

一声严厉无比的呵斥在她身后响起。

阿香吓得打了个哆嗦,转头一看,是李管家。

"不要胡言乱语!"李管家声色俱厉道,"否则,这白公馆也留不了你!"

阿香睁大了眼睛,吓得后退了半步,面如死灰道:"是,是,我……我再也不敢了!"

黑色轿车一路往城郊驶去,路上的行人比城里面少多了,车窗开着,慕宁看着外面的景色,显得异常兴奋。

"慕宁,"一直没有开口的白思明突然说,"这次回老宅,爸爸有件事想提前跟你说。"

"什么?"慕宁转过脸来问道,眼睛里亮闪闪的。

"从现在开始,百灵阿姨就是你的娘,一直到我们回城为止,怎么样?"

慕宁张大了嘴巴看着百灵,那惊讶的眼神让百灵心里一揪,她连连摆手解释道:"慕宁,你爸爸只是想和你玩扮家家酒的游戏,不是真的……"

话音未落,慕宁却突然喊出了声:"娘!"

这脆生生的一唤让百灵浑身颤抖了一下,一时间怔在那里,不知所措。

白思明目不转睛地盯着她看了一会儿,终于忍不住说:"需要我教你怎么答应吗?"

"啊?"百灵赶紧摇摇头,脸颊通红,声音变得低缓柔和道,"哎。"

"哈哈!"慕宁高兴地拍起了手,又拉着白思明的袖子说,"爸爸你快看,娘的脸怎么红了?"

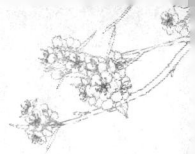

父子俩都向这边看过来,百灵不敢看白思明,只好捏了捏慕宁的脸,嗔了一句:"捣蛋鬼。"

慕宁突然噘起了嘴,故作委屈道:"爸爸也应该挨罚!"

百灵惊讶地睁大了眼睛:"怎么可以罚爸爸呢?"

"是他先要玩这个游戏的!"

听了他的话,百灵偷偷看了一眼白思明,却见他正盯着自己,目光有些异样。

他突然牵起她的手拉向自己的脸,在她震惊的目光里捏了两下,又转向慕宁问道:"我和你一起挨了罚,这下满意了吧?"

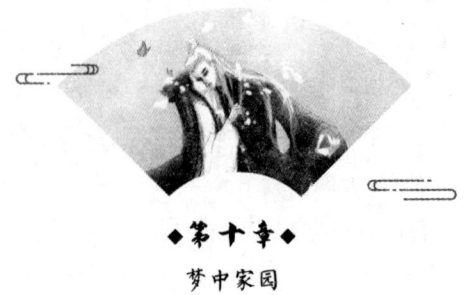

◆第十章◆
梦中家园

1.

两个小时之后,白思明的轿车开进了一个山明水秀的村庄里,在高低不平的道路上行驶了一会儿,最后停在了一个高大的院门前。

这是两扇厚重的木质大门,略显斑驳的颜色并不能掩盖旧时的威风,门口的两只小石狮子也依旧威武。

汽车开不进去,一行人就在门口下了车,吴李子跑过去拍了好一会儿,这才有人走过来开了门,看到吴李子,那人赶紧把门全打开了。

吴李子把所有的行李都提了进去,这边慕宁早就跑下了车,在门口喊了一声"龄大伯"就钻了进去。

百灵有些着急,刚要喊住他,却听身后的白思明说道:"不用管他,他熟得很。"

她这才反应过来,慕宁在到白公馆之前一直在这里生活,没有比他更熟悉的了,也就任他去了。

这时白思明走上来,朝她伸出了手。百灵一愣,将手放在他手心里,随着他往门口走去。

"白少爷一家回来了!"

还没走进门,不远处突然响起来一声叫喊,紧接着,巷子里走出来很

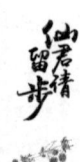

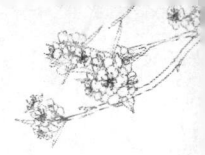

多人,有老人、小孩,还有一些妇人,都像发现了什么不得了的事情一样往这边围拢,看到白思明身边的百灵,他们眼里都闪出兴奋的光。

"灵少奶奶,你都很多年没回来了!"一个中年妇人走上来拉住百灵的手,笑着说道。

"灵灵这六年不见,出落得越发出挑了!"另一位老人笑着朝其他人说道。围在旁边的人纷纷点头。

"灵灵姐,我们要吃糖!"几个大孩子突然挤过来,拉着她的手叫道。

"去!小丫头们,还叫灵灵姐,怎么改不了口?"那个中年妇人笑着嗔怪那几个孩子,"叫灵少奶奶!"

"我们一直叫灵姐姐,怎么嫁给了白大少爷就得改口了?"一个扎着辫子的女童开了口,引来了周围人的一阵大笑。

百灵有些手足无措地站在那里,白思明却将她的腰一揽,俯下身子对那个女童笑道:"虽然她嫁到了白家,但你要是还想叫灵灵姐也可以,好不好?"

"好!"女童拍手笑道。

白思明站起身,幽深的眸子对上百灵的目光,看得她有些脸红起来。

白思明想带着百灵进门,村里的人却都拉着她话家常,怎么也脱不了身。白思明只好答应他们可以随时来看百灵,这才将这些人遣散了。

一进老宅子的院门,百灵心里就忍不住感叹,这里真大啊!

粉墙黛瓦被成荫的绿树掩盖,清澈如碧的流水蜿蜒其中,空间时而紧凑,时而开阔,完全是个设计精致巧妙的私家园林。

百灵一进去就迷失了方向,全靠白思明带领着才来到了一处四方庭院里。四周是二层小楼,中间一个正方形的天井,整个院子是木质结构,虽然看起来很古老了,楼梯和门窗等依然坚固无比。

刚进院子里,正门厅里就走出来一个中年妇人,白思明走上去,唤了她一声芸姨。

不同于白公馆，这里的人看到白思明都是一副长辈的姿态，芸姨看了看里面，沉声说道："老太太这几天精神不大好，饭也吃得少了，所以把你叫过来了。"

白思明听了一皱眉，快步往屋里走去。芸姨转脸看到了百灵，眼中又惊又喜，上来拉着她的手说道："灵灵，思明告诉我你回来了，就是……你还认得我吗？"

百灵摇摇头，却听芸姨叹了一口气，将她的手一拉说道："跟我进来吧，去看看老太太。"

走进正厅，百灵一眼看到一位老态龙钟的老人坐在窗户下面，眼睛似睁似闭，衣服却干净整洁，灰白头发也梳得一丝不乱。

白思明半跪在她椅子前，手里握着她竹枝般的手。

百灵从未见他有过这种姿态，连脸上的表情也是温和无比，完全不是素日清冷淡漠的模样。

也许，他对待自己的至亲之人才会有这样温情的一面吧。

正想着，只听白思明轻声叫道："阿婆，我是思明。"

老人的眼皮略动了动就没有任何反应了，芸姨见了解释道："老太太最近有点不大认识人了，脑子也有点糊涂，有时候看见我也不知道是谁，刚吃过饭就说没吃……"

白思明眼里闪过一丝难过，他将额头抵在老太太的手背上，平复了一下自己的情绪，又抬头问道："阿婆，我推你出去走走好不好？"

老太太听了却"哇哇"大叫起来，把百灵吓了一跳。芸姨忙走上前去安抚着她，过了一会儿，她喊道："我要吃饭！"

"老太太，你不是刚吃过吗？"芸姨替她倒了一杯水，递到嘴边让她喝了一口，老太太这才安静下来，重新闭上了眼睛。

白思明站起身来，百灵看到他脸上痛苦的表情，心里有一股酸涩感涌上来。

"走吧,"白思明说道,"让阿婆休息一会儿。"

说完,他转身走开,也没有像刚才那样牵住百灵的手。百灵虽然知道两人是在做戏,然而心里仍旧有些失落。

"等一下。"她突然出声。

其他两人都看向她。

"我能和阿婆说句话吗?"百灵看着白思明和芸姨。

白思明想阻拦,却听芸姨柔声道:"过来吧,老太太之前最疼你了,她一定想看到你。"

白思明没再说什么,只是静静地看着百灵走上前去,蹲在老太太面前。

"阿婆,我是灵灵,你还记得我吗?"百灵仰起脸问。

她希望能在阿婆的脸上发现一丝表情的变化,然而等了一会儿,阿婆依旧没有任何反应,如同没听到一样。

百灵失望地站起身来,临走前,她用手绢帮她擦了擦嘴角。

芸姨目送他们两人出门,刚到门口时,忽听窗下传来一声含混不清的呢喃:"灵灵……"

百灵猛地回过身,白思明则一个箭步冲到老人面前,惊喜地道:"阿婆,你听见了?"

老人睁开混浊不清的眼睛看了看他,又看向旁边的百灵,有些费力地扯开嘴角:"你回来啦?"

这一声问话让在场的几人又惊又喜,芸姨激动得连眼泪都快流出来了:"真是神了!老太太的脑子又清醒了!"

百灵连忙凑上去,握住老人的另一只手,连连点头道:"阿婆,我回来了!"

"好,好!"阿婆说完,接着又闭上了眼睛。

这次,他们听到她发出了轻微的鼾声。

告别芸姨出了门,两人一前一后在园子里走着,穿过一道月洞门之后,两人进入一条略显幽暗的走廊。

走廊两侧镶嵌着各种形状的镂空开窗，外面的光线通过开窗打到地面上，幽幽地晃出各种形状。

白思明走在前，百灵跟在后，走到走廊中间，白思明突然一停，转过身来。

"怎么了？"百灵吓了一跳。

"今天多亏你了，阿婆才能清醒过来。"白思明垂眸看着她，声音异常柔和，"谢谢你。"

"不用谢。"百灵摇摇头，"这几天我会经常过来，看看能不能帮阿婆想起更多事来。"

她说完之后，好一会儿都没有听到白思明的回应，便有些疑惑地抬起头，却发现他正紧紧地盯着自己，目光更异于往常。

似乎，有些灼热，烫到她了。

她忙低下头，却觉得有微凉的指尖托住她的下巴，迫使她把脸仰起来，他灼人的目光直射进她的心里。

百灵不由得心跳加速，看着面前的人俯下身来，薄唇慢慢地贴向自己，而她竟然像被抽干力气一般，一动也不能动。

唇畔相接的一瞬，百灵突然打了个激灵，一下子推开他的胸膛，慌慌张张地道："不要！"

"怎么了？"他有些愕然。

"我不是她，"百灵说，"我不是武灵灵。"

2.

百灵推着阿婆在池塘边散步，阿婆坐在棕黄色的轮椅上，在下午的阳光里眯起了眼睛，神态悠闲。

自从百灵回来后，阿婆不仅头脑清醒了，精神状态也好了很多，参加了白家祭祖之后的这天下午，百灵等阿婆睡醒了午觉，就把她推出来散步。

慕宁在旁边一蹦一跳的,一会儿用草拨拉池塘里的鱼,一会儿去逮个蚂蚱,很是欢快。

三个人走了一会儿,慕宁突然喊了一声:"爸爸!"

百灵往前看去,浅淡的光线里白思明穿着一身宽松的衣服,步态悠闲地朝他们走过来。

"我来吧。"

他从百灵手里接过轮椅,刚要往前推,却听阿婆在前面大喊一声:"别动我的椅子!"

两人都吓了一跳,百灵赶紧从白思明手里把轮椅接过来,一边往前推一边安抚道:"阿婆,是我在推,你放心吧!"

阿婆听了这才安静下来。

百灵和白思明对视一眼。白思明眼里都是惊讶,百灵却是无奈一笑,上了年纪的人有时候就像孩子一样。

绕着池塘边走到一半的时候,阿婆突然开口问:"灵灵,你这些年都去哪儿了?"

百灵一惊,还未开口,旁边的白思明立即回答:"阿婆,她这几年一直都在白公馆啊……"

"胡说!"阿婆突然用手拍了一下轮椅扶手,"她在白公馆,为什么这么久不回来看我?"

"阿婆,灵灵生完慕宁那一年一直情绪不稳定,后来独自出门的时候遇到了车祸,醒来后很多事情记不得了,所以我就没带她回来。"

阿婆听后沉默了片刻,说道:"以前的事都过去了,以后就多陪陪我这个老婆子吧。"

百灵心里一酸,赶紧俯下身来轻声道:"阿婆,你放心,我以后一定多陪你,好不好?"

"好!"阿婆抿起嘴唇,又说,"灵灵啊,我能让你想起以前的事来,你信不信？"

百灵愣了一下，以前的事，是说的武灵灵的事吗？

正沉思间，前面的小道上匆匆走过来两个人，打断了她的思绪。

走在前面的年轻男人身材魁梧，肤色略黑，面孔却十分英武，看到百灵，他的步伐更加轻快了。

他手里提着一个竹篮，上面还细心地盖上了一块蓝印花布，从花布凸起的形状来看，里面放的应该是一些果子之类。

跟在他身后的是老宅的下人老邱，他一边急匆匆地追着年轻男人的步伐，一边对白思明和百灵歉意地说道："大少爷，大少奶奶，张家大个儿非要进来，因着之前您说过要是来看大少奶奶的人不用拦着，所以我就让他进来了。"

百灵一怔，这个年轻男人是来找她的？

正疑惑间，年轻男人已经走到她面前，咧开嘴露出一口洁白的牙齿："灵……灵灵……"

百灵对他露出微笑，这男人却不再说话了，只是将印花布一掀，露出里面满满的鲜枣子，诱人的甜香冲进百灵的鼻孔。

年轻男人将篮子往她面前一送，眼里闪着光泽。

"耀桉小子，你来了？"轮椅上的阿婆笑着问。

"白……奶……奶……"年轻男人口齿不清地喊了几个字，接下来有些不好意思地挠了挠后脑勺。

"这是送给我的吗？"百灵指着竹篮问。

张耀桉立即点点头，激动得连鼻尖都冒出了汗，两只手在空中比画着，嘴里呜呜哇哇，不知道想要说什么。

百灵从他的眼神里能猜出来，他和武灵灵关系匪浅，说不定是好朋友什么的，当下就笑着说："没事，你慢慢比画，别着急。"

她的声音轻柔，张耀桉听了兴奋得脸通红，过了一会儿，他突然想到

了什么,一下子拉起了她的手。

旁边的白思明脸色一沉,幽沉的目光向张耀桉投射过去。

张耀桉丝毫没有感受到白思明带有威胁性的目光,他伸出食指在百灵的手心里一笔一画地写着什么,脸上的表情极为专注,而百灵也没有抽回手,只是目不转睛地盯着他比画,嘴里还跟着轻轻地念着。

这边两人一笔一画写得专注,那边白思明早已按捺不住怒火,他大步走过去,从张耀桉手里一把拿过竹篮,又转头对百灵说:"别忘了你的身份!"

说完,他走过去拉起慕宁的手,提着篮子大步走开了。

其他几个人都看着他的背影出神,半响之后,老邱嘿嘿一笑说道:"大少爷还是顾着大少奶奶,走时都不忘把枣提上,谁不知道大少奶奶之前最喜欢吃村里大枣树上结的鲜枣子啊!"

百灵听了一愣,她还没有注意到这一点,原来白思明也有这样细心的时候。

他心里始终念念不忘的,还是武灵灵啊!

武灵灵的每一个喜好,他都记得清清楚楚;她用过的东西,他都不允许别人触碰。

张耀桉写在百灵手里的字很好辨认,是告诉她鲜枣子绿的比较脆甜,也没有什么特别的话。

百灵看懂了,又跟他重复了一遍,他这才点点头,犹豫了一下,也没再说什么,有些不知所措地搓着手离开了。

百灵注意到,他跟她说话的时候,耳根都在微微发红,她心里不禁想到,这个叫作张耀桉的男人,是不是一直喜欢武灵灵?

从他一脸天真纯净的表情看,他并没有注意到白思明的敌意,只是听说她回来了,便立即欢喜地想要把她最喜欢的东西送给她。

也许只要看到她收下,他就满足了。

然而白思明在气什么？他如果真的因为张耀栊对她示好而生气，那完全没有必要，因为她只是一个为了条件交换而临时扮成武灵灵的女人。

张耀栊离开之后，百灵推着阿婆继续往前走，阿婆却不愿意沿着原来的路线走了，她顺手往某个方向一指，引着百灵往另一个方向走去。

穿过一片错落有致的屋宇之后，视线逐渐开阔起来，道路的尽头出现了一座独立的小房子。

白色的墙壁、黛色的瓦，生在墙角的青苔像姑娘白裙子上绣的墨绿色裙边。

阿婆和百灵在小屋门前的空地上停了下来。

"这是什么地方？"百灵有些疑惑地问道。

"咱们进去看看。"阿婆笑眯眯地说。

百灵只好推着她走了进去，刚一进门就有一股旧木的味道扑面而来，在略暗的光线里，她看到屋子里整齐地摆着几排小椅子，椅子的正前方却空空如也。

好像有什么东西在百灵心里轻轻一揪，她放开轮椅，不自觉地走上前去，蹲下身子细细察看。

这里不是一直空着的，之前曾有东西摆放在这里。

从地上的印记来看，应该是一架钢琴。

3.

"是不是觉得这里很熟悉？"阿婆的声音在身后响起。

百灵浑身一凛，忙转回头去看着她。

"不记得了吗？这是你之前带着孩子们唱歌的地方呀！"阿婆混浊的眼睛里似乎有了一丝光亮，"你没嫁到白家之前，是旁边村子里的一位小姐，你爸爸是当地的乡绅，虽然你是个女孩，他却一直对你疼爱有加，还特地请了个西洋先生教你学音乐。你长大以后，就在附近几个村子里教孩子们

唱歌,也是那个时候吧,阿明就喜欢上你了。"

百灵睁大了眼睛,一幕幕情景在她脑海里浮现出来,似乎是想象,却又无比真实。

"最初这间房子很破旧,有一次雨天漏了雨,傻小子张耀桉就连夜帮着修了屋顶。后来阿明知道了,找了几个人把破房子直接拆了,重新盖了一间,就是现在你看到的这个。"阿婆咂了一下嘴巴继续说,"后来他又跑来跟我说,要买一架钢琴,当时我心里就纳闷,他一个从小不唱歌的人怎么想起来买那种洋玩意儿?后来才知道,他是给你买的……"

百灵的呼吸猛地一紧,一阵强烈的窒息感传来,身子一晃,扶着旁边的椅子颓然坐了下去。

"后来我托人花了不少大洋买了一架回来,他就把钢琴放到你教唱歌的房子里,从那时候起,这孩子就彻底迷上你了……"

"阿婆,别说了……"不知道为什么,百灵只感觉自己的头剧痛无比。

"是不是想起什么来了?"阿婆自己推着轮椅过来,枯瘦的手放在她肩膀上,"阿明认准了你,他一定要娶你,任谁也不能对你有什么想法,所以对又傻又天真的小子张耀桉,他是最提防的。后来他又做了件惊人的事,把老宅子外扩,直接把这座房子围在里面,只有学唱歌的小孩子们可以进出……呵呵,这孩子,做起事来一直这么任性,再后来你们成了婚,那架钢琴就被搬到白公馆去了。"

百灵的身体轻轻一颤,白公馆……二楼卧室里的钢琴,果然,她没有猜错,那就是武灵灵的卧室,是她和白思明曾经一起居住的房间。

怪不得他不允许任何人碰那架钢琴,包括她!

一阵锥心的刺痛直传到心底,百灵猛地站了起来,努力平复了一下情绪,说道:"阿婆,我送您回小院吧。"

"好。"阿婆不动声色,笑眯眯地点点头。

百灵把阿婆安顿好，转头去找慕宁，慕宁正在一片草地里玩耍。

百灵走过去问："慕宁，爸爸呢？"

"娘，吃甜枣！"慕宁从口袋里掏出两枚枣子来递给她，眼里闪着亮晶晶的神采。

百灵接过枣子咬了一口，甜丝丝的味道浸满了唇舌，她笑着在慕宁身边坐下来，问道："你叫我娘，有没有觉得有点别扭？"

慕宁毫不犹豫地摇摇头："我觉得你就是我娘。"

百灵微微一怔，捏了捏他的脸颊，嗔怪道："乱说。"

"娘，你想不想知道爸爸在哪儿？"慕宁朝她勾勾手指头，"我告诉你。"

百灵只好把头凑过去，慕宁趴在她耳朵边上说了一句话，她听后惊讶地看着他。

"他真的在生气？"她问道。

慕宁一脸认真地点点头。

百灵把剩下的半颗枣放进嘴里，站起来说道："我去找他。"

慕宁说的浅草河在村子的最东面，百灵找到那里时，天色已经暗沉下来，周围有些荒凉。

"白思明！"百灵一边在河边的羊肠小道上走着，一边大声喊着他的名字，一是为了能快点找到他，二也是为了能给自己壮壮胆。

然而走出了约莫二里地，也没有看到一个人影，百灵有些着急，又不甘心就此返回，只好壮起胆子继续往前走。

身边的野草丛虽然不高，却越来越密，直到厚得像一堵围墙，看不到草丛另一边的景象。

百灵一边往前走一边留意着周围的动静，就在这时，她听到草丛里响起窸窸窣窣的声音。

她的后背上渗出一层冷汗，停下脚步细听，那声音就消失了，但一开始走，声音就又响起来。

"谁在那里?"百灵猛地拨开草丛大喊一声,却只看到草叶子在晃动,一个人影都没有。

她低头往地上一看,身体不由自主地打了个哆嗦,一小块浅色的布片挂在低矮的荆棘枝上,布片边缘明显有被撕扯过的痕迹。

百灵一眼就认出来,这块布是白思明衣服上的。

"思明,白思明!"她提高了音调大声喊,"你在哪儿?"

"快点出来!"

"别吓我!"

一阵冷风吹来,百灵觉得脸上凉飕飕的,伸手一摸,这才发现自己流泪了。

她不顾一切地往前跑去,手臂被荆棘枝划出一道道伤口也毫无察觉,此刻她心里只有一个念头:白思明出事了,她必须找到他!

跑了一会儿,眼前的道路越来越窄,直到完全埋没在草丛中。突然,一道粗黑的野树枝横拦在前,百灵收不住脚步,惊叫一声,身体往前摔了出去。

"砰"的一声,应声落地的那一刻,她眼前一黑,失去了知觉。

……

不知道过了多久,百灵的耳边响起一阵"噼噼啪啪"的声响,她努力睁开沉重的眼皮,看向声音传来的方向。

那里有一片耀眼的火光,跳动的火焰旁边坐着一个人,面容清隽却带着冷漠的气息。

"思明……"百灵赶紧坐起身来,却感觉一阵头痛欲裂,只好重新躺了下去。

她身上盖着一件外衣,是他的。

"刚才叫我什么?"他的目光从火苗上转过来,饶有兴致地看着她。

百灵咬了咬嘴唇,这都什么时候了,他还有心情关心这个!

"白思明，"她说道，"你究竟去哪儿了？"

她的目光看向他的衣角，那里果然少了一块，不过衣服的其他地方倒还完好。

"没什么，不过出来走走。"他若无其事地一笑，接着朝她俯下身来，"你就这么担心我，急得都摔晕过去了。"

"你……"百灵又急又气，"你的衣服怎么回事？"

白思明低头看了看，一脸无所谓的表情："没事，被荆棘枝扯下去一块。"

他又补充了一句："没什么大不了的。"

然而这一句却让心细的百灵再次疑心起来，她借着火光细细地打量着他，很快就发现他左肩处有摩擦的泥土污迹，左边手肘处也脏了，鬓角处似乎还有细微的擦伤。

"你……"她想开口问，却注意到他变得异常幽深的目光，只得把到嘴边的话改了口，"我们这是在哪儿？"

白思明看了她一眼，说道："你忘了？秘密山洞里。"

"秘密……山洞？"

白思明朝前一倾身子，手一伸把她拉了起来，眼神幽暗深邃："你不记得了？"

"我又没来过，怎么会记得？"百灵嘟囔了一句，心里一阵失落。

这家伙又把武灵灵的事情往自己身上安了。

"我记得。"白思明的表情带着几分危险，声音低沉喑哑，"想不想知道以前在这里发生过什么事情？"

百灵不想听他和武灵灵的故事，但她仿佛被他深潭般的双眸吸了进去，看着他俊逸的脸庞，一时竟然无法移开视线。

"七年之前，也是和今天一样的夜晚，我和她来浅草河边溜达，没想到天突然下起了大雨，我们没处避雨，正好发现了这里有个山洞。"白思明的嘴角微微翘起，仿佛想起了非常美好的事情，"我在山洞里生起了火，

176

烤干了两个人的衣服，还顺便烤了两个偷来的红薯，这一顿饭吃得比任何山珍海味都香甜。"

百灵聚精会神地听着，心里升起一丝小小的嫉妒。

为什么这些美好的回忆都是武灵灵的？

"后来呢？"她问。

"后来？"白思明弯唇一笑，"我和她在这个山洞的墙壁上刻了字，你来摸摸看。"

说着，他拉起她的手，往旁边的洞壁上摸去。

那里果真有字，百灵睁大了眼睛，认出来那四个清秀的小字：至死不渝。

她不由得愣在那里，看着洞壁脱口而出："真羡慕她啊！"

"什么？"

"啊？"百灵赶紧别过目光，"我没说什么。"

"我听见了。"白思明的眼神微微一变，将她的手拉开，反扣到洞壁上，薄唇不容反抗地压了下来。

4.

这次百灵却没有反抗，相反，她的心里还有一点点渴望。

身后是冰凉的洞壁，面前是温热的身体，她的意识也在清醒和沦陷中游移。

她的一只手被他反扣在壁上，另一只手不自觉地攀上他坚实有力的腰身，突然间，她摸到他后腰处一阵湿凉，顿时惊了一下，一把推开他问："这里怎么了？"

让她更加吃惊的是，白思明的脸色异常苍白，像是强忍着巨大的痛楚，她赶紧俯下身去查看他的身后，却被他按住了手。

"你流血了！"百灵心里一惊，不顾他的阻拦一把拉开他的衣服，殷红的鲜血已经浸透了一大片衬衫，红得触目惊心。

"你怎么受的伤？"她手指颤抖着拿出自己的手绢给他捂在伤口上。

白思明勉强一笑，身体无力地靠在洞壁上："现在别管这个了，有没有……吓到你？"

吓到她？百灵心里的震惊简直无法形容，强忍着巨大的伤痛不说，刚才还……对她做出那样的事，这世上怎么会有这样的人？

她迅速转过身背对着他："上来，我背你回去。"

"你？"白思明一笑，伸出手来开玩笑似的拍了拍她纤弱的后背，"我打赌你背不出十步远，不，五步。"

百灵瞪了他一眼，都这时候了，他还有心情开玩笑！

想了一下，她迅速做出了决定："在这里待着，我很快叫人回来。"

白思明看着她，眼神异常柔和："好。"

她刚要转身，却又被他一把拉住，一回头，见他正艰难地想撑起身体。

"干什么？"百灵问道。

"再吻我一下。"他拉着她的手，又指了指自己的唇，语气竟像撒娇，"我怕我……见不到你了。"

"胡说八道些什么！"百灵心里又怒又疼，却忍不住软下心来，凑上去在他嘴角上轻轻一啄。

白思明用力回应了她一下，这才靠回洞壁上，嘴角微微上扬，面容却带着深深的倦意："我等你。"

百灵一转身，猛地从洞口跑了出去。

外面天已全黑，墨蓝的天幕上挂着半轮明月，借着这点月光，百灵竟然很快辨认清楚了方向，用最快的速度往村子里跑去。

来时的那些恐惧，早已经被她抛在脑后。

回到白家老宅子里，百灵吩咐两个下人赶紧去请大夫，又叫了几个身强力壮的下人跟自己去浅草河边。

只用了半个时辰，他们就把山洞里的白思明抬了回来。

只不过他已经昏了过去。

白家所在的村子里有一家医馆，是个祖传的老字号，叫作"和一堂"，虽然已是深夜，和一堂的林大夫还是背着药箱子赶了过来。

查看了白思明的伤口之后，林大夫立即开始处理起来。百灵一直守在旁边，看着他有条不紊地给白思明清理伤口、上药、包扎，然后又给他服了一粒药丸，这才停了手。

"大夫，他没事吧？"百灵赶紧上前问道。

林大夫从袖子里拿出一方帕子来擦了擦额头上的汗，背起药箱，对着百灵做了个手势，示意她去外面说。

"白少奶奶，"到了外面，林大夫说，"白大少爷是不是遇到了什么仇家？"

"怎么说？"

"他的伤口是被利刃刺的，伤口不浅，万幸的是没有伤到要害。我刚才看了一下，白大少爷应该是用过了我之前给他配的止血霜，所以血虽然流了不少，但止得也快，刚才我又给他换了药，目前暂时没有大碍，他暂时昏迷也和失血过多有关，等他醒了你们再差个人去叫我。"

百灵听完松了一口气，对林大夫再三感谢，又让下人好好地把林大夫送走。

回到白思明的房间，她遣走了伺候的人，把烛火调暗，自己在他床边坐了下来。

此刻他的呼吸平稳了一些，只是脸色仍旧苍白。

百灵趴在他旁边仔细端详着他的脸，俊逸的面容带着一丝清冷傲慢，却偏偏有时候独独对她显露出一份柔情。

不……不是对她，是对武灵灵。

百灵心里一阵酸涩，她不知道那个武灵灵去了哪里，如果她是武灵灵，她绝不会那样狠心地离开他。

守着守着，一阵困意袭来，百灵闭上了眼睛。

不知过了多久，一阵匆忙混乱的声音把她惊醒了。她一抬头，就看到一个下人慌乱地奔进来说道："少奶奶，芸姨让您赶紧过去一趟！"

"怎么了？"百灵立即站起身来。

"老太太……老太太快不行了！"

"什么？"百灵险些站不住脚，她看了看床上的白思明仍旧没有醒来的迹象，便吩咐那个下人，"你在这里照看大少爷，如果他醒了赶紧着人告诉我！"

"是，大少奶奶！"

百灵赶到时，小院的天井里站了不少人，除了白家老宅的人之外，还有一些村里的族人。

她穿过人群走进屋门，看到床边也站了几个人，都是阿婆最亲近的人，看到她来了，芸姨边拭泪边朝她招手。

"思明还没有醒……"百灵开口道。

芸姨立即会意，说道："阿婆正念叨你呢，你来和她道个别。"

"道别"两字让百灵心里一酸，她在床前蹲下，拉起阿婆枯瘦的手，眼里立即滚出泪来。

虽然她知道自己只是假扮的武灵灵，可是相处了几天，她对阿婆却仿佛有了亲人般的感觉。

"阿婆……"

"灵灵啊，"阿婆微微张了张嘴，眼睛半睁半闭，手指在百灵手心里动了动，"不管你觉得自己是谁，阿明……交给你了，我老婆子说的话……算。"

"阿婆，我记住了。"百灵将她的手背放在嘴边，"后半辈子，我和思明、慕宁在一起，好好地生活。"

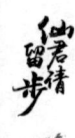

　　阿婆眼里闪过一道释然，嘴角浮现出一丝笑容。突然间，她大口大口地喘起气来，仿佛有什么东西堵住了喉咙，所有人都趴在她床前抓住她的手，片刻之后，她便不动了。

　　屋里屋外爆发出惊天的哭喊。

　　百灵回到白思明屋子里的时候，步履有些踉跄。

　　白思明还在昏迷中，她让下人离开，自己仍旧守在他身边。

　　天色微明，百灵颓然地坐在他的床旁边，心里却愈加悲凉。

　　一会儿他醒了，自己该怎么把阿婆去世的消息告诉他？

　　一想到他将会痛苦万分，她的心就疼痛得无法呼吸。

◆第十一章◆

真相大白

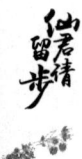

1.

清晨时分，床上发出一点动静，百灵立即抬起头，看到白思明微微睁开了眼睛。

"你醒啦？"她惊喜地坐直身子，"感觉怎么样？"

白思明微微蹙了蹙眉头："还好。"

他盯着她看了一会儿，又问："你怎么了？"

百灵掩饰着一笑，问道："你饿不饿？我让他们熬好了米粥，林大夫说你的伤得好好养着。"

白思明犀利的目光从她脸上扫过，虽不发一言，却看得百灵微微低下了头。

她想拖后告诉他，却也知道那是不可能的。

"思明，"她斟酌着开了口，"昨天夜里你昏睡的时候，阿婆她……走了。"

白思明的脸色骤然一变，胸口剧烈地起伏，像是不认识她似的紧盯着她。

"阿婆走的时候我在旁边，她走得很平静，没有什么太大的痛苦。"

对面的人如同雕塑一般。

"为什么这么突然？"他开了口，声音异常嘶哑。

"芸姨说，本来阿婆的状态就很不好了，这几天突然恢复，像是回光

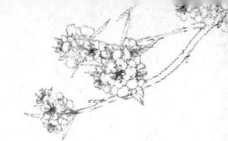

返照一样。"她顿了一下，又说，"总之让她心满意足地离开，比之前那样强。"

"阿婆走的时候有没有说什么？"

"她说，让我们……好好地在一起。"百灵勉强一笑，"阿婆一直觉得，我就是她。"

"知道了。"白思明的声音异常低沉，掀开被子试图站起来，"我过去看看。"

"可你身上的伤……"百灵担心地站起来。

"你扶着我。"他沉声说道。

阿婆小院的天井里，百灵独自站在那里，定定地看着紧闭的屋门。

白思明自己进去的，没有让她扶，就那样硬撑着，一步一步走了进去。

百灵很心疼，但也知道他的执拗，只好在后面看着他。

一刻钟过去了，半个时辰过去了，百灵不知道自己站了多久，直到屋门轻轻一响，白思明慢慢地走出了屋门。

他的脸上看不出任何表情，和进去时一模一样。

百灵赶紧走过去扶着他，两人走出小院，走进一条长廊时，白思明站住脚，说道："陪我去水边走走吧。"

"好。"百灵答应道。

水塘边有些微风，好在百灵出门时给白思明带了一件外套，这会儿正好给他披上。

她从后面给他披上衣服时，白思明低头看了一眼，没说什么。

他的表情越是平静，百灵越是担心，他眼底的痛，她看得一清二楚。

过了一会儿，百灵扶着他在一间小花厅里坐下，白思明顺从地坐了下来，目光看向湖面。

"从小我就是跟着阿婆长大的，"他缓缓地开了口，"一直到成婚，都是阿婆看着我。我和她订婚,也是在这间花厅。"

如同一根尖利的刺扎进百灵的心,阿婆、他、武灵灵……不管她如何努力,过往的那个世界,她永远是局外人。

"思明,"她在他面前蹲下,仰头看着他,"我知道,你永远忘不了她们,但是人总要活在当下,现在这里有我,我陪着你走下去,好吗?"

白思明垂下目光,只见百灵纤细柔软的双手带着些犹豫、羞涩,却又勇敢坚定地从他膝盖上爬上来,轻轻拉上他的大掌,指尖轻柔的摩挲让他心头一颤。

他忍不住微一用力,将她拉起来,让她坐在他身侧,话语直白犀利:"你喜欢上我了,是不是?"

百灵被他一问,眼神里露出慌乱和羞怯,脸颊绯红地低下了头。

"喜欢上我,是很危险的事情,"白思明沉声道,"你没有后悔的余地。"

"我不会后悔。"百灵抬起头,迎上他的目光,接下来,她做了一件她自己都难以相信的事。

她双手揪住他的衣襟,努力仰起脸,吻住了他的薄唇。

他眼里露出震惊的神色,但见她一脸义无反顾的模样,心里倏地软了,原来筑起的高墙一寸寸塌陷,片刻之后,他用宽大的衣衫把她裹在怀里,埋下头去。

阿婆出殡之后,白思明安排好老宅的事情,就带着百灵和慕宁回城了。

车子开往白公馆时正值傍晚时分,一路上白思明都出奇的沉默。百灵注意到,他的眼神随着夕阳西下一点点暗沉下去,等到太阳完全落山时,他眼里的光泽彻底消失了,变得比她第一次见他时还要冰冷。

她心里升起一股不祥的预感,有什么东西好像变了。

果然,白思明回到白公馆的第二天就带着慕宁出门了,整整一个月,他们都没有回来。

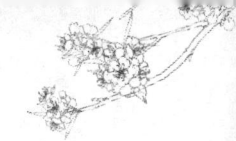

  本来以为这趟回来百灵的地位要发生翻天覆地变化的下人们，又看了一场好戏，百灵重新穿上下人的衣服，继续默默无闻地打扫着二楼的房间，连慕宁也不需要她照顾了。

  百灵对白思明心凉了，但她却格外想念慕宁，连夜里做梦都经常想起他，他一天不回来，她就一天心神不宁。

  这天下午，她提着水桶和扫帚从院子里走过时，肩膀猛地被人撞了一下，"哗啦"一声，手里的东西全都掉在地上，水桶里的污水洒了一地。

  "你怎么回事？"尖厉刺耳的女声在她耳边响起，"走路不长眼睛吗？"

  百灵刚要道歉，抬头一看，是李小玉趾高气扬地站在面前，她顿时冷了面容，蹲下身去仔细地清理着地上的污渍。

  "你是不是不想干了？"李小玉道，"整天跟游魂似的晃荡给谁看？白家怎么会花钱养你这样的行尸走肉？"

  "麻烦你把脚拿开。"百灵蹲在那里，头也不抬，语气平静。

  "我为什么要听你的？你把我的鞋子弄脏了，连个屁也不放？"

  百灵皱了皱眉，她完全没想到，一个如花似玉的女孩子，说话做事竟然可以粗鲁到这种程度。

  "大少爷！"

  不远处突然传来一声恭敬的称呼，百灵和李小玉都吓了一跳，同时转头看向那边。

  面目清冷的男人站在那里，正盯着两人，从他的眼神看，刚才的事已经尽收入他眼底。

  "大少爷回来了？"李小玉毕竟心虚，赔着笑的神情也有些底气不足。

  百灵的目光却越过他，往他身后看去。

  只见他身后空空如也，百灵的心里一沉。

  她站起身来，白思明已经走到面前。

  "大……大少爷。"她低下了头，拿着抹布的手显得无处安放。

他低头看了一眼地上,污渍刚被擦掉一半,他皱了皱眉:"从现在开始,把院子里的地面全部擦一遍。"

百灵惊讶地抬起头,他却转身大步走开了。

等他的背影一消失,小玉立即抿着嘴凑过来,小声说道:"你以为你是谁呀?草鸡变凤凰吗?大少爷不过拿你消遣几天,新鲜劲过去了,你就连草鸡都不如。"

百灵定定地看着前方,像是没听到小玉的话一样,过了片刻,她突然蹲下身,使出了全身力气擦起地面来。

擦完地面,天已经全黑了,百灵没有赶上下人们开饭的时间,却也顾不上饥饿的感觉了,直奔阿香住的屋子而去。

阿香正在收拾东西,看到她之后有些惊讶。

"百灵……小姐。"阿香的语气依然尊敬,百灵听起来却有些别扭。

"阿香姐,你以后不要这样称呼我了,会引起别人的误会。"百灵勉强一笑,继续说,"我有些事想问你,你能不能和我出去一下?"

阿香知道同屋的下人在多有不便,就跟着百灵走了出来。

两人到了院子里的一个僻静之处,百灵问:"阿香姐,你知不知道小少爷去哪儿了?"

"小少爷……"阿香的脸色一变,"你就别问了,小少爷不会再回白公馆了。"

"为什么?他去哪儿了?"百灵焦急地抓住了阿香的手。

"这个我也不知道,我只是听人说,大少爷把他送走了,具体送到哪里没有人知道,反正不会再回来这里了。"阿香说完就要走,却被百灵一把抓住了手腕。

"阿香姐,你告诉我,白少奶奶——就是武灵灵,她究竟发生了什么事?为什么白公馆上下都对她讳莫如深?"

阿香抬起头,惊恐地瞪大了眼睛,她突然一把甩开百灵的手:"你别

问我,我什么都不知道,你放我回去吧,别再跟我打听她的事了……"

说完,她猛地推了百灵一把,朝着来时的方向跑回去了。

2.

一连十余天,百灵都没有见到白思明。与此同时,她内心的惊惧也越来越深,想到可能再也无法见到慕宁,她的心就如同被剜去一块肉般疼痛。

她也不知道为什么,对这个孩子这般牵肠挂肚,仿佛……那是她的孩子一样!

这天夜里,她又做起了噩梦,惊醒的时候,她用被子蒙着头,把尖叫声都捂在了被子里,浑身却已经被冷汗浸透。

她梦见慕宁在一个荒野里,天色暗沉,四下里空无一人,慕宁眼里带着恐惧,一边跑一边喊着"娘"……

她在他后面猛追猛喊,却怎么也追不上、喊不应,就好像和他在不同的世界一样,她看着他小小的背影,心如刀绞。

百灵醒了之后就睡不着了,她穿上衣服,决定到外面走走。

外面夜色清冷,她裹紧了衣服,走到舞梦楼下面时,不经意间抬头一看,发现二楼的房间里竟然亮着灯。

那是最东头的卧室,她负责打扫的房间,也是武灵灵曾经住过的地方,这会儿怎么有灯光?

百灵心里疑惑,想也没想就往楼里走去。

昏暗的走廊上没有一点声息,她走到卧房门口,发现房门是虚掩着的。

百灵鼓足勇气,推开房门。

室内只开了一盏壁灯,光线昏黄,将一个人的身影拉得很长,从地面延伸到墙壁上。

白思明坐在钢琴旁边,一只手支着额头,像是睡着了。

百灵看到他,心里一股复杂的情绪涌起来,她想退出去,但见他只穿了件单薄的衣衫，又忍不住走过去，把搭在旁边的外衫给他披在身上。

刚走到门口，身后响起一道清冷淡漠的声音："等等。"

百灵身子一僵，站住了脚。

"既然来了，就坐一会儿。"他说，"之前答应了你，告诉你一件事情的真相，现在可以兑现了。"

百灵的手从门把手上松开，转过身去面对着他："你究竟是怎么受的伤？"

听了她的话，白思明把头抬起来，目光有些惊讶："你这么关心我？给你一次机会，你就问这个？"

见百灵不答，他又收回了目光："是一个老仇人了，跟你没有关系，这个问题可以跳过，再给你一次机会。"

"慕宁呢？"百灵又问道。

"慕宁，"白思明开了口，"不会再回白公馆了，我把他送走了。"

"为什么？"百灵往前走出一步，"你之前把他交给我照顾，他也喜欢和我在一起，你再把他送到别处去，不是又让他孤苦无依？"

"在你来之前，他不是一直这样吗？"白思明的眼神异常冰冷，"他从小就是孤孤单单过来的，你难道不知道？你现在想来拯救他？晚了！"

"为什么晚了？"百灵毫不退让，"他现在正是需要爱的年纪，我可以给他！"

"给他什么？你的母爱？"白思明冷笑一声，"你会吗？你也配？"

百灵的身体猛地哆嗦了一下，他的话如同一把利刃扎进她的心里。

"我是十里洋场的歌女，身份低贱，但我从来没有看轻过我自己。"百灵一字一句地说，"在白公馆，我只是个下人，但是我比你白大少爷更了解慕宁需要什么，我不能再看着你抛开他不顾。"

"那你又想怎么样？"白思明语带嘲讽。

"不管你把他送到哪里，我都会找到他！"

不等白思明再说什么,百灵转身就从卧室跑了出来,木门"砰"的一声关上,把他冰冷的面孔关在了身后。

原来是她太过天真,这身份的差别,真是挡在他们之间不可逾越的鸿沟。

她以为他不在意她是歌女,她以为他真的想让她接近慕宁,原来这一切,不过是为了在回老宅的时候找一个掩人耳目的替身,一块遮掩住白公馆跑了少奶奶的遮羞布!

她自始至终不过是他的一枚棋子、一个工具而已。

她当初选择到白公馆来是为了什么?就是想接近他,打探自己忘掉的身世。然而事到如今,她心里唯一关心的,却是那个孩子!

百灵回到自己住的地方,在床上坐到天色将明,她站起来摸出纸笔,写了一封信。

信是写给扈哥的,她知道他混迹于各个阶层,也许有渠道打听出白思明将慕宁藏在了哪里。

她把写好的信用蜡封上,又拿出一枚贴身戴着的玉坠,一起交给了老梅。

白公馆的下人都知道老梅,他常年负责白公馆的采买,谁有什么私人信物想要交给外面的亲朋,都让老梅代为转交。

老梅从来没有收到过这么贵重的转交费,看到百灵用蜡封得严严实实的书信和极其隐秘的地址,他郑重其事地揣进了怀里。

百灵知道她的信一定能转交出去,如果这一单生意做不成,老梅在白公馆的这碗饭也别想端了。

经过了十天漫长而难熬的等待,老梅终于将回信带给了她。百灵小心翼翼地把信卷起来揣在袖子里,直到四下无人时才敢打开。

字体遒劲,是她熟悉的笔迹,但信里的内容却让她心里一震。

"放心,我会让他妻离子散,家破人亡。"

百灵的手一哆嗦,扈哥信里指的人究竟是谁?

她突然想到，扈哥一直喜欢自己，从她失忆后流落街头到来白公馆之前，都是他在照顾她、帮助她，他虽然没有表明过心意，但她也不是看不出来。

他是想要报复白思明吗？

想到这种可能性，百灵禁不住颤抖了一下，她把信一扔，跑了出去。

外面不知道什么时候下起了大雨，百灵跑向了舞梦楼，楼里亮着灯，但是哪个房间里都没有白思明。

百灵揪住在过道里经过的一个下人问："你看到大少爷了吗？"

她浑身湿透的样子把那个下人吓了一跳，手哆哆嗦嗦地指向大门的方向："大少爷……马上要出门……"

没等他说完，百灵松了手，转身往楼下跑去。

大雨滂沱中，她看到有车灯一闪，白思明的黑色轿车正穿过巨大的雨幕往大门处驶去。

"等一下！"百灵朝着车身的方向狂奔，然而雨声太大，车窗紧闭，他根本听不到她的声音。

眼看汽车就要驶出大门，百灵不顾一切地冲到车头正前方，伸开了双臂。

"嘎！"

一声尖厉的刹车声响起，车头堪堪停在她身前不到一寸的地方，黑中带银的车头犹如一只怪兽的大口。

煞白的车灯光里，司机吴李子已经吓傻了眼，坐在那里一动不动。

后车门猛地一开，一个浅色身影从雨帘中冲过来，一把攥住她的手腕，眼神里的怒火燃得可怕："你想死吗？"

百灵看清了面前的人，一把抓住他，喊道："思明，我有要紧事告诉你！"

白思明不听，一把甩开她的手，转身往车门处走。

百灵心里一急，上前扯住他的袖子，质问道："你究竟把慕宁藏到哪儿去了？万一他有危险怎么办？"

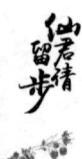

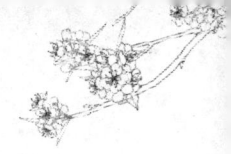

白思明一转头，凌厉的目光打在她脸上："谁也不可能动慕宁半根头发！"

"不，你不知道……"百灵还要再说，却觉得自己的手被拉开，眼睁睁看着冷漠的男人头也不回地坐进了汽车。

车门关上后，黑色汽车驶出了院门，百灵的身体颓然倒在地上。

3.

当天夜里，百灵也离开了白公馆。她在大雨里深一脚浅一脚地走了很久才坐上了一辆黄包车，直奔向安海。

天色尚早，大半条街都关着门，只有一些平头百姓为了生计早起奔忙。百灵找到自己之前唱歌的歌舞厅，轻车熟路地从后门绕了进去。

歌女们都睡得晚起得也晚，这会儿楼道里静悄悄的，百灵走到一扇门前，抬起手指轻轻地叩了两下。

过了好一会儿，门才从里面打开，睡眼蒙眬的圆脸姑娘郭阿碧出现在门后。

"谁呀？这么早……"郭阿碧刚一开口，就被百灵推着退了回去。

"哎，你干什么……百灵！"郭阿碧又惊又喜，"你怎么回来了？你不是……"

"嘘！"百灵把食指放在唇边，看了一下外面之后，她悄声问，"阿碧，扈哥在不在？"

"扈哥？"阿碧说，"在呀，昨晚我们夜场到半夜才散，扈哥估计现在还在睡觉吧。"

"你帮我去找他，就说我在你这里，让他过来一趟。"

"啊？"郭阿碧有些不情愿，"百灵，大清早的我去敲扈哥的门合适吗？扈哥那人脾气不好，而且要是被别人看到了，还以为……"

百灵将几块大洋塞到她手里，恳求道："好妹妹，我确实有要紧事，求你了……"

郭阿碧看着手里的大洋,咬了咬唇说道:"百灵,钱你拿回去,我帮你就是了。"说完,她把大洋推给百灵,自己打开门往外看了看,然后走了出去。

百灵在阿碧的屋里忐忐不安地等着,终于听到门"咔哒"一响,她的心也跟着一抖,赶紧抬头往门口看去。

郭阿碧自己回来了。

"屋里没人。"她一摊手说道。

"扈哥出去了?"百灵问道。

"不应该呀!"郭阿碧说,"昨天散场都半夜了,而且扈哥平时也没有早起的习惯呀!他的被子还叠得整整齐齐的……"

"你说什么?"百灵一凝眉,接着若有所思道,"他昨晚没有回来。"

"啊?"郭阿碧一脸疑惑,"你怎么知道?哎,你去哪儿?"

她的话还没说完,百灵已经拉开门冲了出去。

百灵刚跑出门,旁边忽然闪出来一个人,高挑的身材,姣好的面容,只是眼神里带着一股戾气。

百灵心里一沉,真是怕什么来什么,居然遇到了岚梦!

她只想快点离开这里,就绕开岚梦往前走去,谁知岚梦却不依不饶,细长的胳膊将她的手臂一拽,嘴里却笑道:"哟!快看看这是谁回来了?这不是前一阵跟着白大少爷去了白公馆的百灵小姐吗?这是被赶出来了吗?怎么成了这么一副灰头土脸的模样?"

"我有急事,有话回头说。"

"急事?"岚梦嘲讽地一笑,"你能有什么急事?跑了男人还是跑了孩子啊?"

"让开!"百灵猛地将她的手一甩,"没有时间和你纠缠。"

岚梦冷不防被她甩了个趔趄,脸色一变,怒气冲冲地扬起巴掌朝她扇

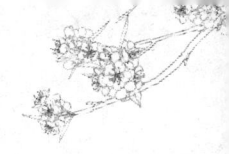

了过来。

百灵侧身要躲,身后却恰好是一堵墙,眼看就要被岚梦打到,斜刺里突然伸出一只手来,紧紧地制住了岚梦的手腕。

两人都吃了一惊,转头看过去,竟然是经常和白思明一起在安海喝酒的一个公子哥——赵富宫。

"赵公子?"岚梦立即换了脸色,笑得一脸明媚,"这么早,您怎么来这儿了?想喝酒晚上让岚梦陪你啊……"

赵富宫脸色有些阴沉:"看清楚了这是谁的人再动手。"

岚梦看了一眼百灵,不服气地一笑:"没想到一个没名头的小歌女,让两位大少爷都护着啊!"

"明白这点,说明你识相,赶紧滚开!"赵富宫说道。

岚梦眼里闪着不甘的怒火,胸口起伏两下之后,转身愤然离开了。

"谢谢你。"百灵道了声谢。

"要去哪儿?"赵富宫看着她有些狼狈的模样,"你这是背着思明自己跑出来的吧?"

百灵听了点点头,又问道:"赵公子,你能不能帮我一个忙?"

"什么?"

"送我去大青峰。"

"大青峰?"赵富宫一皱眉,"那不是一片废墟吗?你去那里干什么?"

"找个人,我知道他在那里,拜托你了,十万火急。"百灵用恳求的眼神看着赵富宫。

"跟我来吧。"

赵富宫的车子从城西开到城东,来到一片未建成的厂房废墟前,这里空无一人。

看到百灵要下车,赵富宫将她一拉,问道:"你要去这里面找谁?用不用我陪着你？"

百灵心里一阵感激，摇摇头说道："赵公子，如果你能见到思明，就告诉他，他要找的人在这里，多谢了。"

她在赵富宫惊讶的眼神里下了车，朝着废弃厂房里面走去。

身后，赵富宫盯着她的背影看了一会儿，然后发动了汽车，掉头飞驰而去。

地上都是碎瓦砾，有些颇为尖利，百灵却迅速辨出方向，很快就来到一座破楼前。

她来的一路上一直抖着自己的香粉包，极细的白色粉末撒了一路，一般人未必能看出来，但是他一定可以，因为这包制作工艺上乘的香粉是他送给她的。

他一定能找到她。

走进破楼，百灵听到一阵窸窸窣窣的声音，她踩着满是碎石砂土的楼梯走了上去。

二楼是一个全通开的大平板，目及之处全是一堆堆废弃的砖瓦，百灵的视线扫视了一圈，终于发现了角落里的两个人。

她的心不由得一揪。

身材粗壮、皮肤黝黑的男人坐在几块破砖上，旁边有一口巨大的锅，明黄的火苗舔着锅底，燥热的气息连百灵都能清晰地感觉到。

紧挨着锅的地方吊着一个吊床，里面睡着……不，是用粗麻绳绑着一个小小的身躯，正是慕宁！

他闭着眼睛，不知道是睡着了还是……

百灵完全不敢想，抖下了香粉包里剩的所有粉末之后，她大步走上前去。

听到脚步声，破砖上坐着的男人抬起了头。

看到他的面容，百灵不禁吓了一跳，不过分别两个多月，眼前的男人好像变了个人似的，面容憔悴，颧骨突出，眼窝深陷，形容恐怖。

"扈哥……"百灵叫出了声,满眼都是震惊,"你怎么成了这个样子?"

"你来了?"他声音低沉地开了口,"为了这个小崽子来的吗?"

"不,为了你。"百灵轻声说道,走到他对面坐了下来。

扈哥鼻子里哼了一声,脸上露出嘲讽的笑容:"你还会顾及我?"

"我当然会顾及你。"百灵说,"六年前,如果不是你在这里救了我,我早就饿死在街头了。"

扈哥看了她一眼,没有作声。

"扈哥,我想问你一个问题。"百灵看着他说,"在救我之前,你到底认不认识我?"

"认识又怎么样?不认识又怎么样?"扈哥说道,"你看上的男人不珍惜你,你就不能跟着他,他就得死!"

百灵的双眸一动:"我之前……看上了谁?"

扈哥没有直接回答她,眼底却慢慢地升起一股恨意:"就是今天,我会让他生不如死。"

百灵心里一沉,扈哥绑了慕宁,针对的人只有一个,就是白思明。

果不其然,她的过往是和白思明有关系的,她心里的那团疑云急速扩大。

"扈哥,你是不是因为我去了白公馆而对白思明心生怨恨?"她问,"白家在这里立足多年,消息灵通,我去白公馆的目的就是想从他那里知道我的身世。如果你当初把你知道的真相告诉我,我又怎么会去白公馆?"

顿了一下,她又道:"不管你对白思明有什么恨,都不要动慕宁。"

"为什么你直到现在都护着他?"扈哥将手里的东西往地上一砸,眼里冒出怒火,"你知道他当初是怎么对你的吗?他害得你险些丢了命!"

百灵的手心默默地攥紧了,她目不转睛地看着扈哥:"直到现在,你还是不肯告诉我真相吗?我究竟是谁?我和他,还有那个武灵灵,究竟是什么关系?"

4.

"你就是武灵灵。"

一道低沉的声音从身后响起,却犹如一道惊雷,炸响在百灵的头顶。

她震惊地回过头,楼梯口处,高大的身影站在那里,目光凌厉。

"你在……说什么?"百灵睁大了眼睛。

"六年前,你生下慕宁就消失了。"白思明说道,"一个月前,我在安海见到你第一面,我就认出来你是她。"

"所以,你把我带回白公馆,让我见到慕宁……"百灵喃喃,"但你为什么……"

"为什么把慕宁送走?为什么那样对你?"白思明步步逼近,"这要问你自己!六年前,你生下孩子不辞而别,六年后却和别的男人出现在一起?武灵灵,我没有想到你是这样的女人!"

"我……"百灵无可辩解,脑子里犹如一个走马灯在飞速旋转,她痛苦地闭上眼睛,只剩下无力辩解,"我没有……没有……"

"你凭什么指责她?"扈哥一个箭步冲过来,扶住百灵摇摇欲坠的身体,抬头瞪视着白思明,"当年她生孩子的时候差点难产死了,那时候你去哪儿了?你还在十里洋场花天酒地吧?当年她要是留下,这会儿早死了!"

白思明一怔,上前抓住扈哥的衣领,眼里射出一抹厉光:"你说什么?她难产?当时不是请了医院的助产士?助产士什么也没说!"

"跟一个只顾自己吃喝玩乐,不管女人性命的禽兽有什么好说的?"扈哥道,"我带走她,就是想让她忘掉一切,没承想六年之后还是遇见了你!"

"是你带走了她?"白思明低沉的声音仿佛从喉咙里挤出,听起来十分恐怖,"你让她失了忆?"

被这些旧事刺激,百灵纷乱如麻的脑子里闪现出一个恐怖的画面:惨白的日光灯下,穿着白色衣服戴着严密口罩的人在她正上方低头看着她,目光里有一丝怜悯和心疼:"灵灵,忍一下,你很快就能把这些痛苦都忘掉。"

手臂上一阵钻心的疼痛袭来,接着仿佛有无数根钢针扎进头里,她耳朵里都是自己痛苦的尖叫……

百灵抬起头来,眼里都是震惊:"扈哥,是你给我注射了药剂,让我忘了一切?"

"你可知道我为了找这种药花了多少工夫?"扈哥嘲讽地一笑,眼神却十分冷冽,"只有忘了一切,你才能摆脱痛苦。这六年我悉心照顾你,对你哪里不好?你却怎么也恢复不成以前开开心心的模样,都是这个禽兽害了你!后来你执意要跟他走,可你知道他要对你做什么?他要让你离不开这小崽子,再把这小崽子送到一个你永远找不到的地方,让你痛不欲生,他要报复你!"

犹如当头棒喝,百灵转头看向白思明,表情茫然而痛苦。

这就是她从十几岁就喜欢的男人,现在却想一步步把她推入深渊?

白思明也抬起眼,错愕、惊惧、痛苦各种情绪在眼底交杂,他往前走出半步,双手情不自禁地往前伸出,声音嘶哑:"灵灵,我……"

就在此时,吊床上被绑着的慕宁发出一声哭喊。

百灵连忙转头看去,慕宁正挣扎着往下爬,他身子底下紧挨着那口大铁锅,头顶的绳结眼看就要挣开,一旦掉下去打翻大铁锅,后果不堪设想!

"慕宁!"

百灵惊叫一声,猛地奔过去朝慕宁的方向一扑,双臂搂着他倒在地上。

如果开水要浇,那也应该由她这个没有尽到责任的母亲来承受。

两人刚一倒地,百灵感觉后背上又是一沉,一双坚实有力的手臂把她和慕宁都护在身下,紧接着耳边传来"哗啦"一声响,身上的人发出了痛苦的闷哼,身体跟着剧烈颤抖起来。

百灵惊慌地抱着慕宁坐起来,见白思明后背已经被开水烫伤,身体痛苦地蜷缩着。

"爸爸!"慕宁跑过去抱住他的胳膊哭喊,"你是不是很疼……我让吴李子叔叔送你去医院……"

白思明忍着痛抓住慕宁的手,另一只手朝着百灵伸了过来,百灵没有犹豫,伸过手去和他握在一起。

"灵灵,六年前,我父母在外地遭了意外,我去处理丧事,把快生产的你留在家里,没想到回来之后一切都变了。"白思明眼神里满是痛苦,"父母走了,你也消失了,只留下刚出生的慕宁在那里。我想了你六年,也恨了你六年,想见到你之后狠狠地报复你。没想到再见到你,却发现我对你的爱怎么也控制不住,就像是深入骨髓一样。"

百灵的手捂在嘴角,泪水控制不住地滚落下来。

"这六年,你也吃尽了苦头。"他继续道,"从今往后,不管发生什么,我们一家人都要在一起。"

"好。"百灵握紧他的手,想要把他拉起来,"你忍一下,我马上背你出去。"

"灵灵,我现在……不太好受……"白思明无力地低下头,额头枕在手背上,"像有什么东西回到我身体里了……"

"思明,你怎么了?"百灵惊慌地抱起他的头,"你看着我,清醒一点!"

白思明勉强睁开眼睛看着她,苍白的笑容让她心里一揪:"灵灵,我好像在天上……见过你,你是天下第一武者,我向你坦露心迹,你没有拒绝,我邀你在云水天池见面,想把自己的贴身之宝作为定情信物送给你,可是那天,我失约了,然后……然后……"

"思明……你在说什么?"百灵一脸震惊地伸出手,想要触碰他俊逸的脸庞,却觉得怀里人身体猛地一僵。

白思明的眼睛直直地看向扈哥的方向,手指颤抖着抬起,却又无力地垂了下去。

"思明……思明!"百灵心如刀绞,转头看向扈哥,只见他面目狰狞,眉心一道模糊的印记一闪即逝。

"你对他做了什么?"她声嘶力竭地喊,"你为什么要害他?"

"我这是在救他。"扈哥的声音完全变成另一个人,目光阴沉恐怖,"自从他遇上了你,就坏了我立下的规矩,几次三番想要和我对抗。我乃主位,若敢不服从于我,我会让他抽筋剥骨,永除仙位!"

"抽筋剥骨,永除仙位!"

百灵的眼前白光一闪,周围的一切瞬间消失,只有这句话不停地在她耳畔回响。

◆第十二章◆
白总你好

1.

"不要!"武灵灵猛地坐起身来,全身被冷汗浸透。

"六妹!"有人按住了她的肩膀,手上的重量让她的心沉了回去。

"大哥,"武灵灵平复了一下情绪,眼望前方喃喃,"这一世又结束了。"

倏地之间,她又抬起头:"我还有几次机会?"

贪狼星君的眸光一沉:"一次。"

"老六你别灰心,下次兄弟几个都下去帮你,绝不会再让那个司命得逞!"破军一拍桌子,站起来说道。

武灵灵缓缓地摇头:"不是他。"

"什么意思?"一向心思缜密的巨门星君眼中投来疑惑的目光,"不是他,还有谁?"

武灵灵迅速翻身坐起,走到桌案旁边拿过一支笔,"唰唰"地画了一个黑色方形图样。

其他几位星君都凑过来,破军率先开口问:"这是什么?"

武灵灵看了一眼贪狼,见他蹙眉不语,又看向四哥文曲星,他的脸上也露出少有的凝重表情。

"六妹,你在凡间见到了这个?"巨门问,"大哥,你可见过这个印记?"

贪狼看向文曲星，后者声音低沉地开了口："这印记我在受命整理仙籍时见过，这是……南帝。"

"启禀几位星君，司命星君来访！"文曲星的话被一个匆匆赶来的小仙使打断，几个人都疑惑地抬起头，面面相觑。

"这家伙现在来做什么？"破军说，"肯定没安好心！老六，我和你去会会他。"

武灵灵沉吟片刻，转头看向贪狼："大哥，我现在不想见他。"

贪狼立即会意，吩咐巨门道："老二，你一向沉稳，你和老七去回了他，切记不要给六妹招惹什么是非。"

巨门立即点头应道："大哥，放心吧。"

巨门和破军去后，贪狼嘱咐武灵灵道："六妹，看来南帝要干涉你这件事，他素来与我们有嫌隙，你下一世一定要谨慎行事，避免再被他使了什么阴险招数坏了大事。"

武灵灵点点头，默然道："我记住了，多谢大哥。"

为避免和司命碰上，武灵灵从后门离开了阳明宫，她手里拽着一个小酒坛，不知不觉溜达到云水天池。

仙界的荷花永开不败，武灵灵找了个凉亭坐下来，一口一口地灌酒。

小凡忍不住劝道："灵灵，少喝点酒吧，当心醉了误了下凡的时辰。"

武灵灵嘲讽地一笑："误了正好。这三次下凡弄得本星君如同支离破碎一般，再也不想经历那破情的折磨了。"

小凡吓了一跳，赶紧说道："灵灵，你可不要这么说，我听月老仙师说过，情虽苦，可是不经磨砺，修不成正果！"

武灵灵哼了一声："你家仙师可曾历过情？"

小凡的声音低了下去："未曾。"

"作为月老，没历过情怎么像样？若我还有仙骨回来，一定要禀报玉帝，让月老下去历情一次，让他也尝尝凡间这情的滋味！"

"灵灵，不要啊……"

贪狼星君的阳明宫外，司命一看到巨门和破军出来，就知道这一趟是见不到武灵灵了。

他没多说什么就转身离开，没有回自己的南斗天府宫，而是去了南帝的仙宫。

门口的仙童告诉他，南帝在默坐，请他稍候一会儿，司命却摆摆手，也没让仙童进去禀报，自己径直走了进去。

看到仙座上双目紧闭、长袖飘飘的南帝，他忽然觉得无比陌生，作为南斗六星君之一，他一向将南帝视为高高在上的尊主，从不敢有所违抗，但是现在，那种感觉好像不复存在了。

正沉思间，司命看到南帝缓缓睁开了眼睛，便立即拱手参拜。

"你来了？"南帝道。

"司命参见南帝。"

"武曲星前三世历情，你是不是都参与了？"

司命脸上的表情十分平静："是。"

"你好大胆子！"南帝缓缓说，"命簿是你所写，你亲自下去历情算什么？下一世不要再去了。"

"南帝，"司命将仙袍一撩，直接跪了下去，"恕司命难以从命。"

南帝往他这里垂下目光，眉头微微一蹙："你竟然不服从我的命令？"

司命没有起身："我之前对武曲星君有所亏欠，这次下凡，我要将我亏欠她的尽数归还。"

"还了之后呢？"

"还完之后，我回到本位，任凭南帝处置。"司命挺直了脊背。

"好，我记下你这句话。"南帝看着下面跪着的清瘦身影，又道，"不过，你不能为所欲为，此次下凡，我要把你一样东西暂时收过来，等你归了仙位，

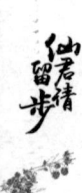

自会还给你。"

"什么东西?"司命抬起头,却感觉一道刺目的白光"嗖"地飞来,犹如一道锁链将自己紧紧缠住。

刹那之后,白光飞走,他的身体也跟着一空。

"南帝,这是……"

"清泪。"南帝手里多了一颗晶莹玉润的水珠,"这本不该为仙人所有,现在暂由我替你保管。"

"可是……"司命眉头一凛。

"此事重大,我也是不得已而为之。"南帝将那一滴泪收到自己的仙器里,缓缓闭上了眼睛,"下去吧。"

司命走出南帝仙宫,步履有些沉重。

虽然他最初写那四道命格时存了故意为难武灵灵的心思,然而最后一道命格即将来临时,他却被收了清泪,这是他始料未及的。

这就意味着,如果他再次下凡进入她的第四道命格,就注定了她会历情失败,从此坠入轮回,永不能回归仙位。

上一世快结束的时候,他已经记起了一切,以前和她一起修订武簿时的种种情景全部回到脑海中,原来早在那个时候,她已经在他心里烙下印记。

后来他被玉帝赐了绝情盏,对她忘情,是他负了她。上次群仙宴之后他误饮了御赐琼浆和桃花醉,情动不能自制,导致她不慎打碎了绝情盏,也是他对不住她,最重要的是,他还对她做了那样的事……

因为他的冷漠和疏离,她心里承受的苦,比他多不知道多少倍!

司命心里翻江倒海,脑子里全是武灵灵的身影,不知不觉间,他来到了他们约定相见的云水天池。

池中花香扑鼻,粉花绿叶,仙气缭绕,他漫无目的地走在其中,心里的痛楚无法形容。

突然间,他隐约听到有唱歌的声音传来,抬头找了一圈,终于在亭子里看到了那个纤弱的身影。

她倚靠在栏杆上,一只脚放在身前,另一只垂在荷花池边,头往后仰着,侧脸灵动可爱。

即使在他忘记一切的这段时间,他依然觉得她是世上最好看的女子。

武灵灵喝了一会儿酒,身体开始摇晃起来,刚开始还能勉强支撑,后来慢慢靠不住了,眼看就要往荷花池里倒去。

司命运起仙力,瞬间飞至她身边,伸臂一揽,将她紧紧地搂在怀里。

"咚"的一声,武灵灵手里的酒壶坠入荷花池,沉了下去。

"哈!"她在他怀里闭着眼睛笑了一下,"本星君以后再也……回不来这妙处了……"

司命心里猛地一疼,抱紧武灵灵,在她耳畔低声说道:"傻姑娘,你喜欢这里,想来便可来。"

"从今往后,我再也不会让你尝这苦情酒的滋味。"

下凡谷谷口,司命抱着醉酒的武灵灵站在那里。

"司命星君,你这是……"福新一脸震惊地道。

"开门。"

"你们俩要同时下界?"福新的话刚一出口,突然间一道绿光飞来,缠住了他的脖颈。

"开门。"司命的表情已经冷如冰霜。

"开……我开……"福新脸色煞白,"我得先读一下她第四世的命簿……"

"用不着。"司命说道,"我写的命簿,我比谁都清楚。"

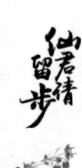

2.

"吴笺丽、梁爽、向北、武灵灵……"

"到!"武灵灵猛地站起来,一脸从睡梦中被惊醒的表情。

周围响起低低的嗤笑声,武灵灵这才回过神来,看了一眼会议桌周围的同事,然后看向坐在最头上的总编。

总编面无表情地斜了她一眼,说道:"刚才我点名的几个人,再给你们半个月时间,要是还拿不出一篇吸引眼球的报道,你们自己看着办。散会。"

周围人都陆陆续续地离开了会议室,武灵灵抚着剧痛无比的额头也跟在众人后面往外走。

来到这里好几个月了,除了每天应付总编各种各样苛刻的工作安排,她这一世的任务一点也没有进展。

这一世的命定之人她不是不知道是谁,只是那个叫白思明的男人太难接近了。

"灵灵,你跟的那个料有进展了吗?"同事兼好友齐珊珊凑到她身边问道。

武灵灵一筹莫展地摇摇头。

"哎,"齐珊珊神秘地靠近她,低声道,"我最近正在跟几个三线明星,手里有几张她们的照片,模模糊糊的,要不我帮你顶一下?"

武灵灵眸光一闪,随即又暗了下去:"不行吧,我要是弄假照片,总编肯定会发现的。"

"啧啧!"齐珊珊一副"孺子不可教也"的表情,"灵灵,你就是太认真了,我们这样的小媒体,又不是什么大报社,不要真把自己当成大记者了……"

又听了一遍齐珊珊的谆谆教诲,武灵灵有气无力地坐回到自己的位置上,拿起手机说道:"明天早上六点提醒我十五号必须出报道。"

看着外面逐渐暗下来的天色,她叹了一口气,拿起椅子上的背包出了门。

傍晚时分,戴着棕色的小熊口罩和黑色遮阳帽的武灵灵再次出现在白羽集团总部楼下的花坛后面,时不时地探出头来看一眼门口的动静。

六点四十五分,一辆黑色的宾利缓缓地驶到楼门口停下,穿着黑色衣服的司机走下来,面朝大门口站好,一脸恭敬的表情。

五分钟后，自动门打开，门口的保安和前台接待员站立两侧鞠躬行礼，一个身材高大的年轻男人走了出来，他穿着深色T恤，露出来的手臂显得匀称有力，一双修长的腿格外引人注目。

在他斜后方跟着一个小伙子，像是助理的模样，一边听着年轻男人说话一边频频点头答应，看到停着的汽车后，他赶紧快走两步将手搭在车门上方。

年轻男人坐进汽车后座之后，助理正要打开副驾驶车门，却听后座上的人说了句什么，连忙把迈进去的一条腿又抽了出来。

车门关好后，汽车徐徐开动了，这边的武灵灵早就准备好，轻车熟路地跑到路边，一脚跨上一辆单车，以最快的速度跟在后面。

她的车技极佳，这会儿又是下班高峰，她总能跟上他的汽车。

车子开了一会儿，前方的司机看了一眼后视镜，对后座上的年轻男人说道："白总，那姑娘又跟上来了。"

"知道了。"后座上的男人没有任何表情。

"白总，回别墅区吗？"司机又问道。

"到十二马路停下，我在那里下车。"白思明说道，"你直接回去，不用等我。"

"是，白总。"司机听了将方向盘一打，上了最右边车道。

"不用急，慢慢开。"后座上的男人又吩咐。

司机忙点头答应，心里却有些奇怪，总裁一向准时准点，如同一个上了发条的闹钟，定好的时间决不允许耽误，今天却让他慢慢开？

等开上南郊大道他才反应过来，之前回家都是在闹市，车子本来就被堵得走不动，今天要去的地方在城郊，路比较顺，车子开起来要快得多，总裁让他慢慢开，难道是别有深意？

司机李由脑袋瓜最灵活，比总裁助理莫小林强多了，当下他就将速度放到三十迈，不紧不慢地开了起来。

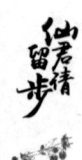

快到十二马路的时候,他往后视镜里一瞅,果不其然,那姑娘还在十米开外的地方跟着。

这一看就是练过的,跟了这么久还不急不喘的,难道是专业自行车手?

宾利一拐弯,开进了一个大而幽静的小区。

这是个花园式小区,绿化率超高,里面带有大型人工湖,风景宜人,小区宽阔平整的道路上行驶着免费为业主服务的白色小车,穿着高档制服的物业服务人员开着车,招手即停。

汽车行驶到一处开阔的路边,年轻男人下了车,车门一关,车子立即往前开走了。

白思明迈开长腿往路对面走过去,目光却往斜后方一瞥,只见一个瘦小的身影在花丛里一闪,接着就不见了。

走进掩映在一片绿色中的小院门时,一丝笑意浮现在他的嘴角。

"啪!"

武灵灵伸手毫不留情地打在自己的小腿上,巴掌下面立即出现一小片红色血迹。

好多蚊子啊!她心里暗自嘀咕,身体往花丛外面挪了半步,突然间,一只手按在她的肩膀上。

"谁?"

"干什么的?"

两人几乎同时出声。

武灵灵抬头一看,黑暗中一个穿着保安制服,面容却英俊帅气的小伙子正站在那里,一副"终于抓到你"的表情。

她立即明白了,这种高档小区,安保都很严格,想到这里她立即站起身来,极其配合地说道:"保安大哥,你别误会,我是来找我老板的。"

看她有些害怕的表情,小保安倒是放松了警惕,问道:"谁是你老板?"

武灵灵一把鼻涕一把泪地控诉起来:"我是做家政的,在我老板家做了一个月，可他不给我结工钱，我实在是没有办法，只好跟着他来这里了。我得在这里守着，等他一出来我就找他要工钱，那可是我一个月的工资啊大哥，我们都是出来打工的，不容易对不对？"

见小保安神色有些动摇，她又连连保证道："你放心，我绝对不会给你添麻烦的！"

小保安又看了她片刻，最后说道："今晚是我巡逻，你不要闹事，要是换了别人可就没那么容易混过去了！"

"我知道了，谢谢你了保安大哥！"武灵灵对他感激涕零。

小保安走后，她转头一看，白思明进去的房子里亮起了灯，灯光打在粉色的窗帘上，显得粉嫩可爱。

武灵灵的心立即提了起来，直觉告诉她，这里面住着个女人。而且，她跟踪了这么久，很清楚这不是白思明的房子，那么就有可能是……情人？

真是天助她也！看来这位平时看起来高冷难以接近的总裁真的有花边新闻！

这么想着，她的脚步往那边走过去，穿过一条马路，再穿过一片绿植，她悄无声息地站到了他的窗子下面。

虽然这间房子带有独立小院，却是前面有后面没有，这也给了她可乘之机。

窗帘是开着的，机会难得，武灵灵慢慢地、缓缓地将头伸了上去。

"嗡！"

粉色的电动窗帘突然动了起来，在她眼前迅速合上，她只来得及看了一眼半室奢华，其他的什么都没有看到。

"哎！"她沮丧地蹲了回去，看来这次又要空手而归了。

抬腕看了看表，晚上八点整，武灵灵突然想到，如果白思明在这里过夜，或者后半夜才出来，那也至少能说明这间房子里有点问题，搞不好还是金屋藏娇什么的。

她转身又往花丛里走去。

小凡在她耳朵里问道:"灵灵,咱们还不回去吗?"

"不回去,在这里守着。"武灵灵说,"这是最后一世了,要想把握住机会,首先得保住饭碗,饿着肚子怎么和他杠?"

"灵灵,要是这房子里真是他的情人,那你这一世可真是有点艰难啊!"

武灵灵回到花丛后面,转头又看了看粉色窗帘后面透出的一点灯光,叹了一口气:"这也许是司命那家伙给我设下的最难过的一关了。"

3.

"哎,这个给你。"

一道略带生涩的嗓音响起来。

武灵灵抬头一看,那名保安不知道什么时候又回来了,并且递过来一瓶……风油精。

"谢谢啊!"武灵灵咽了一口唾沫。自从她下凡之后,对这东西的味道尤其敏感,但见保安小哥一脸诚挚,她只好勉为其难收了下来。

"不用谢。"保安小哥见她收下,接着往她旁边一坐,仿佛是漫不经心地问道,"出来了吗?"

"没有。"

"你打算守一夜?"

武灵灵点点头:"一个月的工资对我来说也不是个小数目。"

保安小哥跟着叹了一口气:"妹子,都是出来打工的,我也挺同情你,有什么需要我帮忙的你就说。"

武灵灵有些惊讶地转过头,看到他眼神诚恳,心里不由得涌起一阵愧疚。

她从包里掏出一瓶水递给他,问道:"你叫什么名字?"

"林浩。"保安小哥说道。他想拒绝武灵灵的水,见武灵灵执意要给他,也就接了过去。

"你在这里做保安多久了?"武灵灵问。

"一年了。"林浩仰脖喝了一口水,又指了指对面的那扇窗户,"这家住的人我从来没见过,也不知道是个什么样的业主。"

"她从来不出门吗?"

"也不一定,"林浩挠了挠头,"也许出门有专车接送,但是业主没有在我们那里登记过车牌号。"

武灵灵听了心里更加疑惑,这里面住的人行踪如此诡异,难道真的是白思明的秘密情人?

想到这里,一股酸溜溜的感觉在心里涌动,上一世要结束时,这家伙说他都记起来了,可这最后一世才刚开始,他就给自己弄了个秘密情人?

虽然他每次下凡都不带有仙界的记忆,但这命格是他亲笔写的,明明想起来了,还亲自下凡来充当男主,这不是故意让她难受?

想到这里,武灵灵不由得手心攥紧,她绝不会原谅他的!

林浩走了之后,武灵灵仍旧没有离开,十点的时候,对面窗户里的灯光熄灭了。

周围仿佛突然间陷入寂静,黄色的路灯影子打在路面上,形成一片泛黄的光晕。

"灵灵,你在想什么?"小凡忍不住打了个呵欠,武灵灵却毫无睡意,眼睛直直地看向对面的窗户。

"小凡,你说,这会儿他们在干啥呢?"武灵灵突然问。

小凡没有立即回答,气氛尴尬地沉默了一下。

"那啥,我可是月老殿里的灵虫,"小凡说,"也许他们这会儿正在里面亲热……"

武灵灵突然站起身来,朝路对面走了过去,吓得小凡在她耳朵里大叫:"灵灵!你要干吗去?"

它这么一喊,武灵灵才回过神来,停住脚步,站在路中间低低地说了

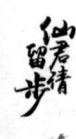

一句:"司命,纵使我再回不去,也必定饶不了你!"

对面的窗户里仍旧一片漆黑,武灵灵转身往回走时,窗内帘子的一角似乎轻轻动了一下,像有微风吹过一般。

武灵灵回到花丛后面,坐在那里一言不发,脸色十分难看。过了一会儿,小凡忍不住问道:"灵灵,你不会是吃醋了吧?"

"我才没有!"武灵灵立即辩解,话到嘴边却又觉得自己很可笑,她竟然在司命写下的命格里吃他的飞醋,若是被他知道了,心里不知道怎么嘲笑她!

一直挨到第二天一早,武灵灵的身上快成了马蜂窝,一个个被蚊子咬的包又红又肿,她一边挠着一边昏昏欲睡。

"灵灵!有人出来了!"小凡在她耳朵里大喊一声。

武灵灵立即睁开眼睛,往对面看去。

一片绿树掩映中,高大匀称的身影面朝屋内站着,头微微垂下去,似乎在和谁交谈,又像在……缠绵亲吻。

武灵灵简直要气炸,她顺手从地上捡起一块小石头,以超高的功力和超强的准头朝里面掷了进去。

"啪!"

小石头不偏不倚,正打在白思明身后的树上。

"灵灵……"小凡忍不住失声惊呼,"你这样会被发现的!"

说好要保住饭碗的,这下子要是被白思明发现了,把她的底细查出来是分分钟的事,八辈子的饭碗都保不住了!

"快跑吧!"

小凡刚一提醒,武灵灵的身影已经"哧溜"一声消失在花丛后面。

白思明推开院门,目光四下一扫,然后往马路对面走过来,在武灵灵待过的花丛那里停了一下,嘴角勾出一抹微笑。

一连三天白思明都到这里来过夜,摸清楚了他的规律之后,武灵灵改变了策略，改成白天来这里蹲守，只要弄清楚里面那个女人的底细，就好进行下一步的行动。

然而屋里的人好像知道外面有人一样，一天到晚绝不出门半步，每天只有一个送新鲜蔬菜和日用品的人早八点准时过来，除此之外，这间房子再无动静。

武灵灵终于忍不住了，这天她将自己装扮成物业工作人员，带着几盆绿植去敲门。

现在是上午十点，白思明这会儿是不会出现在这里的。

走到正门前，她平复了一下情绪，刚要抬手，就听小凡说道："灵灵，你这样做有点冒失啊！作为一名狗仔记者，你要做的是潜伏！潜伏！不是主动出击！"

"可她一直不出门，我这样潜伏下去也不是办法呀！"武灵灵说道。

"灵灵，说句实话，因为司命星君有情人这件事，你已经自乱阵脚了！"

武灵灵心里一沉，她必须承认，小凡说的是实情。

可她已经到了门前，如果不能见到这个女人，她连一分一秒都忍不下去了，她会失控发疯！

想到这里，她咬牙说道："不管了，不入虎穴，焉得虎子，今天我必须要见到她。"

到底有什么样的魅力，才能让白思明这样的风云人物如此牵肠挂肚？

想了想，她按响了旁边的门铃。

屋门里面传来欢快的乐曲，武灵灵往后退了半步，深吸了一口气，面孔对上门铃处的电子屏。

过了好一会儿，电子屏"啪"地闪了一下，一个女人的声音传了出来："你找哪位？"

武灵灵定睛看了看，电子屏里只有屋内的景象，却看不到人影，她努力堆起笑脸，用最柔和的声音说道："您好，我是小区物业服务人员，我

们现在给咱们业主免费派发绿植,给您的生活增添一抹绿色……"

"不好意思,我不需要。"拒绝的话语传来,电子屏恢复了待机图片。

武灵灵一愣,没想到吃了个闭门羹,不仅没有进门去,连人的模样也没有见到。

这会儿她倒是感觉到自己的举动有多可笑了,活像一个被新欢抢走了位置的前女友!

她沮丧地往回走,刚走出两步,忽然有一股刺鼻的味道传入鼻尖。她转头看向院子里,有一扇窗户正往外冒出浓浓的灰烟。

"出什么事了?"武灵灵的脚步不由自主地往后院那边跑去。

"好像着火了,咳咳!"小凡着急道,"怎么办啊灵灵?"

"先救人啊!"

武灵灵二话没说,攀着带尖的铁栅栏就爬了上去,往院子里翻的时候,只听"嘶啦"一声脆响,后腰处有凉飕飕的感觉袭来。

她往那里一摸,衣服被扯出一道口子,当下也顾不上回头看,径直跑到门前大力拍打着:"开门!"

没有人回应,武灵灵又跑到冒烟的窗户前,确认里面没有人,就毫不犹豫地搬起了脚边的一块大景观石……

"咣当"一声巨响,双层玻璃窗应声而碎,与此同时,警报声大作起来。

武灵灵顾不上许多,从破碎的窗户洞里钻进去,见灶台上的一口锅正是浓烟的散发点,旁边坐着一个女人,正一脸震惊地朝这里看过来。

"危险!"武灵灵大喊一声,奋不顾身地往前一扑,一下子把那口锅推了出去,只听"砰"的一声巨响,房顶颤动,人耳发麻,锅在半空中炸开,里面的热汤都飞溅出来。

"呼啦!"热汤溅到她的后背上,武灵灵吃痛地皱紧了眉头,灼热的疼痛感一阵阵地传来。

她抬头看了看面前的女人,突然惊得说不出话来,连后背的疼痛都忘到脑后了。

这是个六七十岁的老太太，打扮得很得体，更让她吃惊的是，她坐在一个……轮椅上。

"你……"武灵灵瞪大眼睛，抬起手来指着她。

"你刚才是怎么进来的？"老太太一脸难以置信的表情。

武灵灵刚一张嘴，门铃突然响了，老太太转过头说道："姑娘，麻烦你去看看是谁。"

"哦，"武灵灵走到门口的显示屏那里一看，"是物业的人。"

"跟他们说没事。"老太太摆摆手，一副不想让人打扰的样子。

武灵灵按下接听键，跟外面的人交谈了几句之后，转头说道："他们说报警器响了，烟感探头也检测到烟雾，需要进来检查一下。"

老太太微微皱眉："那不是你同事吗，麻烦你跟他们解释几句吧。"

武灵灵嘴一张："我同事？"

"你刚才不是过来给我送绿植的吗？"

武灵灵这才反应过来，她刚才冒充物业人员来敲门，老太太已经在显示屏里看到了自己的模样，这下完了，恐怕要露马脚了……

就在此时，朝向后院的房门一开，一阵急促的脚步声响起，一个高大修长的身影快步奔进厨房："奶奶，我手机接到报警，发生什么事了？"白思明原本是回来取文件的，没想到看到这一幕。

他突然看到武灵灵，眉头一蹙："你怎么在这儿？"

老太太看了看两人，眼里闪过一丝疑惑，接着"呵呵"一笑道："今早我用高压锅炖鸡，没想到锅坏了，是这个姑娘从窗户里钻进来救我的。"

"钻进来？"白思明看了一眼武灵灵，又转头看向窗户，"你把窗户砸了？"

这小区的窗户都是特殊材质，想要破坏，没有特殊工具简直是不可能做到。

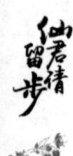

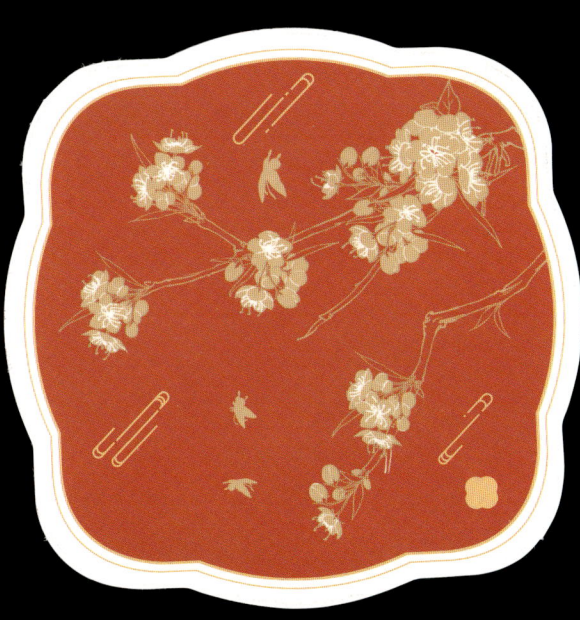

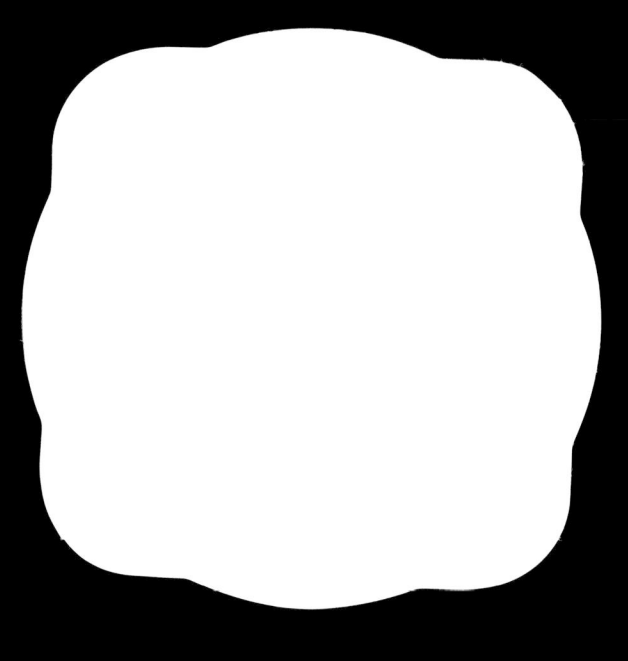

他往窗户前走过去，目光一扫，看到了窗下的景观石。

"你用它砸的？"他转过头来问道。

4.

武灵灵目光一闪，犹犹豫豫地道："应该就是它吧。"

他会不会把她当成个女怪物？

没想到白思明没再说什么，转头的时候，眼角似乎还闪过一丝笑意。

"奶奶你没事吧？"他走到老太太跟前，仔细地检查了一遍。

老太太摆摆手："物业的人还在门外等着，你跟他们说吧。"

"好。"白思明转身朝前门走去。

武灵灵突然有些心慌，物业的人一进来不是把自己当场戳穿了？要是保安把自己当作骗子，肯定会扭送到派出所！

与其那样，还不如现在就溜。她已经看清楚了，房子有前后两个门，后门朝着院子，物业的人会从前门进来。

看到这会儿没人注意自己，武灵灵悄无声息地往后门处溜去。

"站住！"

一只脚刚跨出后门，就听到身后传来一声大喝。

武灵灵不由得脚步一顿。

"说你呢！"一个穿着保安制服的中年男人朝她快步走过来，"这几天我看到你出现在监控里好几次了，鬼鬼祟祟的，一直没抓到证据，现在好了，直接登门入室了是吧？转过身来！"

武灵灵一动不动，脑海里快速闪过一个念头：等这人走到身后，先打倒他，再溜！

她的手在身旁暗自运足了劲，刚要抬起来，肩膀上却是一沉，一只有力的手将她揽进了怀里。

"你不用找了，"白思明站在她身侧，目光里带着一丝柔和的笑意，"炖的鸡在那儿呢！"

顺着他手指的方向，她看向天花板，让她震惊的是，枝形灯上真的挂着一只鸡，鸡腿还在风中摇晃……

"就是，这孩子，一只鸡丢了也不用这么着急吧。"老太太也在一旁帮腔。

武灵灵不由得瞪大了眼睛，他这是……在帮她？

"这姑娘是？"穿着保安制服的人交替看着几个人，一脸不解。

"没事，我女朋友来看我奶奶，正好看到厨房里冒烟，一着急就砸破窗户进来了。"

武灵灵呆若木鸡，白思明却面不改色地继续搂着她的肩膀，侧脸好看得让人嫉妒。

她的脸一点点发热，心脏也开始狂跳。

原来，被他当众声明关系的感觉这么美妙，她的心好像一下子飘到了云端。虽然她心里清楚地知道，他帮她遮掩只是因为她刚才奋不顾身地救了他奶奶。

"砸窗户进来的？"保安将信将疑地走到窗户那里检查了一遍，仿佛开玩笑似的指着外面的大石头，"用这个？"

白思明点了点头。

"哈！"保安发出这个声音，推开门走了出去，到了石头跟前弯下腰，"嗯……嘿……啊！"

他的脸憋得通红，指了指那块石头对武灵灵道："你搬一个我看看？"

武灵灵也没犹豫，径直走到他跟前撸起袖子："麻烦你让开一点，别砸了你的脚。"

"嘿！我还真不信……"

话未说完，保安就怔在那里，目瞪口呆地看着武灵灵把那块石头举了起来。

"这怎么可能……"保安吃惊地后退了一步。

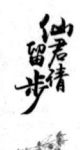

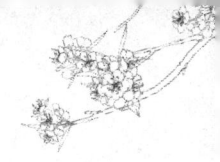

"砰"的一声，武灵灵把石头一放，泥地上被砸出一个深坑。

保安被吓得跳开半步，咽了一口唾沫，嗓音也变得不自然起来："既然没事就好，下次你们注意点，我先回去了，业主再见。"

他又看了一眼武灵灵，哆嗦着腿走出了院门。

保安走了之后，武灵灵又开始心虚起来，她怎么也没想到这间房子里住的竟然是白思明的奶奶，但奇怪的是，她心里竟然有种如释重负的感觉。

"姑娘！"老太太看着她，"多谢你了。"

"不用客气！"

武灵灵想赶紧离开这里，她连连摆手，脚往门口挪去。

"之前你说要送我的绿植……"老太太真是哪壶不开提哪壶。

"啊？"武灵灵嘴巴微张，"奶奶……啊不！夫人，您是不是认错人了？我是刚从这里经过看到窗户冒烟才爬进来的。"

听到她脱口而出的称呼，一旁的白思明默默地斜了她一眼。

"不可能！"老太太笃定地说，"你看看电子屏监控，刚才那个就是你。"

"您肯定是看错了，我还有点事，先走了哈，不用送了！"武灵灵转身欲逃。

"等等！"

手腕上猛然一紧，武灵灵转头一看，白思明正目光灼灼地看着自己。

她突然觉得有些不妙，跟踪他的事肯定被发现了，刚才又冒充物业人员上门打探，难道他要跟她算总账？

她的手心里冒出了汗。

"你的衣服破了。"他面色淡然地指了指她的后腰。

武灵灵一惊，连忙捂住后面，笑得战战兢兢："没关系，我回家换一件。"

"穿我的吧。"白思明顺手从椅子上拿起一件白衬衫递给她。

武灵灵低头一看，有些挪不动脚步。

把他贴身的衣服穿在自己身上，想想就有些激动！

"怎么了？"见她没接话，白思明又补充了一句，"干净的。"

武灵灵这才回过神来，忙一把把衬衫拽过去，紧紧地攥在手里："谢谢啊，那我就拿着了。"

抱起衣服刚一转身，却听白思明"啧"了一声，又把她拉住了。

"又怎么了？"武灵灵一脸迷惑。

"你这里都被烫伤了。"他朝着她的肩膀俯下身来，"奶奶，家里还有烫伤膏吗？"

"有，药箱里。"老太太立即回答，眼底闪过一丝意味深长的笑意。

白思明毫无察觉，转身去另一个房间里取来了药箱，找到烫伤膏和纱布贴，对武灵灵说道："衣服往下拉一点。"

"什么？"武灵灵一脸惊诧，怎么好像做梦一样？

这家伙，不会是疯了吧……

见她不动，白思明眉毛一竖，不满的神色立刻浮现在眼睛里，武灵灵只好慢慢腾腾地把手伸向左肩。

"咳！"老太太清了清嗓子，滑动轮椅悄无声息地离开了，厨房里只剩了靠得很近的两个人。

武灵灵拉下一点衣服，露出一小截白皙的皮肤，被热汤烫过的地方通红一片。

白思明用手指沾了点药膏，朝她凑过身来，武灵灵已经紧张得气都不敢喘了。

"嘶！"冰凉的药膏涂到她伤口处时，她还是忍不住吸了一口气。

"别动。"他的声音低沉，"起了水泡就麻烦了。"

没关系……不麻烦……只要你一直在就好了。

武灵灵的心里已经如小鹿猛撞。

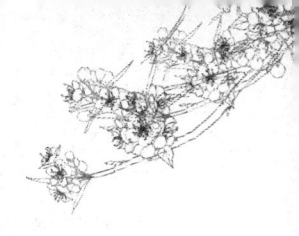

第十三章
总裁助理

1.

"夫人,我先走了。"武灵灵跟老太太道别,准备离开。

她知道自己冒充的事已经露馅,只不过没有被戳穿。

老太太点点头,嘴角上浮现出的笑容似乎别有深意。

"我送你出去。"白思明也站了起来。

"不用了……"武灵灵立即婉拒。

白思明却走到她身旁,一脸不容反驳的表情。

武灵灵只好默许,两人一前一后走出院门,白思明将门一带,看着她说道:"说吧,一直跟着我,你想干什么?"

"啊?"武灵灵张开嘴,看到他洞悉一切的眼神,就很知趣地放弃了抵赖的打算,但她又怎么能说出实情?一旦说出来,恐怕饭碗都保不住了。

"跟着你,是因为……我喜欢你。"她脱口而出。

"你说什么?"白思明眸光一凛,身体往前倾了一下。

"对不起,这位业主!"

没等武灵灵开口,马路对面走过来一个人,她转头一看,竟然是那次认识的小保安林浩。

"这位业主,我虽然只是个保安,但我想替这位妹子说句公道话。"

林浩往武灵灵面前一站，将她挡住了一半，"这妹子给你家干完了活，你为什么不给她工资？"

"你在说什么？"白思明目光一斜，看着林浩，"你认识她？"

"就这几天刚认识的。"林浩一脸毫不畏惧的表情，"我早知道她在跟着你了，但我没有阻止她，你可以去投诉我，但是今天这个工资，我必须得替她要回来！"

白思明看了一眼后面的武灵灵，后者立即心虚地避开了他的目光。

他立即明白了什么，抱起双臂对武灵灵一摆手，面色阴沉："你过来一下。"

武灵灵刚要照做，林浩却一伸胳膊拦在她面前："你想干什么？有话就在这里说，别想再欺负人。"

白思明不愿意和他啰唆，手一伸就拉住了武灵灵的手腕，林浩一看脸色一变，也去拽武灵灵的手臂。正僵持间，院子里突然响起老太太的声音："思明，别动手！"

白思明的动作一顿，松开了武灵灵的手腕，却一直用威胁的目光看着林浩。

"刚才我在里面听见了，你欠这个姑娘的工资是吗？"老太太滑着轮椅过来，语气里有些责备，"我说这姑娘怎么来敲咱家的门，是来找你的吧？"

听了这话，白思明又看了武灵灵一眼，眼神似乎在问：你还来敲过门？

武灵灵躲闪着他的目光，用另一只手揉搓着被他拉红的手腕。

"思明，别难为这姑娘了，把工资给她。"老太太命令道。

白思明缓缓地呼吸了一下，最后说道："把你手机拿出来。"

武灵灵目光一闪，赶紧照做了。

因为她没有收款码，所以她和白思明互相添加了好友，随后，白思明给她转了一笔钱。

看到橙色条目上醒目的数字，武灵灵不由得惊呆了。

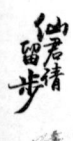

好多钱……有钱真好啊!

见她一副心满意足的模样,白思明默默地收回手机。

"够了吗?"他问道。

"够了够了!"武灵灵把手机往胸前一抱,这些足够她再跟踪他仨月了!

白思明把目光转向旁边的林浩,问道:"你还有什么事吗?"

"没有了。"林浩这才放松了戒备,转头对武灵灵说,"我送你走吧。"

"用不着。"白思明打断他,"我还有点事要和她说。"

林浩见武灵灵也没有拒绝的意思,眼里闪过一丝失落,说道:"那我先回监控室了,有事叫我。"

他故意强调了"监控室"这三个字,眼睛看着白思明。

武灵灵点点头,感激地说道:"谢谢你。"

等他走后,武灵灵也准备离开,她心里美滋滋的,这一趟收获还不小。

"等等。"白思明叫住了她,"收了我的钱,这就想走?"

她刚才那句话他也听见了,不过,就一句"喜欢他"就想把他打发了?

他可不是这么容易满足的人。

看到他眼里一闪而过的危险气息,武灵灵心里打起了鼓,她就知道这钱没那么好拿。

她的目光四下一扫,林浩走了,老太太已经不在院子里了,他打算拿她怎么办?

"这钱雇佣你一个月,做我的助理,怎么样?"白思明开了口,表情莫测。

武灵灵惊讶地抬起头,一个月助理的工资……这么多?

"怎么,不感兴趣?"他问道,双手抱在胸前。

"感兴趣啊!"武灵灵眼里闪着光。如果能做他一个月的助理,准能拍到让总编满意的照片,工作保住了,还能极有助于她完成这一世的任务!

"你现在没有工作?"他打量着她。

"我?有啊,"武灵灵笑容可掬,"不过我的工作比较自由,可以请假!"

"你确定可以请长假?"他微微朝她倾过身子,"可能会很久。"

"可以,可以,我们老板很人性化的!"

说这话的时候,武灵灵脑海里浮现出总编阴沉恐怖的脸。

不过只要能抓到白思明的私密新闻,别说一个月,半年总编也会给!

白思明盯着她看了一会儿,微微一笑说道:"那就说定了,明天早晨八点半上班,不准迟到。"

"好,明天准时报到!"武灵灵说完,兴高采烈地走了。

身材高大、面容英俊的男人注视着她的背影,嘴角浮现出一抹意味深长的笑容。

2.

第二天一早八点十分,武灵灵来到白氏集团大楼门口。

她穿着一身职业裙,脚蹬一双软质小皮鞋,皮肤白皙,面容清秀,往门口一站,吸引了不少目光。

站在巨大而光可照人的旋转门前,她深吸一口气,跟随上班的人流走了进去。

一进门是一个有两层楼那么高的宽敞明亮的大厅,正对着门口的是接待前台,两面有十几部电梯同时工作。

电梯外面都有闸机,只有刷卡才可进入,武灵灵先走到了前台接待处。

"您好,这里是白氏集团总部,请问您找哪一位?"前台客服姑娘一脸无可挑剔的笑容。

"我找白思明,白总。"武灵灵说出了这个名字。

客服姑娘笑容微微一收:"对不起我再确认一下,您要找我们总裁?"

"对,"武灵灵答道,"我是新来的总裁助理。"

"您搞错了吧?"客服姑娘尽量保持着礼貌的语气说道,"上面并没

有交代我们这件事,我们这里安保非常严格,不可能让您进去的,请回吧。"

"你都没有跟里面确认,怎么知道我说的不是真的?"武灵灵有些恼怒。

见她语气生硬,客服姑娘停了两秒,拿起了手边的电话本。

半分钟之后,客服姑娘放下电话,神色已经异常冷漠:"小姐您好,我跟人力资源部确认过了,没有新进助理这回事。请您立即离开这里,否则我马上叫安保人员过来。"

"你直接问总裁本人不行吗?"武灵灵问道。

"这种事情用得着惊动总裁?"客服姑娘冷笑道,"我们总裁一向只用男助理,这是整个集团都知道的,想通过这种方式蒙混过关,拜托您想一个新鲜的招数吧!保安!"

她刚一抬头,却见旋转门那里进来几个人,都恭敬地跟在正中间的那位身材笔挺、容貌冷峻的年轻男人后面。

客服姑娘眼睛一亮,从前台后面小跑而出,三两步就到了闸机口。

她用卡打开闸机门,时间把握得刚刚好,等白思明走到闸机处,门恰好开到最大。

"总裁好!"客服姑娘微微鞠躬,脸上的笑容灿烂如花。

"白思明!"武灵灵脚步往前迈出,胳膊上却突然一紧,一只手用力地将她拉住。

她回头一看,一个穿着保安制服的人面露凶光,正恶狠狠地瞪着她。

"你干什么?"武灵灵猛地甩开他的手,力气大得让那名保安吃了一惊,再回头看时,白思明一行人已经走进了电梯。

武灵灵怎么也没想到会遇到这样的事,白思明……不是在故意整她吧?

这时,客服姑娘朝这边走过来,看了她一眼,嘲讽地一笑:"小姐,刚才总裁经过,看都没看您一眼,现在您还有什么话可说?"

武灵灵盯着她看了一会儿,突然一笑:"白氏集团的前台接待,实在是丢人现眼。"

"你说什么？"对面的人眉毛一竖，同刚才的彬彬有礼判若两人。

"你听到什么就是什么，不要后悔。"

武灵灵转身离开。

"等等！"

刚走出两步，身后响起一个声音，武灵灵回头一看，刚才跟在白思明侧后方的一个年轻人快步走了过来，他戴着眼镜，脸上带着一丝大男孩的气息。

"请问是武灵灵小姐吗？"年轻人双手在身前交叠，脸上带着笑容。

"是，怎么了？"武灵灵问道。

"总裁请您上电梯。"他一侧身做了个请的手势。

武灵灵往电梯门那里看了一眼，果然看到正中间的一部电梯开着门，里面高大修长的身影若隐若现。

他就是故意的！

武灵灵心里有一丝恼怒，刚才他带着一群人走过去的时候，明明往这里看了一眼，虽然是不经意的动作，但肯定看到她了。

他却什么也不说，非要等到她要离开时才找人把她唤回来。

哼！很好玩吗！

武灵灵转回身，在客服姑娘震惊无比的眼神里走进了闸机。

电梯旁站着几个人，武灵灵走进去后，电梯门缓缓关闭，等她回过神来的时候，才发现电梯里只有她和白思明两个人！

她的呼吸骤然一紧，正想着该说点什么好时，一抬头看到白思明面无表情的侧脸以及冰冷淡漠的眼神，顿时放弃了开口的打算。

"一会儿让顾恒给你交接一下工作，"白思明吩咐道，眼睛仍然看着电梯门，"以后我所有的日程安排、事件提醒都由你来办。"

"好的，总裁。"武灵灵立即答应道。

"把你的手机给我。"

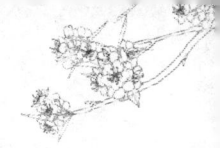

"啊?"武灵灵还没有反应过来,手机已经被白思明拿走。

"解锁。"白思明将手机屏幕转向她。

武灵灵只好伸出自己的拇指,一触就解开了锁。

白思明低下头,手指在屏幕上轻点了数下,这才把手机还给她:"这是我的手机号码,可以随时联系到我。"

"好的。"武灵灵接过手机。

"用别的名字保存,"白思明又叮嘱,"还有,这个号码不能告诉任何人。"

"明白了。"武灵灵点点头,存好后郑重其事地把手机抱在胸前。

白思明看了她一眼,没再说什么。这时,电梯"叮"的一响,总裁办公室所在的楼层到了,他率先迈开步子往外走,武灵灵准备上前给他挡住电梯门,却听他低低地说了一句:"没有别人的时候,用不着卖力表现。"

"……"

武灵灵刚在自己的位置上坐好,顾恒就上来了,武灵灵看到他赶紧站了起来。

顾恒倒是十分随和,笑着说道:"武助理,这是你的门禁卡,现在我把工作和你做一下交接。"

他顿了一下,又道:"可能事项比较多,需要你简单记录一下。"

"好。"武灵灵赶紧拿起一个小本子,全神贯注地听着。

顾恒清了清嗓子,开了口:"每天早晨四点半之前,你要将总裁需要处理的工作事项整理好通过电子邮件发给他,总裁每天五点到七点处理工作,晨练半小时,七点半开始吃早餐,八点十分你要准时接总裁到公司。八点半总裁要开每日工作会议,周一在会议室开,其他时间开网络会议。如果没有应酬,总裁中午十二点吃午饭,晚上六点吃晚饭,晚上将总裁的衣服送到干洗店,并且把第二天一早的衣服准备好放在办公室里……"

面对他的滔滔不绝,一旁的武灵灵早就忘了动笔,惊得目瞪口呆。

又过了一分钟,顾恒终于说完了,对她露出一抹微笑。

"总裁助理要负责这么多事情吗?"武灵灵问。

顾恒点点头:"只要是关于总裁的,都要负责。"

"你不会是因为这个才要离开的吧?"

这样的工作量,谁能忍受啊……

顾恒顿了一下:"你也可以这么认为。"

他又简单交代了一些注意事项就离开了,武灵灵注意到,他走的时候并没有去白思明办公室里告别。

她心里起了一丝疑惑,如果是辞职,怎么走得这么气定神闲?连和上司打个招呼都没有?

正想着,她办公桌上的电话响了起来,武灵灵赶紧接了起来,怀着忐忑的心情,她的新工作正式开始了。

3.

"总裁,今天上午十点有个会议。"

"总裁,二十分钟之后您要去项目部视察。"

"总裁,您今天中午要和合作方高级负责人一起吃饭。"

"总裁,人力部总经理想跟您汇报一下工作。"

"总裁……"

武灵灵忙了一整天,出入白思明的办公室至少二十趟,接到的电话更是不计其数,一天下来,她发现自己竟然一口水都没有喝。

办公室里的白思明和她只有一面玻璃墙之隔,却好像远在天边一样。他的表情专注,面容始终冷淡,最让武灵灵惊讶的是,他连轴转了一天,脸上却没有丝毫倦意。

真是个超级工作狂!

到了晚上六点,武灵灵又饿又累,坐在椅子上的身体都开始摇晃,此时,她桌上的电话又响了起来。

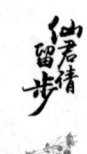

"您好,总裁办公室。"武灵灵强打起精神说道。

"到我办公室来一趟。"电话里的声音低沉有力。

武灵灵赶紧往办公室里面看了一眼,说道:"好的,总裁。"

她推门走进去,只见白思明盯着电脑屏幕,头也不抬地说道:"帮我泡杯茶。"

武灵灵立即照做了,不到一分钟,一杯清茶已经放在他手边。

他的目光移到她脸上,身体往偌大的椅背上一靠,脸上露出少有的闲适表情:"怎么样,今天还适应吗?"

武灵灵愣了一下:"还好。"

才怪!她的嗓子都快冒烟了!

白思明似乎看懂了她的表情,下巴朝着桌面上的茶杯一指:"坐下,喝杯茶。"

武灵灵吃了一惊,这是给她的?

既然总裁都发了话,她就在他办公桌对面坐了下来,端起茶杯抿了一口,带着一丝微苦的茶香入喉,是上好的毛峰的味道。

总算是还有一些怜悯之心!武灵灵心里想。

"一天的时间表,顾恒都跟你交代了吗?"白思明问道。

"交代过了。"武灵灵点头。

"那就把衣服干洗了,明天早晨四点半,准备好需要处理的工作事项到奶奶的住处来找我。"

"啊?"武灵灵瞪大了眼睛。

不是说每天早晨发邮件就可以的吗?邮件可以设成定时,晚上加班弄好就可以了,他却说要她带着工作去找他!

对上白思明不容反驳的眼神,武灵灵把到了嘴边的话又咽了回去。

为了保住饭碗,为了回仙界,她忍了!

"有意见吗?"他好整以暇地看着她。

"没有。"

"好的,你可以下班了,记得把衣服送到干洗店。"白思明又吩咐,"明天一早我有个重要的会,西服选一件深色的。"

武灵灵赶紧拿出手机记了下来,随后朝他微一弯腰:"总裁再见。"

白思明点点头,看着她的身影消失在门口,眼神变得有些凝重。

武灵灵一回家就倒在床上沉沉地睡了过去,连晚饭也没有吃。第二天清晨,她突然惊醒,猛地从床上坐起来,手忙脚乱地去拿自己的手机,嘴里说道:"坏了坏了,迟到了!"

打开手机一看,才凌晨三点钟,她长出一口气,重新躺回床上。

然而这一躺却怎么也睡不着了,她索性把手机拿过来随意翻看,却发现昨晚十点钟有个未接来电,是个陌生号码,武灵灵想了想,现在回过去也不合适,只好等到天亮再说了。

在床上躺到三点半,她不情愿地爬起来,收拾洗漱完毕,出门打了一辆车。

到达白思明的奶奶住的小区时才四点十分,武灵灵让出租车停在门口,自己下了车慢慢地走了进去。

刚踏上大路,就有个高个子的小伙子迎面走过来,武灵灵定睛一看,脸上露出微笑,来的是保安林浩。

"你这么早过来,是来找你那个老板的吗?"林浩迎上来问她。

武灵灵点点头:"我现在给他做助理。"

"哦,"林浩若有所思地说,"那要是这样,昨晚我给你打那个电话你就不用管了。"

"电话?"武灵灵愣了一下才反应过来,拿出手机问,"昨晚那个电话是你打的吗?不好意思,我睡着了没听见,你找我有事吗?"

"你怎么不问问我是怎么拿到你手机号的呢?"林浩看着武灵灵,表

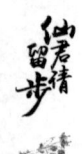

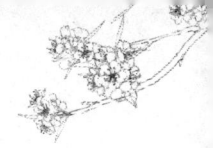

情有些不自然,"一个女孩子怎么一点警惕心都没有?"

武灵灵一怔:"那你是怎么弄到我手机号的?"

"想得到肯定有办法了,"林浩却避而不答,"反正我不是坏人就是了。"

"那就是了,你帮了我的忙,咱俩是好哥们儿!"武灵灵大大咧咧地用胳膊肘捅了他一下,"对了,你找我有什么事?"

"我是想告诉你,你这个老板在我们这里登记了车牌号,看来他是打算长期住在这里了。"林浩说道,"我不确定你还要不要跟踪他,所以想把这个消息告诉你一声。"

"哦,他以前不在这里长住吗?"

"我没怎么见过他。"

武灵灵点了点头,又拿出手机把林浩的手机号码存上,看了看时间已经快到四点半了,她赶紧冲他摇了摇手:"我先走啦!回头再聊。"

"哦,好……"林浩也想对她挥挥手,但他动作有些迟缓,刚伸出手来,她已经转过身去了,他只好把手又收了回来。

怎么感觉这次再见她,和刚开始不大一样了呢?

武灵灵走到院门外,刚想按门铃,抬头却看到老太太的轮椅在树下放着,她有些迟疑地缩回了手。

这时屋门一开,一个高大的身影背着老太太走到树下,把她轻轻地放到轮椅上,然后又在她腿上盖了一条薄薄的小毯子,动作温柔细致。

老太太发现了院门口的武灵灵,脸上露出微笑,朝她这里一指,白思明就转过身来。

他走过来给她开了门,武灵灵注意到他穿着黑色的T恤,浅色长裤,长腿笔直,腰线紧绷,比他日常穿着衬衫西裤还要养眼。

"灵灵来了?"老太太笑着。

武灵灵赶紧收回心神,叫了一声"夫人",却见老太太摆摆手道:"叫什么夫人,听着别扭,你和思明一样叫我奶奶就行了!"

武灵灵没敢应声，眼角的余光不自觉地瞥了白思明一眼，见他未置可否，就笑着叫了一声："奶奶！"

老太太点点头，笑容可掬。

白思明看了武灵灵一眼，说道："跟我进来吧。"

武灵灵知道他要开始工作了，忙跟在他后面走了进去。

白思明打开书桌上的笔记本电脑，简单地问了她几句就埋头开始工作起来。

武灵灵坐在窗下的一张沙发上等着，迷迷糊糊间竟然睡着了。

不知道过了多久，她被肩膀上的一只手摇醒了，睁开眼睛一看，眉目清朗、清秀俊逸的脸庞正在她的脸上方。见她醒了，他站起来往外走："跟我出去晨练。"

什……什么？晨练？

武灵灵打起精神来跟了出去，看了看时间，一分不差，正好七点。

她摸了摸自己咕咕叫的肚子，以一副极其悲壮的神情跟了出去。

七点半的时候，院门一开，身材高大的男人提着旁边女人细长的胳膊走进来，一进门，就一脸嫌弃地把她"丢"在树下的长椅上。

看到这副架势，老太太一脸震惊地问道："这是怎么了？"

"晕在河边了。"白思明头也不回地走进了屋。

"怎么回事？你那天不是连石头都能搬起来，身体挺壮实的呀！"老太太往前倾了倾身子。

"奶奶，我昨晚没吃饭，早上跑步容易……低血糖。"武灵灵有气无力地趴在椅子上。

她突然感觉总裁助理这个活，搞不好是会要人命的。

大汗淋漓地出了一身虚汗，武灵灵感觉眩晕稍微退去一些，但头还是抬不起来，她正想着去哪里寻摸点吃的补充一下糖分时，鼻尖忽然传来一阵诱人的香味。

230

"吃饭了。"武灵灵听到白思明说了一句,然后她感觉腰间一紧,胳膊被拉起来,一只有力的手扶到了她的腰间。

"来,灵灵,多吃点。"老太太给武灵灵面前的盘子里摞了两个三明治,几乎要把她的半张脸挡住。

武灵灵咽了一口唾沫,还是矜持地谦让了一下:"奶奶,我吃不了这么多的。"

"不用装了,"白思明斜了她一眼,"昨天你在餐厅吃饭的时候,我正好经过。"

武灵灵不禁目瞪口呆。昨天她忙了一上午确实是饿了,员工餐厅都是自助取餐,她就多盛了一些,为了怕人看见她还专门挑了一个靠窗的不起眼的位置,没想到正好被从窗外经过的他看了个正着!

武灵灵不好意思地低下头,却见白思明又给她夹了一个诱人的煎蛋:"都吃了吧,除了奶奶,我还从来没给别人做过饭。"

4.

八点十分的时候,白思明的司机把车停到院门口,看到武灵灵出现在院子里,他眼里闪过一丝惊讶。

之前的助理顾恒,从来没有在清晨和总裁一起出现过。

当看到白思明的身影出现时,他立即将目光转向前方,作为司机,不该知道的事情权当看不见为好。

八点半,武灵灵和白思明一起到了公司,在进办公室之前,白思明站住脚步问道:"深色西装准备好了吗?"

武灵灵立即点头:"昨晚就准备好了,放到更衣室的衣橱里了。"

白思明听了,一边拉开玻璃门一边吩咐道:"跟我进来吧。"

武灵灵一愣,他换衣服,要自己跟进去做什么?

见他没有回头,她只好硬着头皮跟了进去。五分钟之后,白思明从更衣室里换好衣服走了出来,西装笔挺,容颜清隽。

"会打领带吗?"他看着她问道。

"打领带?"武灵灵怔了一下。别说,她还真的偷偷学过。

犹豫了一下,她走上前去,从白思明手里接过了墨蓝色的领带。

动作不怎么熟练的她花了足足三分钟才系好了领带。见她悄悄地松了一口气,白思明问道:"你就这么怕我吗?手抖得像抽风一样。"

武灵灵的鼻尖早就沁出了一层薄汗,此刻听白思明一说,更是不知该怎么回答。

白思明已经走到镜子前俯下身去,将领带正了正:"系得还可以,就是这个系法像给你爸爸系领带似的。"

武灵灵嘴巴微张,她只学了一种最基本的方法,还被他嘲笑过时了!

白思明拿起手机往外走,经过她身边时压低了声音说道:"听着电话,守好家门。"

武灵灵一愣,这话好像别有深意,但一时又捉摸不透是什么意思。正愣神间,外面的电话又响了起来,她赶紧收回心神,走了出去。

来的几个电话都是公司内部的,下属一听说白思明正在开会,都知趣地挂了电话。

十点多的时候,电话铃又响了,此时武灵灵正在专心地整理一份报表,听到电话铃声直接把手伸了过去。

"您好,总裁办公室。"她熟练地说道。

电话那边默了一瞬,接着有个女子的声音响起来:"白思明呢?"

"总裁现在在开会,请问您是哪位?"

"你是谁?"对方不客气地反问。

"我是新来的助理武灵灵。"

"他的助理不是男的吗?"

"顾恒已经不在这里工作了,请问您有什么事吗?"武灵灵听出来对

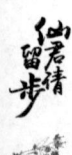

方语气不善，就尽可能把态度放缓。

"他去开会，为什么让你接电话？"电话那边的女子揪住这个问题不放。

"对不起，总裁开会的时候会把手机转接到这里。"武灵灵解释。

"不可能！"她突然提高了音调，"我从来没遇到过这种事，你是不是搞错了？"

武灵灵礼貌地一笑："女士，我没有搞错，要不您再确认一下……"

"啪！"对方猛地把电话挂了。

武灵灵觉得有些奇怪，但她现在无暇顾及，手头还有一个报表等白思明出来就要给他，她立即埋头于手头的工作了。

四十分钟之后，报表终于完成了，而白思明还没开完会，这时手机响了起来，是顾恒的电话。

"喂？武助理，我是顾恒。"他的声音依旧和善，"这几天怎么样？适应了吗？"

"还好吧。"武灵灵忍不住想打呵欠，"对了，总裁去开会了，刚才有个奇怪的电话打进来……"

她向顾恒描述了一遍刚才的电话。

"坏了！"顾恒突然说，"我忘了告诉你了，桑兰妮小姐的电话打过来不要接，直接转到总裁手机上！"

武灵灵一愣："桑兰妮小姐是？"

"武助理，你平时不追剧是吧？"顾恒压低了声音，"桑兰妮小姐是一位著名的影星，她演过很多电影和电视剧，比如……"

听着顾恒列出了一长串电影和电视剧的名字，武灵灵一头雾水，好不容易等他停下来，她赶紧问："为什么她的电话不能接？"

顾恒顿了一下，说道："这是总裁的意思，可能……关系比较近吧。"

武灵灵立即想到，怪不得刚才桑兰妮口口声声质问为什么是她接了电话,看来桑兰妮并不知道白思明经常把电话转接到助理这里。

但是既然关系亲密,为什么不把私人号码告诉她,却要助理专门留意她的电话?

"那该怎么办?"武灵灵问顾恒。

"嗯,既然已经接了,那就这样吧。"顾恒倒不是很着急,"一会儿总裁回来,跟他汇报一下就行了,总裁会有办法处理的。"

"好,谢谢你!"武灵灵挂了电话,深吸了一口气。

直觉告诉她,白思明并不像桑兰妮以为的那样在意她,反而有点敷衍她的意思,不然他连助理都可以给的私人号码,怎么可能不让桑兰妮知道?

武灵灵努力让自己定下心来,继续手头的工作,眼睛却不时地往电梯那里瞟。

他这次的会开得好长啊!

又过了一刻钟左右,武灵灵正在电脑前百无聊赖地坐着,突然听到电梯门那里传来一阵骚乱,她赶紧往那边一看,只见一个年轻的女子气势汹汹地冲了进来,后面还跟着两个保安。

女子四下扫了一圈,目光驻留在武灵灵身上,接着朝这边走了过来。

武灵灵立即站了起来。

"您好,请问您是?"

"白思明呢?"女子问。

听了她的声音,武灵灵立即反应过来:"您是桑小姐?"

"看来你知道我是谁,"桑兰妮瞄了她一眼,"你跟我说清楚,为什么拦着我的电话?"

"总裁还在开会。"武灵灵直视着面前气焰嚣张的女子说道。

"他开会,也轮不到你来接我的电话!"女子眉毛一竖,"你算是哪根葱?"

"桑小姐,您是明星,我只是一名小小的助理,您这样说,对您的名

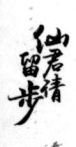

誉有损。"

"你也知道你只是个助理,"桑兰妮眼一横,"我看你是管得太多了!现在给白思明打电话,告诉他我找他。"

"对不起,总裁在开会,要不然您稍微坐一会儿,我给您泡杯茶。"武灵灵仍旧一脸微笑。

"你打不打?"桑兰妮开始威胁她,"看来你是不知道我和他的关系吧?耽误了我的事,你过不了三天就得被辞退!"

武灵灵知道她只是虚张声势,沉吟了片刻,她笑着说道:"桑小姐,总裁已经嘱咐过了,开会的时候电话必须转接,我受命于总裁,不能违抗。"

"哗啦!"

一杯冰凉的水泼到她脸上,水滴顺着脖子流进了领口。

武灵灵咬着下唇,一动不动。

"今天我让你看清楚自己是谁……啊!"桑兰妮话未说完就惊呼了一声,身子被人猛地扳向后面。

"你在干什么?"白思明站在她身后,神情冰冷。

"思……思明!"桑兰妮吃了一惊,接着变成楚楚可怜的表情,"我给你打电话,你的秘书给我拦下了,态度还很恶劣,我一着急就赶过来了……"

白思明看了武灵灵一眼,头也不回地说:"跟我进来吧。"

桑兰妮听了笑逐颜开,提起桌上的GUCCI包就跟着白思明走进了办公室,她身后的武灵灵则一直站那里没有动。

保安看不过去了,拿了张抽纸过来递给她,低声说道:"武助理,吃一堑长一智吧。这位桑小姐一直都被总裁另眼相看,以后尽量不要招惹她了!"

武灵灵接过纸巾,简单地擦了擦脸上的水珠,笑道:"我知道了,谢谢你提醒。"

她重新坐了下来，本来衣服湿了也没什么大事，可这会儿办公大楼里开着很强的冷气，几分钟以后，她就觉得有些鼻塞了。

武灵灵一边猛喝热水，一边在心里暗怒：为什么到了凡间就这么容易生病呢？

又过了一会儿，办公室门开了。

桑兰妮走出来，看了一眼旁边有些狼狈的武灵灵，鼻子里哼了一声，趾高气扬地走开了。

武灵灵没有再看她，等她离开后，她站起身来径直走向了总裁办公室。

刚要抬手敲门，办公室门从里面打开了，白思明正要出来。

"总裁，"武灵灵说，"我想请个假，回家换身衣服。"

白思明看了她一眼："不准假，先和我出去一趟。"

武灵灵惊讶地瞪大了眼睛，她都成落汤鸡了，还不准假？

他是多么没有人性！

没等她再说什么，白思明已经边往外走边说："十分钟后，去地下车库找我。"

武灵灵："……"

◆第十四章◆
刻意安排

1.

十分钟后，武灵灵穿着一件黑色小西装外套出现在地下车库。

幸好还带着这件衣服，不过看着啥事没有的外套里裹着湿漉漉的衬衫，更让人感觉不舒服。

她径直走向了白思明专用的停车位，抬头一看，司机却没在里面，驾驶座上等着她的，竟然是白思明本人。

武灵灵一阵诧异，打开副驾驶车门钻了进去，还没坐稳就忍不住"阿嚏"了一声，她赶紧用手捂住了口鼻。

白思明丢给她一个纸巾盒，看武灵灵擤完鼻涕，他指了指她手边的储物箱："里面有感冒药，自己吃了。"

武灵灵感激地看了他一眼，摇摇手道："没事，这点小感冒……"

"今晚要加班。"白思明面无表情地打断了她。

武灵灵立即打开了储物箱，从里面拿出来一包感冒药，吃完之后她转头对白思明说道："总裁，没想到您车里还常备药品。"

白思明斜了她一眼："就是专门给你这样的孱弱人士准备的。"

"噗……咳咳！"武灵灵被水呛了一下。这家伙，他是不记得他旁边坐的人可是传说中的武曲星吧！

"我们去哪儿？"车子开出车库时，武灵灵问道。

"新百货。"

"噢。"武灵灵点点头，心里却想到，难道总裁要在那里约见重要客户？

白氏集团离新百货不算远，今天又是工作日，逛商场的人不多，武灵灵跟着白思明直接上了五楼，两人在一家品牌女装店门口停了下来。

此时的武灵灵仍旧一头雾水，直到漂亮的女导购将两人迎进去，白思明才开了口："给她选件衣服。"

"啥？"武灵灵直接傻了眼。

"好的先生，喜欢什么样的风格？"导购一副处变不惊、训练有素的样子，笑眯眯地问道。

白思明目光一扫，直接指着衣架上一件浅绿色的上衣和白色的裙子说道："就试这一套。"

"先生您眼光真好……"导购一边拿衣服一边口齿伶俐地夸赞着白思明，武灵灵则一脸茫然地被人推进了更衣室。

一分钟之后，她推开门走出来，坐在沙发上的白思明抬起头，清眸里好似闪过一丝光泽。

这亮光一闪即逝，却被敏锐的导购小姐捕捉到了，她立即从肤色、体形各个方面展开论述，把武灵灵夸得如同人间仙子。

武灵灵却有些不知所措，要知道，她衣橱里还真没有这么女人的衣服。

"就这件。"白思明站起身，径直向前台走去。

"不用了，总裁，"武灵灵赶紧奔过去拉住白思明的胳膊，"我自己结账就好了。"

白思明已经刷完了卡，一边签字一边说："知道，会从你的加班费里扣的。"

武灵灵打了个激灵，伸出去的手又缩了回来。

买完衣服之后就到了中午，白思明有个应酬，就直接带着武灵灵去了。

对方是一家合作公司的高层领导,已经先一步在包间里等着了,白思明带着武灵灵出现在门口时,他们脸上露出明显的惊讶表情。

"这位是?"合作公司的龚经理礼貌地问。

白思明淡淡地回答:"新来的助理。"

"哦……"龚经理像是明白了,却又有些疑惑,就笑着道,"白总这是破天荒雇了个女助理啊!我看这个姑娘挺不错!"

白思明微微一笑,未置可否。

几人分宾主坐定之后,服务生进来送菜单。白思明没有点菜,而是直接吩咐那个服务生:"把空调关了。"

服务生一愣:"直接关了吗?"

白思明点头:"这里有人感冒了。"

屋里静了两秒,龚经理立即明白过来,笑着道:"对对对,关了吧!把窗户打开,比开空调健康!"

等服务生把空调关掉,一桌人都笑吟吟地看着武灵灵,让她有些不好意思地低下了头。

吃完饭之后,白思明没有回公司,而是问了武灵灵的住址,直接把车开到了她家楼下。

"白总,这才中午呢,您怎么把我送回家了?"

白思明手握着方向盘,向她转过脸来,说道:"这几天太累了,给你放半天假。"

武灵灵眼睛一闪,又觑着他的表情试探着问道:"总裁,您是在奖励我吗?"

"为什么这么说?"白思明索性把身体转过来,饶有兴趣地看着她。

"也许总裁觉得上午的事我处置得当?"武灵灵眨着眼睛。

"你可是得罪了桑兰妮,她在白氏也是举足轻重的人物。"

"总裁这样说,那我就更放心了。"

白思明目不转睛地看着她,声音低沉而有穿透力:"理由呢,说来听听。"

武灵灵想了一下,说道:"在白氏的地位,不一定是在总裁心里的地位吧?真到了总裁心里,她也用不着这样大吵大闹了。"

"你倒是看得通透。"白思明将目光转向前方,淡然道,"下车吧,明天一早不要迟到。"

"好的,总裁!"武灵灵笑意盈盈地推开车门,下车后不忘向车窗里摆摆手,"总裁再见!"

2.

武灵灵回到住处后也没有休息,她打开了笔记本电脑,脑子里唯一想的就是一件事——这个桑兰妮,究竟是什么来头?

在网上搜索了半天,她心里终于有了谱,怪不得她没有听说过这个名字,原来这个桑兰妮充其量只是个三线明星,演过的电影和电视剧就没有一个评分高的。

她给顾恒打了个电话,没响两声,顾恒就接了起来。

"怎么了,武助理?"顾恒问道。

"你叫我灵灵就行啦。"武灵灵问,"这会儿方便吗?能不能见一面?"

没想到顾恒很爽快地答应了。

两人约在一家安静的咖啡馆见了面,一坐下,武灵灵就开门见山:"我想问你件事,这个桑兰妮是有什么背景吧?"

顾恒沉吟片刻,说道:"我只能说她背景不简单。"

"我就说嘛,"武灵灵笑了一下,"拍的电影都尴成那样,本人情商基本为零,如果不是有背景,那真是奇了怪了。"

"今天的事没关系吧?"顾恒问。

武灵灵把上午的事讲了一遍,顾恒分析道:"总裁的表现也有些不同

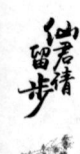

往常,以往会很照顾她的面子,怎么现在……"

顾恒话未说完,武灵灵的电话响了起来,她看了一眼,屏幕上显示"表哥",她心里微微一惊,赶紧抓起手机说道:"不好意思,我先接个电话,马上回来。"

顾恒笑着点点头,示意她自便。

武灵灵走到一个僻静处接完了电话,顾恒坐在窗边喝着咖啡,眼睛偶尔往她所在的方向瞟上一眼。

几分钟之后,武灵灵回到座位上,脸色有些微红。

顾恒看着她问:"刚才的电话是总裁打来的,对吗?"

武灵灵惊讶地抬起头,她的来电人明明显示的是"表哥",他是怎么看出来的?

看到她的眼神,顾恒笑了笑,找出自己手机里的一个联系人给武灵灵看了看,说道:"总裁的私人号码在我手机里存的名字是10086。"

武灵灵一口咖啡险些喷出来,不得不承认,面前的人确实心细如发。

她接着想到,总裁能把自己的私人号码给顾恒,而顾恒虽然离职了,却还对总裁的事情很关心,这里面似乎有些不对劲……

"你不是真的辞职这么简单吧?"武灵灵盯着顾恒的眼睛,想从他的眼神里看出点什么来。

顾恒抿了一口咖啡,说道:"其实今天的事,是总裁有意安排的。"

"什么?"武灵灵瞪大了眼睛。

"本来这件事我是不能告诉你的,"顾恒说,"但我没想到你竟然有总裁的私人号码,这个号码,知道的不会超过三个人。"

武灵灵脑子里飞快旋转,很快,她脑子里得到了一个答案:"你是说,桑兰妮身后的背景和白氏集团有牵连?"

顾恒未置可否,只是启发道:"白氏集团的股东,你都了解吧?"

武灵灵曾经见过股东的名单,她在脑子里过了一遍,想不出来哪个股东和桑兰妮有关系。

"桑兰妮能在演艺圈混到现在,肯定不是靠自己的实力,"顾恒说,"她背后有一个干爹……"

武灵灵目光一闪,一个五十岁上下、身材微胖的男人的身影浮现在眼前,她想起来了,这人名叫苏汉生,在白氏集团所有的股东里占据中等偏上的位置。

"他不是最大的股东呀?"她问顾恒道。

顾恒点点头,已经知道了武灵灵指的是谁:"但他手里掌握着白氏一项很重要的资源。"

"怪不得,我早上就觉得总裁对她的态度有点奇怪,"武灵灵沉思了一下,问道,"那总裁是想把他 kick out(踢出)吗?"

顾恒点了点头:"之前时机未到,总裁只能对他们客气有加,现在到了拔钉的时候了。"

他的目光变得深沉:"我现在的任务就是跟踪桑兰妮和苏汉生,找到他们的把柄,但从明面上看,我已经离开白氏了。"

武灵灵深吸了一口气:"你现在是需要我帮忙?"

"是。"

"从哪方面入手?"

"桑兰妮。"顾恒说道。

从咖啡馆出来的时候,天色已经擦黑,外面的空气已经没有白天那么燥热。武灵灵一边在车水人流的街上走着,一边理着头脑中有些纷乱的思绪。

原来这一切都是白思明的刻意安排,他之前一直在敷衍桑兰妮,现在时机成熟,已经到了翻盘的时候了。

今天上午的事她看得很清楚,白思明是故意挑起纠纷,桑兰妮一点即着,她事后肯定能觉察出白思明对她的真实态度,那么苏汉生知道也是早晚的事。

苏汉生会有什么动作？加压？威胁？白思明又会如何回击？

乱七八糟的情绪涌入脑海，武灵灵伸手拦了一辆车，司机问她去哪儿，她随口说了个地方，停下车一看，竟然到了白思明奶奶住的小区。

她觉得无奈又好笑，但是既然来了，就索性往里走了走，心里有一丝好奇，不知道白思明回来没有。

院子里一片寂静，武灵灵在不远处驻足观望了一会儿，突然听到有汽车声传来，她赶紧躲到花丛的后面。

白思明的汽车缓缓地在院门口停下，车门一开，高大修长的身影走出来，身体却有些微晃。

驾驶座上的司机立即小跑过来，想要去扶他，他却摆了摆手，司机只好站住，看着他走进院子，这才上车离开了。

武灵灵在花丛后面看得分明，他这是喝了酒，正想着，院门一开，白思明又从里面走了出来。

他往前慢慢踱着步，似乎是想要借着微凉的空气醒醒酒，武灵灵在他身后跟着，看着他坐在绿树掩盖下的一条长椅上。

他用一只手臂撑着头，双目微合，眉头轻蹙。

武灵灵在他对面站着，心里涌起一阵心疼。

这家伙，在仙界就不胜酒力，跑到凡间来逞什么能？

见白思明抚着额头，面容似乎有些痛苦，武灵灵忍不住走了过去。

"总裁，"她在他身边坐下，"您喝醉了，我送您回去吧。"

白思明睁开眼看了看她，却又闭上了，低沉微哑的声音传来："你来了？"

"嗯。"

武灵灵答道，伸过手来就要扶他。谁知手刚碰到他的手臂，就被他抬手一拉，整个身体被他紧紧搂住了。

"总裁？"武灵灵心里一惊，想要推他，却被他拥得更紧。

"让我抱一会儿。"他将下巴埋在她颈窝，恳求的话语一出，她的心立即软了下去。

"灵灵，你喜欢这一世吗？"他在她肩上喃喃问道。

武灵灵听得身体打了个激灵："你说什么？"

他把她搂得更紧了一些，直到她有些喘不过气来，耳边是他似梦似醒的低语："真想和你一起留在这里，过一辈子。"

"对于普通人来说，一辈子也很长的，对不对？"

3.

武灵灵这一夜都是在震惊和不解中度过的。

从他说的那些话里，她听出来一丝不同寻常的意思——他确实如上一世结束时说的那样，都记起来了。

如果是这样，他的仙力应该增进了不少，但是，他记起来了多少？连之前他们修订凡间武簿时初定情的那些事也都记起来了吗？

白思明后来在她腿上睡着了，天色将明的时候，她从包里拿出一张纸巾来覆在他眼睛上，他呼吸均匀，神色宁静。

四点钟的时候，小区的保洁车经过，车上的保洁工好奇地往他们这里看了一眼，又带着不好意思的表情笑着转回头去。

武灵灵的脸也忍不住红了。

五点整，如同上好发条的钟，白思明醒来了。他将眼睛上的纸巾拿开，盯着武灵灵看，眼神带着一丝慵懒，却又格外明亮。

"早。"武灵灵打了个招呼。

白思明弯唇一笑，坐了起来。

"辛苦你了，我很久没睡过这样的好觉了。"他按了按眼睛，嗓音里还带着一丝初醒的沙哑。

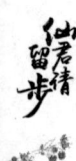

武灵灵心里有一股甜丝丝的感觉涌上来。

"没关系,反正我觉少,来了这里也不怎么睡长觉的。"她说道。

白思明听出来她话中的异常,定睛看着她问:"昨天晚上,我是不是说了什么?"

武灵灵的心怦怦直跳,顿了一下后,她点点头。

"那你……愿意吗?"

"什么?"

"留在这里,你喜欢这里吗?"白思明幽深的瞳孔像一汪深潭。

武灵灵心里像揣了一只活蹦乱跳的小兔子一样,她往前一倾身,抓住他的手:"我想跟你在一起,长长久久的!"

白思明初时眼睛一亮,而后却黯淡了下去。他拉起她的手放在唇边,在她惊讶的眼神里吻了一下:"那以后你就跟着我,要听话。"

他顿了一下,又说道:"我能给你的,都给你。"

武灵灵怔怔地看着他,心里说不出来是酸甜苦辣咸还是什么感觉。

几百年了,他们初见面,互生情,情初定又冷漠生,形同陌路了那么久,最后在凡间共同经历四世,终于在此刻找回了彼此。

彼时的那些情与仇、爱与恨,在这一刻都不重要了。

武灵灵的眼睛里亮晶晶的,映着面前俊逸的面孔,她轻轻地、小心翼翼地、试探着叫出来那个一直藏在心底的名字:"司命……"

"嗯?"他答应着问道,牵着她的手一直没有松开。

武灵灵终于忍不住,靠上前去想要贴上他的唇,谁知眼睛刚闭上,却吻到了一根带着凉意的手指。

她睁开眼睛,满眼诧异。

虽然她向来雷厉风行,但是主动亲吻别人这个事,对于一个女子来说也需要足够的勇气。

看着她有些受伤的表情,白思明双眸一沉,俯下身来,把她的头往前一揽，柔软温热的唇将她牢牢封住。

他嘴里好闻的气息缠绕在她唇齿之间，鲜活又无比熟悉，好似他们以前曾经有过这样的亲密，武灵灵这样想着，嘴角忍不住浮起一丝微笑。

"专心。"他不满地命令道，把她的身体拥得更紧了。

武灵灵跟着白思明进了公司，从电梯里一路上行时，心里紧张得怦怦直跳。

她感觉周围的人好像都看出来了她和白思明的关系，讲话都比以前声音细小了许多，搞得白思明也看了她好几眼。

白思明进了办公室，武灵灵坐在自己的座位上，以往看着满眼冒星星的报表今天看着也顺眼了很多，处理工作的闲暇之余，她的目光会偷偷地往办公室里瞄一眼，想象一下他工作的样子，心里甜丝丝的。

过了一会儿，手机响了起来，武灵灵低头一看，顿时惊出了一身冷汗，她看了看周围，然后拿起手机往旁边走去。

到了一个没人的地方，她才按下了接听键。

"喂？"一个凶巴巴的声音传来，武灵灵禁不住哆嗦了一下，"武灵灵，你那边什么进展？怎么也不向我汇报？"

武灵灵用手捂住听筒，小声道："总编，我已经混进白氏集团了，现在在做白思明的助理，您放心，照片我一定能弄到！"

总编的语气这才略微缓和，但仍然没有罢休的意思，说道："我希望你能信守承诺，否则，等我把你的事公布出来……"

"别别别！总编，"武灵灵赶紧恳求道，"您再等我几天，我一定交出实锤作品！"

"好，我等你消息。"总编语气里带着威胁的意味，"要是敢给我耍心眼，那就不光是被辞退的事……"

"我明白。"

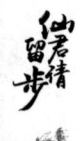

武灵灵挂了电话,头往后一仰,靠在了墙上。

"灵灵,你为什么这么怕她?她握住的把柄又不是什么大不了的事,让她公布就是了!"小凡忍不住在她耳朵里说道。

"不行!"武灵灵低喊了一声,"那件事如果被司命知道了,那就全完了!"

"不会的,我看司命星君也不像那样的人。"

"你怎么知道?"武灵灵眼睛一瞪,"五哥嘱咐过我,男人心,海底针。"

"噗!"小凡说,"那是因为廉贞星君自己是那样的人吧……啊哟!"

听着小凡惊呼一声,武灵灵问:"怎么了?"

"灵灵,呜呜,怎么好像有人抽了我一下?"

"不会吧……"武灵灵往四周看了一圈,"他们几个也不在这儿啊,不过你以后还是少说他们的坏话吧,我那几个兄弟厉害着呢!"

"知道了……"小凡的声音里带着哭腔,"廉贞星君,我再也不敢了。我这也是为了灵灵的姻缘大事着想啊!"

"呸呸呸!"武灵灵脸一红,"什么姻缘大事……"

十分钟后,武灵灵小心翼翼地回到自己的座位上,还没坐稳,就听到桌上的固定电话响了起来。

"您好,总裁办公室。"

"你接电话从来不看来电号码的吗?"听筒那边的语气带着很大不满。

"总裁!"武灵灵低呼一声,"有什么事吗?"

"进来一趟。"

武灵灵赶紧挂了电话,推门走进了白思明的办公室,宽大的红木办公桌后面,面容俊逸的男人正盯着自己。

"坐。"他一抬下巴。

武灵灵在他对面坐下,目光垂了下去。

"我估算了一下,刚才你不在的这二十分钟里,固定电话响了十八次,我的手机响了十次。"白思明一字一句地说，"什么原因让你擅自离岗那么久？"

"不好意思，我去接了个电话。"武灵灵说道。

呸！这还叫估算！她心里吐槽。

"你的电话已经耽误了公司的工作，"白思明毫不客气地说，"所以我决定，从现在开始，第一，把你的手机和固定电话绑定；第二，你的工作时间变成二十四小时。当然，月薪可以加倍。"

"什么？"武灵灵瞪大了眼睛，"二十四小时，我也不是铁人啊！"

"我说过二十四小时不休息了吗？"白思明反问，接着他压低了声音，富有磁性的嗓音钻入武灵灵的耳膜，"我说的是，二十四小时跟着我。"

武灵灵张大了嘴巴，在百叶窗照进来的阳光里，她慢慢地红了脸。

"但我每天要有两个小时的自由时间处理一些自己的事情。"

"可以。"白思明见她没有反对，嘴角微微勾起来。

"那晚上是去奶奶那里吗？"武灵灵问道。

"你这么吵，怎么会让你天天打扰奶奶？"白思明定睛看着她，"晚上的工作地点在我的私人别墅。"

4.

下了班，白思明开着车带着武灵灵去她住的地方收拾东西，她不好意思把所有东西都带上，就拿了一个小包出来。

白思明见了，斜了她一眼："你这是要短期度假吗？"

武灵灵看了看自己小得可怜的行李包，听他又说："回去重新收拾，把东西都带上，我没有时间陪你天天来回取东西。"

武灵灵张了张嘴，把小包一放，转身又回了房子。

"你只有二十五分钟的时间。"白思明在她身后说道。

二十五分钟之后，武灵灵拖着一个大行李箱走出来，白思明推开车门

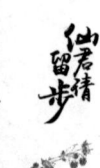

下了车，从她手里接过来，放到了后备厢里。

车子驶上了马路，却往郊区的方向开去，武灵灵觉得眼熟，就问："你的房子也在郊区吗？"

白思明头也不转地道："先去奶奶那里，有件事我想尽快告诉她。"

"我也要去吗？"

"你说呢？"白思明不满地斜了她一眼，仿佛她在问一个很白痴的问题。

武灵灵自觉地不作声了，这种时候，闭着嘴比较保险。

车子在院门口停下，白思明自然而然地绕到她这边来给她开了门，屋门一响，老太太滑着轮椅出现在门口。

武灵灵一下车就觉得手上一紧，白思明的大手顺势把她的手握住，温热的感觉就像一股细微的电流传遍她的全身。

"来了？"老太太在门口笑眯眯地看着他们，越看越觉得登对，倒还没有注意到两人紧握在一起的手。

白思明拉着武灵灵站到她面前，垂下目光，眼神温柔笃定，说道："奶奶，我给你介绍一个人。"

老太太奇怪地看着他："这不是灵灵吗？我认识她呀！"

白思明一弯唇，顺势把武灵灵的肩膀揽在怀里，继续看着奶奶。

老太太愣了一下，接着露出惊喜的神色，拉着武灵灵的手笑道："我明白了！太好了，快进来，我让阿刘过来做一桌菜，咱们一块庆祝庆祝！"

阿刘是白思明给奶奶雇的钟点工，每天定时过来做饭收拾屋子，住的地方也不远，十分钟就到了。

等阿刘做饭的工夫，老太太进屋拿了一个小盒子出来，她拉过武灵灵的手，将一块质地极佳的老玉手镯套在武灵灵纤细的手腕上。

武灵灵受宠若惊，想要拒绝，白思明却把她的手拉起来，借着晚霞的柔光仔仔细细地打量了一会儿，点头说道："正合适。"

武灵灵没法再推辞，只好说："谢谢奶奶。"

"不用谢，"老太太感慨，"可算了了我多年的心愿。"

饭做好了，就摆在院子的凉亭里。吃饭的时候，老太太笑着说："灵灵这孩子我看着就喜欢，这样，以后让她住到我这里。"

"不用，"白思明断然拒绝，"我那里有住的地方。"

"那也不能光住在你那里，空空荡荡的有什么好？"老太太继续说，"每周的单数住我这儿，双数住你那儿。"

白思明不满地抬起头来，碰到老太太倔强的眼神，把到嘴边的话又咽了回去，说道："那以后单数我也住这儿，您别觉得吵就行。"

"不吵，"老太太把疼爱的目光转向武灵灵，"还是灵灵在这里陪着我说说话好。"

两人都往她这边看过来，武灵灵却埋头扒着饭，心里直感慨：阿刘做的饭实在是太好吃了！

吃完饭，武灵灵心满意足地承担了刷碗的活，一边刷嘴里一边哼着小曲，白思明没在旁边，小凡在她耳朵里悄声说："灵灵，你先别高兴得太早了，你想没想过，司命星君这么宠你，你怎么得到他的清泪啊？"

武灵灵手里的动作一停，接着说："前几世那么苦都没得到，这一世再不甜一下，我怕我以后都没有机会了……"

"星君，你怕这一世得不到，回不了仙界了？"

武灵灵一笑，继续欢快地刷着碗："有了这一世，我再没什么好抱怨的了，从此以后生生世世轮回，每一世都遇到不同的人结婚生子，也挺好的！"

"你说什么？"

武灵灵的话音一落，厨房门口闪出来一个高大的身影，清冷疏离的眸子此刻蓄满了怒意。

武灵灵立即嘻嘻一笑："我刚才说，你的大明星小姐怎么最近没有来骚扰你呀？"

白思明眼中怒意更深，他直接往前一步，修长的手指钳住她的下巴，

强迫她仰起脸来和他对视。

"你先试试自己有几个胆子。"

他的声音低沉,每个字都像小锤敲击在她心上,与此同时,他俊逸的眉眼也在她眼前迅速放大。

戴着浅绿色胶皮手套的武灵灵被他推在淡白色的瓷砖墙上,避无可避,逃无可逃,看着他的双唇朝自己压下。

刚咂摸到他唇上温热的感觉,就听到一阵单调的手机铃声从外屋传进来。武灵灵趁势把他推开,白思明却将额头抵在她前额上,声音里带着隐忍:"下次惩罚你,可比这次重多了。"

说完,他站直身子,走到外屋去接电话了。

又过了好一会儿,武灵灵怦怦乱跳的心才慢慢地恢复了平静。

以前怎么不知道他喜欢这样突然袭击?

不过,她还挺喜欢刚才那种感觉的……武灵灵轻轻舔了舔嘴唇,却听到白思明接完电话之后打开前门走了出去。

难道有人找他?武灵灵心里起了一丝好奇,走到厨房窗户那里往外一看,眼前的景象让她吃了一惊。

真是说曹操曹操到,来的人竟是桑兰妮!她是怎么找到这里的?

窗户外不远就是两人站立的地方,武灵灵睁大了眼睛,只见笑得一脸妩媚的桑兰妮极力想靠近白思明,说话间手总会有意无意地触碰他的胳膊,再后来,她索性伸出手勾住了白思明的臂弯。

武灵灵怒从心头起,脑子里却闪过一个念头,赶紧拿出自己的手机按下快捷键,"啪啪"两声,抓拍到了桑兰妮挽着白思明胳膊的照片。

果然抓拍及时,等她的快门闪完,白思明已经抽出了胳膊,态度淡漠而疏离。

对面的桑兰妮立即察觉出来了,她微微收敛了笑容,眼神如同锋利的小刀,问道:"白思明,我怎么觉得你最近格外讨厌我?"

白思明看着她，开口道："你想多了，如果是我讨厌的人，根本没有资格站在我对面。"

　　听了这话，桑兰妮咬上嘴唇，却听他又说道："只是普通人而已。"

　　这句话对桑兰妮的冲击更大，她直接扬起手朝着白思明的脸挥了过来。

　　白思明轻而易举地将她的手腕制止在半空，淡漠的语气没有一丝起伏："趁我还给你留了最后一点面子，别给自己找不痛快。"

　　桑兰妮的眼中仿佛烧起了火，片刻之后，她把白思明的手猛地甩开，突然往武灵灵的方向一指，问道："那个妖精助理是不是在里面？"

　　武灵灵吃了一惊，身子往后一躲，靠在碗架上。白思明低沉的声音从外面传来："她是人是妖，还真的和你没有一分钱关系。"

　　"啪"的一声，武灵灵手一抖，一只瓷碗掉到地上，清脆的碎裂声骤然响起。

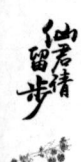

◆第十五章◆
你要我

1.

武灵灵赶紧蹲下去，手忙脚乱地收拾着瓷碗碎片，心里还在想着外面的人听到这一声动静会有什么反应，却感觉食指指尖突然一疼，豆大的血滴立即涌了出来。

"嘶！"武灵灵收回手指，一时找不到什么止血的东西，只好把手指放在嘴边吸了几下。

"过来让我看看。"

头顶响起一道低沉的嗓音，武灵灵一抬头，白思明不知何时已经进来了。

他蹲下身子，把她的手拉过去查看了一下伤口，随后就拉着她站起来，一路往客厅走去。

小药箱在一个半人多高的五斗橱里，白思明熟练地找出一个创可贴来给她包上，说道："咱们走吧，奶奶该休息了。"

两人和老太太告别，老太太还不忘记明天是周五，让武灵灵一定要过来，这才看着他俩上了车。

一路上白思明都很沉默，到了他的别墅门口，武灵灵突然问："你这样做，不是得罪了苏汉生吗？"

白思明转过头来看着她："你知道了？"

看到武灵灵点头，他脸上的表情变得严肃："这件事不用你担心，以后离她远点。"

晚上，武灵灵睡在客房里，躺在床上看今天拍的照片，心里却有些犹豫起来。

作为一名小报记者，她心里很清楚如果这张照片公布出去，对于白思明来说意味着什么。

上市公司总裁一向是各大媒体关注的焦点，如果再曝出来和一个三线小明星有什么花边新闻，那影响肯定是空前的。

说不定到时候唯一的解决方法，就是把桑兰妮……娶了！

"不行！"武灵灵一屁股坐起来，"小凡，这张照片不能留！"

"怎么了？"小凡打了个呵欠，"这不是你费了好大劲才拍到的吗？"

"照片公布了，他娶不了我；我的事公布了，他也不会娶我，那我还不如……"武灵灵眼珠子一转，"先下手为强！"说完她翻身下床，穿着拖鞋就跑了出去。

"灵灵，你要干什么去？"小凡瞬间清醒了，大声喊，"你忘了巨门星君经常嘱咐你的，要三思而后行啊！"

"咚咚咚！"

深色的实木门响了三下，斜靠在床上的白思明抬起了头，墙上挂钟已经指向了十点半。

他从床上下来，走过去打开了门。

"怎么了？"他垂下目光，门口站着一个穿着蓝色碎花睡衣的纤柔身影，大而清秀的眼睛里似乎冒着水汽。

"白思明，你娶我。"武灵灵仰头看着他，仿佛一个梦游的孩子，眼神却无比坚定。

白思明沉默不语。

"你不答应?"武灵灵脊背挺得笔直,胸口却轻轻地起伏着。

"你总是擅长打乱我的计划?"他的神色淡淡的,声音却温柔得像美妙的和弦。

武灵灵的声音里带着一丝忐忑:"那你的计划是什么?"

他一转身,从衣架上的衣服口袋里拿出一个黑色缎面丝绒小盒子,将里面闪闪发光的钻戒拿出来,在武灵灵惊讶的眼神里拉起了她的左手。

带着凉意的白金戒环套进她的无名指,却瞬间与她的体温融合,将她的手衬托得完美无瑕。

他修长的指尖滑过她白皙的手指,犹如一股电流从她的手臂流向全身,他幽深的目光将她全身都织进一张细密的网里,眼神温柔到了极致:"我的计划起码不是穿着睡衣求婚。"

武灵灵看着手上的戒指一时回不过神来,她突然想到了什么,踮起脚在白思明的脸颊上轻轻一啄,另一只手跟着抬起来,"啪"的一声,一张两人的合照出现在她的手机屏幕上。

"你在干什么?"白思明语气里带着一丝不满。

"求婚纪念照。"武灵灵笑嘻嘻地收回手机,又抱上白思明的腰,脑袋在他胸前蹭了几下。

身体被她蹭得有些难受,白思明面容僵硬,声音嘶哑地问:"你是想让我把夫妻之名一块坐实了?"

"没有没有!"武灵灵赶紧摆摆手,脸像块大红布,"时间不早了,我先去睡了,夫君!"

看着她落荒而逃的背影,身材高大的男人嘴角浮起一丝宠溺的笑容,关上卧室门之后,他端起桌上的凉水就是一通豪饮。

回到自己房间里,武灵灵双臂抱膝坐在床上,一会儿愣神,一会儿"嗤嗤"地笑两声,吓得小凡好半天不敢说话。好不容易等她恢复正常了,小凡才说道:"灵灵,你们这就算……订婚了?"

"是呀！"武灵灵盯着自己手上的戒指，美滋滋地说。

"可这事不对呀，"小凡嘟囔，"月老那里并没有你们俩的婚牒呀！"

"那又怎么样！"武灵灵瞪起眼睛，"我们俩本就是仙界的人，婚牒不归他管也说不定。再说了，我俩你情我愿，我要嫁给司命，难道月老还能不同意不成？"

"灵灵，不是，这话，"小凡说，"我总觉得哪里不对……"

这时，武灵灵的手机突然响了起来，她拿过来一看，竟然是齐珊珊的电话。

"灵灵，最近怎么样了？怎么也不来单位开例会，也没听见你的消息？"

武灵灵一向和齐珊珊走得近，就没有隐瞒，把自己的情况和她简单说了，但是没有提两个人在一起的事。

齐珊珊"啧啧"了两声，说道："你真是敬业呀，为了一张照片，这都舍身取义了！"

"去！"武灵灵红着脸斥了她一句，又说道，"珊珊，帮我一个忙。"

"什么？"

"你不是一直在跟三线女星吗？手里有没有一个叫作桑兰妮的资料？"

"她呀！"齐珊珊笑道，"你算是找对人了，我来这里第一个跟的人就是她，想要什么信息，我这里都有。"

"太好了！"武灵灵精神一振，"明天我们见个面吧。"

挂了齐珊珊的电话，她心满意足地往床上一躺，打开刚才两人的合照左看右看，又鼓捣了一会儿手机，这才慢慢地睡了过去。

第二天清晨，武灵灵被一阵刺耳的手机铃声惊醒，她猛地坐起身来，愣了一会儿才发现自己在白思明的别墅里。

手机还在响个不停，她赶紧摸过来一看，还是齐珊珊。

"灵灵，出大事了！"齐珊珊在电话那头尖叫一声。

"怎么了,珊珊?"武灵灵的脑子还有点蒙。

"你上热搜了!"齐珊珊说道,"热搜榜第一!"

"什么事?"武灵灵也有点慌了。

"你和那位总裁的事啊!"齐珊珊的语气微微一变,"灵灵,我真没想到你还有这本事啊……"

武灵灵顾不上接话,赶紧打开热搜一看,顿时惊出了一身冷汗。

昨天晚上她和白思明的合照被传到了网上,迅速冲到了热搜榜第一的位置,网友众说纷纭,已经有人对她展开了"人肉"。

武灵灵惊得目瞪口呆,这是谁偷了她的照片?她的手机被控制了吗?

她在各个应用程序里翻看着,打开微信的时候她猛然瞪大了眼睛,原来昨晚她睡迷糊了,把照片发给了总编!

这下完了!

武灵灵在自己屋里转了两圈,决定还是向白思明坦白从宽。

刚一开门就闻到一阵饭香,果然,白思明已经起床了,正在厨房里准备早饭!

她冲到厨房门口,见他穿着墨蓝色睡衣,身材修长,侧脸英俊,动作从容镇定。

武灵灵鼓足了勇气走到他旁边,看着他准备的美味早点,心知她做梦都想和他一起吃早餐的场景应该不会出现了,内心剧烈挣扎了一会儿之后,她打算开口。

"肚子饿了?"白思明头也不转地说,"吃饭吧。"

他把做好的早点端起来,垂眸看了她一眼,示意她往餐桌那里走。

武灵灵慢吞吞地洗了手,在他对面坐下,看着香喷喷的三明治和牛奶,她舔了舔嘴唇,说道:"司命,我错了。"

"先吃饭。"他说道。

"可是我……"

"我会处理的。"他把盛着沙拉的小盘子推到她面前。

武灵灵张开了嘴，看样子他已经都知道了。

他脸上没有露出任何惊慌的表情，也没有表现出责怪她的意思，果然是手握风云的大人物，泰山崩于前都面不改色。

武灵灵立即觉得安心了很多，看着盘子里的美味，她感觉到强烈的饥饿感。

白思明住的地方异常安静，不像她自己住的公寓，早晨从来都是被各种声音吵醒，不是隔壁大姐催促孩子抓紧时间的呵斥声，就是晨跑的人来回关门的重响，总之从来不用闹钟她也不会睡过头。

而现在，晨光照射到餐桌上，外面只有鸟语蝉鸣，更显得这一方天地静谧异常，就像……度假的感觉。

整整一顿饭，她脑海里只有一句话：流年有他，岁月安好。

2.

吃完饭之后，武灵灵心里就开始打鼓，这时白思明已经穿好衣服，她赶紧跑过去主动帮他打领带。

白思明见她过来，也就松了手，微微抬起下巴，任由她站在他面前鼓捣。

系好之后，他对着镜子点点头，眼里露出满意的神色："不错，现在你是越来越熟练了。"

武灵灵悄悄地红了脸，见他心情尚可，就用食指拉住他的袖口恳求道："总裁，今天我请个假行吗？"

"为什么？"他低头看着她。

武灵灵又急又气，这还用问为什么？他俩的照片都上热搜了，去了公司她还不得被大家的目光盯死？

虽然她总有一股子猛劲，但遇到这样的事还真有点发怵。

"不准。"白思明直接拒绝。

"为什么？"武灵灵瞪大了眼睛。

"明明犯了错，连这点承担的勇气都没有？"

听着他严肃的语气，武灵灵低下头，默默地去拿自己的东西，却听他在身后说道："表现好的话，下午可以给你放半天假。"

武灵灵怀着忐忑的心情跟着白思明到了公司，车停好之后，白思明下来帮武灵灵打开了车门，然后朝她伸出了手。

一路上大家对白思明点头致意，和平时一样恭敬，然而看到旁边的武灵灵，眼里却露出不一样的神色。

白思明面色如常，一边走着一边和她说话，态度自然，却让人感觉到别样的亲密。

因为这样高冷的总裁，平时在外面是很少说话的！

武灵灵经受了一众目光的洗礼后终于坐到了自己的位置上，她的手机一直响个不停，各种信息和电话大有将她轰炸的趋势，她索性调了静音模式。

十点多的时候，电话和短信终于稍稍平息，武灵灵松了一口气，拿起自己的杯子接了一杯水，便站到走廊的窗户那里去透气。

谁知她刚走到窗户边上，一口水还没吞进去，就听到楼道下面传来一声尖叫，把她吓得打了个激灵。

"总裁发博了！"

"发的什么？给我看看！"

"天哪！"

武灵灵的手一哆嗦，水差点从杯子里洒出来，她赶紧拿出自己的手机，打开了白思明的微博。

白思明清清冷冷的微博页面上只有一句话挂在那里，显得更加孤寂高冷。

"照片属实。"

武灵灵不由得脸热心跳，手心里都是汗水，原来他所说的处理方式……

259

就是大大方方地承认。

她的心里涌上来一阵甜蜜,这才明白,他让她出现在公司里,就是和她一起面对这件事情,如果这会儿她请假躲在家里,那随之而来的流言蜚语更会把她淹死。

但她立即想到了另一件事,这条微博会给他带来什么后果?他本想找到苏汉生的把柄,这件事一出来,苏汉生一定会有所行动,他会不会做出什么对白思明不利的事情来?

中午武灵灵从公司里出来,在外面等了半天,终于在下午三点半的时候见到了齐珊珊。

齐珊珊在她对面坐下,脸上露出似笑非笑的表情:"灵灵,可以呀!假戏真做?"

武灵灵模模糊糊地说道:"没有,其实我和他以前就认识。"

"以前就认识?我怎么没听你说起过?"齐珊珊不相信。

"以后我再和你慢慢讲,现在我有很重要的事,是关于桑兰妮的。"武灵灵说,"你把你掌握的信息都告诉我。"

"好吧,我这么爱听八卦的人,这次先放过你。"齐珊珊搅动了一下小杯子里的咖啡,眼中重新燃起八卦的火苗,"我跟你说,这个桑兰妮刚出道的时候连个十八线明星都算不上,你知道她从什么地方出来的吗?"

武灵灵摇摇头。

齐珊珊笑了一下:"是从一个山村里出来的,她爸爸一直在家包果园,种果树。"

"哦,"武灵灵若有所思地说,"那她能走到现在这一步,一定吃了不少苦。"

"喊!"齐珊珊一脸不屑的表情,"你的同情心太泛滥了!桑兰妮就是受不惯山里的穷才跑出来的,刚出来头几年,她连她爸爸都不管,后来发生了一件事,把她的命运改变了。"

"什么事？"

"桑兰妮的爸爸在山上发现了一种稀有树种，这种树价值很高，却只长在他们村那片山上，她爸爸是第一个知道的，就跟村里申请承包了整个山头，一承包就是四十年，这下子他们家的境遇就彻底改变了。"

"那苏汉生是怎么回事？"武灵灵又问道。

"苏汉生应该也是有预谋，他出资拍了几部电视剧和电影，都是找的桑兰妮当主角，虽然没把她捧红，可是好歹从不入流变成了三线，桑兰妮顺势就认了他当干爹。之后没多久，苏汉生就和桑兰妮的爸爸签署了一份协议，桑家山头上的稀有树种产出的所有资源都由苏汉生经手销售，桑家不准私自处置这些资源。"

武灵灵听了恍然大悟："苏汉生就是借这个成了白氏集团的股东？"

"对。"齐珊珊点点头。

"怪不得……"武灵灵点点头，"那桑兰妮和白思明之前有传出过什么绯闻吗？"

齐珊珊蹙眉沉思了一下，这几秒钟却让武灵灵觉得无比漫长。

"没有。"她笃定道，"白思明极少有这方面的绯闻，和桑兰妮的更没有。"

听了这话，武灵灵松了口气，只听齐珊珊笑道："灵灵，看来你对你男朋友的过往很介意呀？"

"我才没有！"武灵灵辩解了一句，又说，"珊珊，今天的事一出，我担心苏汉生和桑兰妮会有所行动，你那边帮我盯着点，桑兰妮一有动静你立即告诉我好吗？"

齐珊珊点点头，却又不解地问："你和白思明的照片出来，跟他们有什么关系？"

武灵灵只好解释道："桑兰妮一直对思明有意，简直都像倒追了，苏汉生肯定支持他干女儿啊！"

"我的天！"齐珊珊吃惊地拍着胸口，"我还真不知道桑兰妮有这个心思！她也不看看，这么大一上市公司的总裁难道会看上她？"

3.

武灵灵和齐珊珊分开之后，立即给顾恒打了个电话，把打听到的情况告诉了他。

顾恒听完吃惊地问："灵灵，这些信息你是怎么弄到的？"

武灵灵心里有些小得意："我认识一个娱乐小报的编辑。"

"怪不得。"顾恒说，"不过说实话，今天你和总裁的照片一出来，我还真是挺震惊的，你这也算史上俘获高冷总裁最快的女助理了吧？哈哈！"

听着顾恒爽朗的笑声，武灵灵顿觉无比尴尬，她轻咳了一下说道："先不说这个了，照片是个手误，我猜苏汉生他们一定不会善罢甘休的，现在怎么办？"

顾恒在电话那头略一沉吟，说道："既然知道了桑兰妮的来历，那我们不如现在就去那片山头看看，出了什么事也能提前知道。"

武灵灵点点头："好，我们找个地方会合。"

两人一起开车奔赴几百公里外的桑兰妮老家时，天色已经临近傍晚，武灵灵在路上给白思明请了假，说要去看一个生病的亲戚，今晚不能回来，白思明倒也没说什么，只是叮嘱她注意安全。

他仍旧是命令的语气，电话这头的武灵灵心里却是甜丝丝的。

到达目的地时，天已经全黑了，他们俩在路边一家小面馆里随便吃了点东西，就继续开车往山里进发。

桑家承包的这座山很高，好在有盘山公路，顾恒车技也可以，开到半山腰处，前面出现一大片平地，两扇巨大的铁门拦在中间。

顾恒把车开到路边一片草丛里，又从后备厢里拿出一个墨绿色的车罩把车盖严实，拿上手电筒、指南针等野外用品，这才招呼着武灵灵往前走。

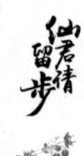

武灵灵见他准备得如此周全,心里不禁暗自佩服他的缜密,怪不得白思明会把这么重要的任务交给他。

两人走到大铁门前转了一圈,发现铁门从里上了锁,顾恒便从随身带的背包里掏出一捆粗麻绳,将带有钩子的一头往墙头上甩出去,然后用询问的目光看着武灵灵。

武灵灵对这种事情自然是得心应手,她从顾恒手里接过绳子,手脚并用,"噌噌噌"就爬上了墙头。

顾恒看得呆了一下,还真想不到这个看着身材纤弱的女助理竟有这样的身手。

他和武灵灵一前一后翻过墙头,顺着一条大路往里走。路两边没有灯,借着天上的月色勉强可以看清脚下的土地,为了怕被发现,顾恒没有打开手电筒。

两人在山路上走了一小会儿,到一个分岔口站住了。

面前有两条路,一条路笔直宽阔,尽头隐约有几间厂房亮着灯,另一边是通往山上的小路,静悄悄的。

顾恒想了一下,往小路上一指:"去那边看看。"

武灵灵和他在小路上高一脚矮一脚地走了一会儿,什么都没有发现,刚想叫顾恒回去,却突然发现不远处的树林里有亮光一闪,两人对视了一眼,加快脚步往前走去。

出人意料的是,林子中间有一片空地,有十几个人正在空地上忙碌着,有的分拣,有的打包,动作迅速,却都不出声。

"他们在装什么?"武灵灵压低了声音问。

顾恒定睛看着,表情有些严肃。

"这像是稀有树种产生的原材料,"顾恒说,"我曾经跟着总裁去过工厂,打包好的原材料就是这样的。"

"不是说白氏和苏汉生有协议,这种原料只供白氏使用吗?"武灵灵问,

"那这些是要运往白氏的？"

既然是运往合作方的，为什么要这么偷偷摸摸？

顾恒摇了摇头："白氏最近没有下订单，如果他们打包了原料运往别处的话，那就属于严重违约！"

"他们违约的话，对白氏影响很大吗？"武灵灵有些疑惑，对于这些商场上的事情，她搞不太懂。

"那是自然。"顾恒笃定道，"白氏企业生产的产品，原材料是独一无二的，这才是核心竞争力。如果这种原材料被竞争对手得到的话，那对于白氏这条产品线来说就是致命的影响！"

听了顾恒的话，武灵灵不由得担心起来："那怎么办？"

顾恒沉吟道："这件事一定要让总裁知道，但是我们最好能留下证据。"

说着，他拿出了自己的手机，却发现不开闪光灯的情况下，怎么也没法拍出清楚的照片。

武灵灵笑了一下："还是我来吧。"

她拿出自己的手机按下快捷键，照相功能立即开启，各项参数自动调到最优，镜头对准树林里的景象一按快门，手机屏幕连续闪了十数下，十几张高清的照片自动保存到了云端。

"你这是……"顾恒再一次目瞪口呆，"好厉害！"

"嘿嘿，是我那个娱乐小报的编辑朋友送我的。"武灵灵把手机收好，笑眯眯地说道。

两人又在树林里停留了一会儿，这才起身往外走，走到树林边上时，武灵灵突然伸鼻子嗅了两下。

"怎么了？"顾恒问道。

"我好像闻到了一股……奇怪的味道。"武灵灵回头看了看树林里，并没有发现什么异常，她又站了片刻。

顾恒催促道："我们赶紧走吧，车还在外面，要是被发现就麻烦了。"

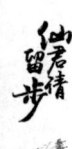

"好。"

两个人不约而同地加快了脚步。

顺着原路返回比来时快了许多,半小时之后,武灵灵和顾恒坐上了车。

车子往山下开去,两人都没有说话,武灵灵打开自己的手机,检查刚才拍到的照片。

山上信号不好,往下走了一段路才有了信号,左上角的"4G"标识刚蹦出来,武灵灵的手机就如同被按了激活键一样,各种各样的信息争先恐后地涌了进来。

"什么情况?"开着车的顾恒忍不住问道。

武灵灵也觉得奇怪,赶紧打开其中一条消息一看,顿时惊讶地张大了嘴巴。

齐珊珊给她发了十几条微信,还打了一长溜的语音电话,最后她发过来一张长长的图片,上面顺次排列着武灵灵曾经在十来个相亲软件里发布过的相亲信息截图。

××相亲网站:

本人:武灵灵,征有意结婚的男士,工作:不限,年龄:不限,学历:不限,身高:不限,长相:不限……备注:男士即可。

再往下看,其他截图上也是类似的信息,每张截图上都有武灵灵本人的照片。

因为照片看起来还算清秀,所以这条微博一出,就引发了网友齐刷刷地留言:

"替我爷爷报名。"

"替我大爷报名。"

"替我二大爷报名。"

……

"替我自己报名。"

武灵灵的脑袋如同被点燃的炸药包,"轰"的一声就炸开了。看着她异样的表情,顾恒在旁边一迭声地问:"到底发生什么事了?"

武灵灵已经顾不上跟他解释,她迅速拨通了总编的电话。

"喂?"电话那头响起来一道懒洋洋的嗓音。

"你为什么要这么做?"武灵灵气得浑身发抖,"你想要的照片我不都已经给你了吗?"

"就那张?"总编笑了一声,"并没有达到我预期的效果。"

"你到底想怎么样?"

"哟!"电话那头的人阴阳怪气地道,"这还是我的人吗?怎么听起来像要咬我一口的样子?我想怎么样?想让他身败名裂!"

"他跟你有什么仇怨?"武灵灵问,"难道你以为把我的截图放到网上就能撼动他?"

"撼不动也要把他搞臭!"总编说,"他不是承认你们俩的关系了吗?好,我就让大家看看你是个什么样的女人!"

"你究竟是受了谁的指使?"

话音一落,电话那头立即传来一阵冷笑:"把电话给我。挺聪明啊,武灵灵!"

电话里的声音换了一个人,听起来更加阴沉恐怖,武灵灵的脑海里突然浮现出来一张面孔,她不由得浑身一震。

"苏汉生?"武灵灵一顿,"不,你是南……"

"现在明白了?"对方语气森然,"你想和他在一起,先要问我同不同意!武曲星,从你第一次下凡的时候,我就没想让你回仙界!"

武灵灵心里一沉,一直疑心的事终于被证实,她紧紧地握着手机,一字一句地说道:"果真是你。"

"司命是本尊座下的人,未经本尊允许,竟敢居仙位而动私情,对方还是北斗七星君之一,这是本尊无论如何都不准的!"南帝恢复了冰冷刺

骨的嗓音,"不论本尊用什么手段,司命必须回去,而你,必须死。"

"只怕我的生死还轮不到南帝来定夺吧?"武灵灵冷笑一声。

"在仙界也许我不能,但在人界就未可知了。"

"你既然要保全他,为什么还要害他?"武灵灵问,"你让他名誉扫地,难道他不会恨你吗?"

"区区凡间的名誉有什么值得一提的?"南帝的语气里满是冰冷和不屑,"我要让他对这里没有一丝一毫的留恋。"

4.

武灵灵放下电话,将头埋进双臂之间,在前座开车的顾恒关心地问了她一句,她也只是缓缓地摇了摇头。

原来自始至终她没有得到他的清泪的原因只有一个,那就是南帝的阻碍。但她又能怎么样?别说她现在只是一介凡人,即使她在仙界,也没有办法和身为南斗六星君掌位仙尊的南帝对抗。

别说她不能,司命也不能……

她突然想起那天在小区长椅上他问她的话:"你愿意和我一起留在这里吗?你喜欢这里吗?"

武灵灵心里一沉,原来他早知道了这些前因后果,也知道她不可能完成历情,所以动了和她一起留在凡间的念头。

可他是司命啊,一支笔写尽人间悲欢离合的司命,她能为了一己私情,拉着他和她一起陷入轮回之苦吗?

但是若能在这熙熙攘攘的人世间和他相守,别说一辈子,哪怕只有短暂的几天,她也愿意拿任何东西来换!

她只想这么自私一回,可以吗?

"丁零丁零!"

突然响起的手机铃声让她的身体打了个激灵,她拿起手机一看,竟然是白思明的电话。

他一定是看到了网上那条微博。

武灵灵不由得一阵慌乱,她把手机递给前座的顾恒,急急地说:"顾恒,停车!帮我接一下电话,就说……就说我去上厕所了。"

顾恒转过头来奇怪地看着她,这时武灵灵的电话里传来一道低沉的嗓音:"不用了,我已经听见了。"

武灵灵吓得手一抖,手机"砰"的一声掉了下去,她赶紧捡起来,尽量稳定住自己的声音说道:"司……啊不,总裁!有什么事吗?"

"你说呢?"电话那头的声音里明显带着不悦,"网上说的那些是真的吗?"

"是真的……"事已至此,武灵灵选择了乖乖承认。

"给你一分钟,解释一下原因。"电话这边,白思明一手握着手机,另一只手捏着眉心。

她究竟是来感动他,还是惹怒他的?

给别人解释的机会,已经到了他的极限。

武灵灵细小的声音传来:"刚来这里的那一阵,因为你一直没有出现,我心里有点郁闷,就和闺蜜出去喝酒,喝得有点多,被她的话刺激到了,我就到七八个相亲网站注册了账号,发了那些信息,第二天酒醒以后我都删了,没想到被人抓住证据,留下了把柄。"

"什么话刺激到了你?"白思明问道。

"她说我没有那个什么……嫁不出去。"武灵灵支支吾吾。

"不要省略关键词。"

"没有女人味。"

电话那头沉默了片刻,说道:"有没有女人味还轮不到她来说,傻子。"

"那你觉得我有吗?"武灵灵脱口而出。

"我拒绝回答这么蠢的问题。"白思明问,"你现在在哪儿?"

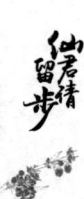

武灵灵突然想起刚才在树林里的发现,赶紧把这一消息告诉了他。

"你去那里做什么?"白思明语气一变,声音变成了低吼,"马上离开那个地方,发实时位置给我。"

"哦,好。"

白思明挂了电话,武灵灵愣了好一会儿,他看到网上的消息时没有盛怒至极,听到她在山里时却勃然大怒了。

车子又在盘山公路上行驶了一会儿,武灵灵的手机响了一声,是一条关注人的微博,打开一看,她惊讶地捂住了嘴。

"本人已于十号和武灵灵订婚,择日举行婚礼。"

武灵灵心里瞬间被突如其来的甜蜜炸开了,只是简短的一句,既回应了先前那条新闻,又帮她兜了底。

他一直是这么一个温柔又沉默的男人,几百年前如此,到了凡间也是。

顾恒已经不知道该作何反应了,后座的女人一直说着奇奇怪怪的话,还时哭时笑,不过既然是总裁的女人,他自然不会说什么。总裁内敛沉稳,他的想法不是一般人可以揣度的。

武灵灵美滋滋地刷着那条微博,想看看别人会是什么反应,当刷到一条不甚起眼的回复时,她的动作停住了。

"烧了那些东西,我和你同归于尽。"

武灵灵一愣,脑海里电光石火般的念头一闪而过,她突然大声对顾恒说道:"掉头,开回去,快!"

"怎么了?"顾恒回头看着她。

"快,不然来不及了!"武灵灵焦急地催促道。

顾恒没再说什么,将车开到一个开阔处,掉转头,用最快的速度朝着山上奔驰而去。

盘山公路陡峭难行,幸亏顾恒车技了得,很多个急弯都有惊无险地开了过去,只用了十五分钟,两人就开到了大门前。

"直接冲过去!"武灵灵定睛看着前方。

顾恒看了她一眼,脚下稳稳地踩下了油门。SUV发出"轰"的一声闷响,加速朝着大门冲了过去。武灵灵握紧了车门上的扶手,只听"砰"的一声巨响,大门被车头撞开,SUV继续朝着山上冲去。

这会儿是凌晨三点钟,天色依旧黑沉沉的,两人把车停在分岔口,下了车迅速朝着树林子的方向疾奔,武灵灵身手矫健,连顾恒一个大小伙子都被她落在后面。

"灵灵,你到底发现什么了?"他在后面气喘吁吁地问。

武灵灵顾不上回答,继续往前奔跑,过了一会儿,连顾恒的脚步声都听不到了。

转眼到了树林里,她躲到之前藏身的树后面往里看,之前干活的十几个人都不见了,高高堆砌起来的原材料几乎有半棵树那么高,站在包堆前面的只有三个人,其中一个武灵灵一下子就认了出来。

是桑兰妮,站在她旁边的人高高瘦瘦的,皮肤黝黑,一看就是经常劳作的样子,眉眼和桑兰妮很像,武灵灵猜测这个人应该是她的爸爸。

一个身材粗壮、穿着黑色背心的小伙子站在旁边,手里拿着一个打火机,用征询的目光看着桑兰妮的父亲,问道:"桑叔,真要点着吗?"

桑兰妮的父亲又看了看女儿,只见她迎着灯光站着,脸上有些泪痕,嘴角奇怪地扭曲着,她似乎冷笑了一下,说道:"点吧,还等什么。"

"那个,不用跟苏总说一声吗?"

桑兰妮坚决地摇了摇头。

看到这番情景,武灵灵突然想到一件事。两天之前,白思明召集公司的高管开了一个会,宣布白氏最近要参加一个大项目的竞标,白氏为此已经暗中准备了很久,这次倾尽大量资源想要拿下这个项目,如果竞标失败,白氏的竞争对手很可能会伺机反扑,占领市场,白氏将面临巨大的危机。

白思明志在必得的这个项目,依靠的不就是这种稀有资源吗?

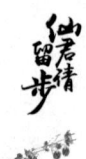

桑兰妮看到昨天早晨的那条微博之后，受苏汉生的指使，回来将那些稀有资源全部转移走，以此作为将来要挟白思明的把柄。然而刚刚将所有东西打包好，她却看到了白思明发布的婚讯，所以她想将这些东西付之一炬，估计也是心如死灰，想要彻彻底底地报复白思明。

看着那个男人将打火机打着了火，慢慢地走向材料堆底下引出来的一根线，武灵灵的心也急速"怦怦"跳了起来。她迈开步子往前冲出去，手机却突然响起，突如其来的铃声立即引起了树林里三个人的注意。

桑兰妮转过头来一看，立即朝着小伙子尖声命令："阿明，快烧！"

武灵灵心里一惊，疾步往前冲了出去，想阻止他们销毁原材料。与此同时，她的手机掉在了草地上，并被她不经意间按下了接通键，里面传来从未有过的焦急声音："灵灵，我来了，你在哪儿？"

说时迟那时快，武灵灵冲上去一脚踢开了被点燃的大包，那包原材料从山形堆里滚出来，"砰"的一声落在两米外的草地上，又带起了一大簇火苗。而这边的山形堆也因为少了底部的重要支撑瞬间坍塌下来，眼看就要将几个人压在下面。

"爸！"桑兰妮发出一声撕心裂肺的叫喊，身体一转将桑父推了出去，紧接着，铺天盖地的原材料包就朝她和武灵灵压了过来。

"闺女！"桑父低沉的声音仿佛从另一个世界传来。与此同时，武灵灵感觉到他在外面奋力扒拉着压在她们身上的大包。

她心知肚明，这些包不足以砸死她们，但是很快会被刚才那簇火苗引燃，恰巧这种原材料是易燃的材质。

她闭上眼睛，等待最后时刻的来临。

"灵灵，你赶紧跑啊！"小凡在她耳朵里声嘶力竭地喊叫。

武灵灵却一动不动："我能跑去哪儿？该得到的我都得到了，仙界可以没有我武曲，但是凡间不能少一个司命。"

"灵灵……"

"爸……我对不起你！从我离开老家，我每一天都在内疚，不能让你过上好日子，我委身了苏汉生，你骂我，我活该，我就是个不孝顺的闺女……"

旁边传来桑兰妮低低的啜泣声，武灵灵艰难地转过头，在一片黑暗中，她好似看到了桑兰妮眼角滚落的泪。

"我帮你出去。"武灵灵说。

啜泣声戛然而止，桑兰妮一动不动。

"我把我这一世的灵力给你，这样即便我死了这一世也不会结束。你出去以后，替我好好陪着他，安度此生。"武灵灵说，"不要问为什么，也不要再在他面前提起我。"

"你……"桑兰妮睁大眼睛看着武灵灵，只觉得眼前刺目的白光一闪，接着像有一股极强的力量涌入身体，与此同时，身上的重量猛地消失，她的身体像被人拽起来然后一把推了出去。

"砰！"

树林里扬起漫天的灰色尘土，映着冲天的火光，半个山头都在震耳欲聋的爆炸声里震颤不已。

最后一刻，武灵灵抬起头，暗夜中有个人朝这边冲过来，那双幽沉绝望的眸子刹那间烙进她的心里。

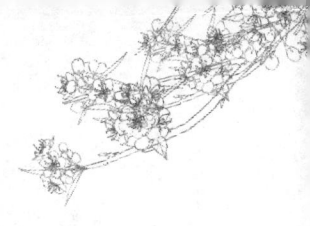

◆第十六章◆
余生长

1.

"大哥,老六呢?"

仙界贪狼星君的阳明宫内,破军一进来就急匆匆地问。

贪狼星君没有抬头,只是默然道:"还在云水天池呢。"

"什么?"破军忍不住嗓门高了起来,"这都几天了?她还没清醒吗?"

"不是她清醒不过来,而是不想清醒吧。"廉贞星君叹了口气,"天上一日,地上一年,她等的人没回来,她有得醉呢。"

"我找她去!"破军说完转身就走。

文曲星君想要拉住他,却听贪狼星君说道:"让他去吧,帮老六分分忧也好。"

文曲星君听了,又重新坐下来,眼中露出担忧之色。

破军到云水天池池边转了一圈也没看到武灵灵,心里正疑惑,突然看到亭子那方有个黑影一闪,他赶紧走过去,这才发现武灵灵在亭子外的云石上斜躺着,双目紧闭,身边有个倒了的酒坛子。

"老六,你醒醒啊!"破军走过去推了她一下,"为了一个司命,你至于这样糟践自己吗?"

"老七?"武灵灵勉强睁开眼睛,朝他挥挥手,一笑,"你真是不懂,喝酒才是一大乐事,怎么能说是糟践自己呢?"

"就你这个样子,一回来就烂醉如泥,玉帝知道了不罚你才怪呢!"破军气呼呼地说道。

"玉帝要罚我?"武灵灵突然来了精神,一把抓住破军的袖口,"他什么时候罚我下界?我要去找他……"

话未说完,破军一把捂住她的嘴,横眉怒目道:"不想混了吗?"

见她眼神一黯,破军这才松开她,武灵灵醉眼迷离,一下子瘫倒在云石上。

"你能不能争点气振作起来?"破军用一副恨铁不成钢的眼神看着武灵灵。

她凄然一笑道:"你们都不肯告诉我我是怎么回的仙界,司命为什么没有回来,我只能自己到梦里找答案了。"

"这不是很明显吗?你完成了任务,否则也不可能顺利归位,至于司命,"破军顿了一下,继续说,"如果不是一开始他执意要下界阻止你得到清泪,也不会落得如此下场。"

"不!不是你说的那样!"武灵灵大叫一声,"自始至终他都没有阻止过我,每一次我快达到目的时,都是南帝改变了结局!"

"什么?"破军吃了一惊,"之前你为什么没说过?"

"我说了有什么用?"武灵灵神情有些呆怔,"他再也回不来了。"

破军不知道何时离开了,荷花池里碧波荡漾,武灵灵躺在云石上一动不动。

"咳咳!"一声轻咳从亭子里传来。

武灵灵闭着眼睛说道:"走吧,五哥,我这会儿不想听任何人的劝。"

"我可不是廉贞星君啊!"一个略显苍老的声音传来。

武灵灵微微一惊,耳朵里的小凡早已钻了出去,飞向那人的掌心。

"月老仙师?"武灵灵也坐起身来。

"这样醉生梦死,可不是掌管天下武者的武曲星的派头啊。"月老捋着胡子说道。

武灵灵嘲讽地一笑:"我连自己都管不了了,又何谈掌管天下武者呢?月老,要是你也要像他们那样劝我振作,那就不用说了。"

月老笑了笑,说道:"星君,你明明该入轮回,却回了仙界,司命明明该回来,却陷入凡尘,你不想知道其中缘由吗?"

武灵灵猛地睁开眼睛,问道:"月老,你究竟知道什么,快告诉我!"

月老缓缓从衣袖里拿出一样东西递了过来。

"前情镜?"

"星君,看一次至少要损你三成仙力,你要想好了。"

话音未落,镜面闪出一道金光,武灵灵早已驱动仙力,打开了前情镜。

镜中显现的是她在凡间最后时刻经历的情景,震耳欲聋的爆炸声响过之后,漫天的灰尘过了很久才慢慢散尽,树林空地的正中间坐着两个人,身材高大的白思明俯下身躯,将满身是血的她紧紧地抱在怀里,双眸里是难以描述的痛楚。

两人的身边慢慢地浮现出两个虚浮的身影,一黑一白,手里都拿着锁链,他们走到白思明的身边说道:"武灵灵命数已尽,该跟我们走了。"

白思明却抱着她一动不动,像是没有听到黑白无常的话一样。

"司命星君,放手吧。"黑无常认出了他,劝道,"她该入轮回了,别耽误了她转世。"

"走开。"白思明的声音冷漠冰冷,"她是仙界的人,轮不到你们带走她。"

"她历情失败,已经回不去仙界了。"白无常在旁边说道。

"谁说她历情失败?"白思明的声音骤然高了起来,吓得黑白无常都后退了半步,"不是要拿到命定之人的清泪?我现在就给她。"

黑白无常对视了一眼,都用疑惑的眼神看着他。

白思明抱着她,嘴里开始念动咒语。突然间,他全身上下闪出金光,将他的面容映照得越发俊逸非凡。黑白无常见状在旁边震惊地喊："你要废自己的仙力？不可啊！"

"不要……不要……"看着前情镜的武灵灵也跟着发出了喊声，然而司命仙力非凡，黑白无常被一阵劲风吹得向后飞起来，司命身上的金光逐渐在半空汇聚，凝成了一个水珠，慢慢地落在了怀中人的手心里。

武灵灵震惊地捂住了嘴，这是……他用自己的仙力凝成的清泪！

怪不得她得以安然回了仙界，原来是他在最后一刻把仙力都给了她，但他为什么不用自己真正的眼泪呢？为什么要割舍自己千年的功力，让她和他两界相隔？

镜中的司命身上的光芒逐渐变暗，他将她的手心连同那颗清泪握在手里，俯下身子，在她的唇边印上深情的一吻，嘴里喃喃："开阳，梦里记得我，醒来，就忘了吧。"

镜面的光芒一闪，画面消失，武灵灵瘫坐在地上，泪水沿着双颊滚落。

"他现在怎么样了？"武灵灵垂着目光问道。

"已经没了仙界的记忆。"月老说道，"灵灵，我再提醒你一下，天上一日，地上一年，你最后一世做了那样的决定完全是因为你断定自己回不来，但你现在安然无恙，要是再醉生梦死下去，司命星君在凡间跟别的女人结婚生子了也说不定啊……"

"砰！"

武灵灵手掌往下一击，身下的云石应声开裂："他要是敢，我跟他拼命！"

"咳！"月老将地上的酒葫芦捡起来，口朝下倒了倒，嘴里漫不经心地说，"今晚玉帝宴请各宫仙位，这个当口，下凡谷的守卫比较松……"

武灵灵听了立即会意，说了一声"谢了"转身就走，刚腾上云，衣袖却被人一扯，只见月老面色凝重地说道："只有一个时辰够你打个来回，若是归来迟了，后果自负。"

看着她离开的背影，小凡在月老肩上默然道："仙师，武曲星君和司命星君究竟有没有仙缘啊？"

月老微微一笑："仙人的仙缘乃是天命，非仙力可为。"

"仙师，这话怎么说？"

月老从袖子里取出两块油青色微微发黄的竹片，上面分别写着司命和武曲的真名。

"司命和武曲的婚牒？"小凡惊喜地喊，"仙师，你不是一直没有找到吗？就连他们两人手上的红绳，也是你借了个障眼法偷偷系上去的。"

"瞎说！"月老使仙力在小凡脑袋上一拍，嗔怪道，"仙人若没有婚牒，我怎敢违背天命擅自做主？"

小凡连连点头，不由得感叹："原来他们二人真是天作之合啊！那他们的这两块婚牒仙师是从哪里找到的？"

月老双眸一沉："最近下凡的还有一人，若不是他，这两人也不会受这些苦难……"

小凡吓得眼睛一瞪："仙师你是说……南帝？那武曲星君这趟下去，还能回得来吗？"

月老将手里的两块竹片"啪"地合上，说道："对于他们二人来说，有对方在的地方，生死轮回也值得相守；若是没有对方，长命万年也索然无趣。回不回得来，只看缘分和造化了。"说着他把婚牒往袖口里一放，驾云而去。

"仙师，咱们去哪儿？"

"找玉帝，先定下南极长生大帝阻天命之罪。"

2.

武灵灵走到仙界下凡谷，阵阵仙风吹动她的仙袍，正如月老所说，这里此刻无人镇守。

"司命，我来了，要是让我看到你和别的女人在一起，我绝对饶不了你。"

她闭上眼睛，刚要跳下去，突然一道强劲的仙力从背后袭来，犹如一道绳将她捆了个结实，与此同时，她的身体被人往后一拉，重重地砸在一块竖起来的云石上。

"想下界？"一个身穿白色仙衣，袖口上是银灰色绳边的仙人瞬间飞至，他看着武灵灵眯起眼睛，"先留下一样东西再说。"

"南帝……"武灵灵感觉她的脖子像被掐住一般，窒息感传来，"你究竟想怎么样？"

"怎么样？"南帝冷笑一声，"你们北斗七星君在群仙宴上嘲讽我，这仇我记了千年，从那之后南斗六星君和北斗七星君必须为敌。没想到司命竟然对你动了情，我便请求天帝赐给司命绝情盏，将他对你的情和过往记忆一并压制住。本以为他可以从此断情，没想到你竟然在群仙宴之后打碎了绝情盏，致使司命在那一刻恢复了记忆。我只好再次出手将他的记忆封印，然后让你堕入凡间轮回，永不再回来。没想到司命和你一起下界，每次都在关键时刻动摇。既然他不能忘情，那只有本尊亲自出手了！"

武灵灵看着对面的人突然一笑："原来是因为这个，我都记不清了。不过我和司命情意已生，断不会再抛弃对方，不管南帝要对我做什么，今天，我必须下界，谁也阻挡不了我。"

"呵。"南帝不屑道，"既然你如此坚决，那就把司命因为你丢了的东西还回来，其他的事，我不会干涉。"

"你要什么？"

"你的仙力。"

武灵灵淡然一笑："南帝是想自己来取还是松开我，由我双手奉上？"

南帝双眸一凛："你当真愿意把所有仙力都献出来，从此除名仙籍，沦落人界？"

"若不能和心悦的人在一起，为仙有哪里好？"

南帝微微一怔,随即恢复了冷漠的表情,右手往前一伸,巨大的仙力将武灵灵裹挟住:"既然你执意而为,那我就不用客气了!"

"住手!"

一道喝止声响起,南帝的手停在半空。

"敢动我们七星君之一,南帝也要问问我们吧?"

武灵灵睁开眼睛,见到其他几位星君都身披铠甲,按照七星仙阵排列在空中。她心里一阵感动,却见南帝眼中闪过一抹森然的冷意,袖口一动,一个闪着金光的尖利器物显露出来。

武灵灵大吃一惊,南帝的金仙罩是仙界最厉害的神器,仙人被罩住就会仙力尽失,化为凡人。平日里也只有玉帝允可才能使用,今日玉帝款待众仙,南帝竟然私自拿了出来。

难道要因为她让其他几位兄弟蒙难?

"大哥,玉帝的群仙宴这么快就散了?群仙怎么都来了?"

"你说什么?"

南帝和其他六位星君纷纷往东南方看去。

武灵灵微微一笑,闭上眼睛,身体化为一阵青烟朝着南帝的袖口飞了过去。

"兄弟们,我意已决,对不起你们了!"

"老六!"

"六妹!"

武灵灵只听耳边"轰"的一声响,随即身上传来一阵抽筋拆骨的疼痛,她禁不住痛呼出声,眼前陷入了无边的黑暗……

耳边响起救护车的声音,武灵灵感觉自己被人抬到一个担架上,一路颠簸后,她被送进一个白色房间,随后就有很多仪器加到自己身上,一阵折腾之后,她被送进另一个房间,四周终于安静下来,只有耳边不时传来"嘀嘀"的响声。

此刻正值夜半,她睁开双眼,确认自己又回到了凡间。

武灵灵深吸了几口气,见四下无人,就随手扯掉了身上的各种管子,偷偷溜出了病房门。

袖口里滑出一面镜子,她跟随镜子上的影像,七拐八绕,终于到了一间单人病房门前。

推开房门,屋里漆黑一片,病床上躺着一个人,双眼紧闭,面容却是英俊非凡。

武灵灵摸黑走到那人的病床前,伸出手指触摸上他的脸庞,眼里禁不住有泪滴滚落。

她看了看床卡,上面写着:"白思明,植物人,三年。"

"果然是哄我呢!"武灵灵说,"就这样,还和别的女人生孩子呢!"

她突然想起月老的叮嘱,拿出那面银光闪闪的镜子:"月老那老家伙说,给他看看这个就能认出我来,这里面究竟有什么好东西……"

话音一落,她手中的镜子光芒一闪,武灵灵定睛看去,顿时大吃一惊,脸上红云飞起。

镜中是一片桃花树下,一男一女正在亲密拥吻,仙衣滑落在云石之下,无数花瓣覆在他们身上,像给他们盖上了一层薄薄的锦被……

武灵灵掩住嘴,满脸震惊:"原来那次群仙宴后,我竟然和他……"

"你是谁?在这里干什么?"病床上的人不知何时已经睁开眼睛,冷冷地瞧着她,随后他的目光往镜面上一扫,脸色猛地一变,"这是哪里?为什么我会和你……"

"我什么都记不起来了,不过既然事情发生了,我会负责任的。

"我们结婚吧!"

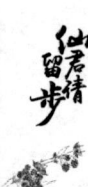

一年之后。

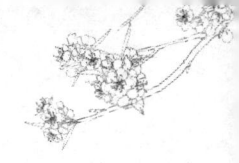

武灵灵下班回家的路上,顺道拐进了一家面包店。

买了白思明最喜欢吃的可颂面包后,她拎着纸袋子推开了面包店的门。

"啊哟!"玻璃门往外开的时候,突然撞到了一位老年人的头,他捂着头弯着腰站在那里,另一只手拿着根拐杖。

"啊,对不起,碰到您了吗?"武灵灵赶紧俯身下去扶住了老年人,却蓦地发现他的拐杖特别眼熟。

老年人直起腰来看着她,眯眼一笑:"没关系。好久不见啊,灵灵!"

武灵灵愣了一下,脸上的表情突然一变:"你是……月……月……"

"我姓岳。"老人指着自己说道,"你可以叫我岳老。"

"你怎么来了?"武灵灵见他衣着得体,鹤发童颜,更是暗暗吃惊。

连月老都下凡来了?

"来看看你们啊!"月老笑道,手往旁边一伸,示意两人往路上走,"仙界的一对死对头,也不知道在这里过得怎么样。"

武灵灵脸上一红:"我和司命已经结婚了。"

月老哈哈一笑:"我就说嘛!有婚牒的两个人,任谁怎么阻挠,都还是要走到一起的。"

"我们俩有婚牒?"武灵灵一脸惊讶,"你以前可没提过这事啊!"

"不然你以为玉帝能放任你们俩在凡间这么逍遥自在?"月老说,"自你也跟着下凡以后,玉帝大为震怒,本想发落你们,可是北斗六位星君联合请命,还拿出了南帝擅自拿走婚牒、阻挠你回仙界的证据,玉帝已经除了南帝的仙职了。"

"哦。"武灵灵边走边静静地听着,心中并没有一丝波澜。

"你看起来好像没有太高兴啊?"月老问道。

武灵灵轻轻一笑:"我只想和他在凡间好好过一辈子,仙界的事和我们没有关系了。"

"你们俩过得怎么样我得亲自看看才信啊!"月老说,"好不容易下来一趟,不打算邀请我去家里坐坐?"

"自然欢迎啊!"武灵灵说,"不过,思明他在第四世受了伤,到现在还没有完全恢复记忆,仙界的人他自然更不认识了,你不要见怪。"

月老"呵呵"一笑:"司命星君啊,即使他有记忆也不会对人有什么好脸色的。"

武灵灵忍不住抿唇一笑:"那就跟我来吧。"

进了一栋漂亮的白色公寓,武灵灵和月老来到一个白枫色的房门前,武灵灵从包里掏了半天,不好意思地对月老笑了笑,然后去敲门。

月老也不以为意,她这大大咧咧的性子,到哪儿也改不掉。

房门很快打开了,白思明的身影从门后闪出来,一把就把武灵灵拉了进去。

房门"砰"地关上,他把她往墙壁上一推,将玄关的灯撞得一闪一闪,明灭交错的光线中,绵长而热烈的吻就覆了上来。

武灵灵招架不住,即将丢盔卸甲之际,他的动作却突然一顿。

"怎么了?"她颤声问道,双手紧紧地攥着他的衣襟。

"门外有不一样的气息。"他声音低沉,眉目微凛。

武灵灵猛地瞪大眼睛:"月老!我把他给忘了!不过,你居然能感受到他的气息?"

白思明将她往身后一拦,上前打开了门:"这可不是人的味道!"

门外空空如也,门把手上悠悠飘下一张白色的字条:

"星君能辨识仙人之气,说明体内仙气未失。二位归期将近,故人仙界相候!"

(全文完)

本书由若止未央委托长沙大鱼文化传媒有限公司正式授权中国致公出版社,在中国大陆地区独家出版中文简体版本。未经书面同意,本书的任何部分不得以图表、电子、影印、缩拍、录音和其他手段进行复制和转载,违者必究。